男でいられる残り

神崎京介

祥伝社文庫

目次

プロローグ

会社の最寄《もよ》り駅に電車が止まり、山本隆志《やまもとたかし》は何も考えずにホームに降りた。

エスカレーターの上り口には人だかりができている。七十段近くある階段を朝から上っているサラリーマンはほとんどいない。

山本はエスカレーターを見上げた。

皆左側にきちんと並び、右側を空《あ》けている。たまには上ってみるか。階段は使わないにしても、エスカレーターの右側を上ってみようという気になった。なぜそんなことを考えたのかはわからない。ただなんとなく、日常に変化が欲しかったのかもしれない。

エスカレーターに足をかける。右側の前方を見上げる。誰もいない。よし、歩こう。左側で立っているサラリーマンを、誇《ほこ》らしげな気持で追い抜いていく。途中で息が切れそうになったけれど、左側に空きスペースがなかったためにいっきに上りきった。

動悸《どうき》が激しくなった。体力の衰《おとろ》えを気にしているせいかもしれないが、山本はすぐには会社に向かわずに階段のすぐ近くにあるキオスクの横で休憩をとった。

*

山本は会社のトイレに入った。

偶然、同期入社の川口《かわぐち》がいた。二十年来のつきあいだ。調子がよくて、しかも憎めないタイプの彼は人気者だ。上司にも部下にもウケがいい。彼のほうが一年近く出世は早かったけれど、悔《くや》しさは感じなかったし、嫉妬《しっと》心を抱《いだ》くこともなかった。

「山本とはトイレでよく会うなあ」

「おまえとは同期入社の時からの関係だから、まあ言ってみれば腐《くさ》れ縁《えん》だ。今じゃその縁が腐って臭《くさ》い仲になったってことだな」

「面白いことを言うと誉《ほ》めてあげたいけれど、つまらん。山本、頭が少し固くなってきているんじゃないか」

「よく言うな、そういうことを……。おまえのほうこそ、少々、頭が寂《さび》しくなってきているんじゃないか。まだ四十五歳だっていうのに」

「おまえだって、おれと似たりよったりじゃないか。あと十年もすれば、間違いなく、ふたりとも同じ状態になるよ」

川口は小用を足したところで、吐息《といき》を深くついた。

「最近、きれが悪くなってさあ、どうだ、山本もそうだろう？　若い時には考えられなかったのにな」

彼は手を洗いながら、寂しくなった頭部を真剣な眼差《まなざ》しで見つめている。真剣であればあるほど可笑《おか》しい。同期入社だからこそ、彼の深い悩みを話題にできるのだ。

「あんまり深刻にならないほうがいいんじゃないか？　川口の取り柄《え》は、いつだって明るく元気なところなんだからさ」

「そうはいってもなあ……。寂しくなると気になるものさ」

「ところで、素敵な女性は現われたか？　離婚してもう一年以上経《た》つだろう。そろそろ、次を見つけないと、カビが生えるぞ」

「そういう心配をする必要はないな。不自由しない程度に適当にやっているから」

「見栄《みえ》を張りやがって……」

「そんなことないさ。こんなおれでも素敵だと言ってくれる女性はいるもんだ。独身になってからモテるようになったくらいだ」

「そうか、モテているってことか。じゃあ、おれが心配することはないな」

「男の人生で女を抜いたら、何が残る？　何も残らんだろう。どんなに老いぼれても、女とつきあいつづけるよ。山本だって同じじゃないのか？」

「そのとおりだ。いくら家庭が円満でも、それとこれとは別だからな」

「ところで、奥さんは元気か?」

「最近、キルトの刺繡《ししゅう》に凝《こ》っちゃってな、毎日のように教室に通っているようだ。息子がぼやいていたよ。『テストで早く帰ってきてもお母さんがいないんだもの。仕方ないから、おれ、初めてピザの出前を自分で頼んじゃったよ』だってさ」

「優雅なもんだ。山本、甲斐性《かいしょう》があるな」

「甲斐性か? おれは自分の愉《たの》しみなんて全然ないぞ。自分を満足させられなくて、何が甲斐性だ」

「ははっ、頑張れ、頑張れ。身を粉《こ》にして尽《つ》くせばいいさ」

川口が甲高《かんだか》い笑い声をあげた。そこには悪意といったものは含まれていない。ただ単に茶化《ちゃか》しているだけだ。悪意を秘めて言ったとしたらタチが悪い。

山本はハンカチを背広のポケットから取り出すと口に挟《はさ》んで手を洗った。前屈《まえかが》みになりながらチラと鏡に視線を遣《や》った。

頭頂部が薄くなりかけている中年の男が映っている。若さを保《たも》ってはいるけれど、それは四十五歳なりの若さであって、三十代に間違えられるような若さではない。

＊

最近、無理が利《き》かない。

午前零《れい》時になる前にもう眠くなってしまう。

山本は今、ベッドに入ったところだ。

自宅に帰ってすぐに夕食をとった。九時過ぎに風呂に浸《つ》かった後、ビールの小瓶《こびん》を半分ほど飲んだところで眠気に襲《おそ》われてしまった。

ウトウトしていたけれど、妻の裕子《ゆうこ》が隣のベッドに入ったところで目を覚ました。山本は意識的に寝返りをうって、自分が目を覚ましていることを妻にさりげなく伝えてから声をあげた。気の小さい妻はそれでも驚いたらしく、軀《からだ》を一瞬凍《こお》らせたようだった。

「裕子、今何時だい？」

「十二時をちょっと過ぎたあたりかしら」

「まだ早いんだな。こんな時間に起きちゃうと、眠れるかどうか心配だよ」

「若い時のあなたって、いつでもどこでも眠れたのにね」

「齢《とし》のことを言うなって。裕子だって毎年同じように齢をとっているんだからな」

「ムキにならないで。冗談なんだから」

「寝起きにいきなり変なことを言われたからな」

「最近のあなたってちょっと怒りっぽくない？　頭が固くなっている証拠らしいわ。部下にカッとなって怒ったりしていないでしょうね」

「こんなに穏《おだ》やかな男をつかまえて、ひどいことを言うんだな」

「康一《こういち》も同じようなことを言っていたわ。『お父さんって、昔っからあんなに短気な人だったの？』と訊《き》かれたのよ。『人間というのはＤＮＡに支配されているじゃない。あの短気な血が自分にもあると思うといやだな』とも言っていたんだから……。気をつけてくださいね」

妻は穏やかな口調で言った。しかし、内容は辛辣《しんらつ》だった。まるで年寄りの頑固《がんこ》ジジイにされてしまった気がした。

不快ではあるけれど、怒ったりはしなかった。妻の忠言は正しいからだ。自分でも時々短気だと反省していたから、今ここでカッとなるわけにもいかなかった。

妻が明かりを消した。

布団を顎《あご》の下のあたりまで引き上げている音が聞こえる。

ベッドをツインに替えたのは、いつだっただろう。結婚当初はクイーンサイズのダブルベッドだった。そんなことを思ったけれど、記憶は曖昧《あいまい》で思い出せなかった。

「このベッドに替えたのは、いつだったか覚えているかな」

「忘れちゃったの？　わたしはツインにするって言ったらあなたは反対して、さんざんもめたじゃない。あれはね、康一が小学五年生の時。十一歳になったばかりだったわ」

「四年前か」

「康一はわたしに向かって、こう言ったのよ。『お父さんとお母さんって同じベッドで寝ているけど、毎日、セックスしているの？』って……。びっくりしたわ」

「先日、康一の机の下をチラと覗《のぞ》いたら、エロ本が置いてあった。子どもっていうのは、親が気づかないうちに成長するものらしいな」

「心配だわ、わたし」

妻が薄闇の中で思いをたっぷりと込めたため息をついた。それにはしっとりとした艶《つや》やかな響《ひび》きがあって、山本は胸騒ぎにも似た気持が迫《せ》り上がるのを感じた。陰茎に力がこもりそうだったが、敢《あ》えてそれを抑《おさ》え込んだ。

妻とはもう長いこと触れ合っていない。がむしゃらになって求める時期はとうに過ぎている。誘うには酒の助けでも借りないと無理な気がする。それに隣の部屋では高校受験を控えた康一が勉強をしているはずだ。どんなに息をひそめながらセックスをしても、たぶん、聞こえてしまう。両親が息子の受験勉強の邪魔をするわけにはいかない。

「明日も朝から会議なんだ。ぼくは寝るよ、いいね」

山本は言った。右手で萎《な》えきっている陰茎を一度摘《つま》んでその存在を確かめてから瞼《まぶた》を閉じた。

眠れないかと心配だったが、すぐに睡魔が訪れた。

第一章　男の残り時間

胸に溜め込んでいる漠然《ばくぜん》とした不安を放っておくと、必ずいつか溢《あふ》れ出す。

山本は強迫観念のようなものが心に芽生《めば》えているのを感じていた。

自分の心に潜《ひそ》んでいるそれが何かを見極《みきわ》めないといけない。それができないと、すっきりしないし、何をしても心から愉《たの》しめない。おれは鬱《うつ》か？　そんなふうに自問するたびに、心が締《し》めつけられる気がした。

こんな時に頼りになるのは、銀座《ぎんざ》のクラブでホステスをしている浜崎千加子《はまさきちかこ》だ。本名を源氏名《げんじな》にしている珍《めずら》しいタイプだ。なぜ本名だとわかったかというと、彼女の南麻布《みなみあざぶ》のマンションに通っているからだ。

彼女は三十二歳。

齢が十三歳も離れているのに気が合った。頭の回転が速くて、言葉遣《づか》いにも品が感じられた。同じ静岡県出身ということもあって、初めて席についた時から気に入ったのだ。

豊満というほどではないが、痩《や》せているわけでもない。中肉中背《ちゅうにくちゅうぜい》よりもいくらかふっくらとしているという表し方がぴったりだろう。千加子はドレスがよく似合う。普段は清《せい》楚《そ》な雰囲気なのに、胸元と背中の両方がざっくりと開いているデザインのものを着ると、いきなり雰囲気が変わって淫靡《いんび》なエロティックさを漂《ただよ》わせる。

乳房の豊かさは際立《きわだ》っている。だからドレスがよく似合う。豊かで美しい曲線を描《えが》いている乳房だから、自然が与えてくれたものではないようにも見える。彼女は自分がどんなふうに思われているのかを知っていて、上機嫌の時に限ってのことだが、「シリコンを入れているんだろう？　なんて言う失礼なお客さんがいるけど、わたし、何もいじってはいませんからね」と、乳房を強調するように胸を張ったりする。もちろんそれはふたりきりの時だけで、クラブにいる時は聞き役に徹《てっ》して澄《す》ましていることが多い。

「暗い顔して、どうしたんですか？」

南麻布のマンションの部屋に入った途端《とたん》、千加子が心配そうに声をあげた。山本は何も答えずに首を左右に小さく振ると、玄関口で彼女をいきなり抱きしめた。

千加子がわずかに背伸びをする。喉元《のどもと》のあたりで、「うっ、うっ」という濁《にご》った音が響く。大きな瞳《ひとみ》に戸惑《とまど》いの色が滲《にじ》み、まばたきの回数が増える。

「ねえ、山本さん、どうしたんですか？　普通じゃありません」

「特別なことは何もないよ。それなのに、なんだか鬱々としちゃってね……。それにしても、よかったよ、千加子がいてくれて」

「わたしが月曜日にお店を休みにしているってことは知っているでしょ?」

「でもさあ、誰かとどこかに行ったりすることだってあるはずだからね。今さっきまで、同期の川口と一緒に銀座のおでん屋で飲んでいたんだ。話をする前までは、クラブにでも行こうかと考えていたんだけど、途中でいやになっちゃったんだ」

「どうして?」

「ぼくのほうから相談めいた話をはじめたんだけどね、暗い話になってさ、いたたまれなくなったんだ」

「それでわたしのことを思い出してくれたのね。ちょっとうれしいかな」

千加子が顔をあげて微笑《ほほえ》んだ。くちびるをさりげなく半開きにした。キスを求めているのがわかり、山本は顔を寄せた。

彼女のぬくもりをくちびると舌で感じたけれど、没頭できなかった。川口との会話を思い出していた——。

川口はさほど酒は飲まずに、大根とこんにゃくばかりを食べていた。腹を満たすことに夢中なのか、適当に相槌《あいづち》は打つものの、訊き返すこともなければ、かぶりを振って納得したしぐさを見せることもなかった。

川口とは年齢も同じ。学部は違うが出身大学も同じで、偶然だけれど結婚した年も同じだ。しかも、彼の両親は公務員で、そのこともまた自分と似た環境だった。そのせいか思考パターンが似ていると感じることが多々あった。だから時として、近親憎悪のような気持を抱くこともあるくらいだった。

もちろん信頼が基本にある。長年のつきあいで口の堅さについてはわかっている。そうでなければ、銀座のおでん屋に呼びだして苦しい胸の裡《うち》を明かしたりはしない。

山本はひとりで三十分近く話をつづけたところで、おでんに箸《はし》をつけた。

「まあとにかく、なんだかよくわからないけど、焦《あせ》りのようなものが日に日に強くなってきているんだな」

「おれだって同じだよ」

川口は眼鏡《めがね》を外すと、蒸気で曇《くも》ったレンズを指の腹で拭《ぬぐ》った。脂《あぶら》によってさらに曇ってしまい、結局、ナプキンで拭《ふ》き取った。

「そうか……。ということは、年齢的なものなのかな」

「たぶん、そうだろうな」

「なあ、川口。何に焦っているんだ、おれたちは？　学生時代は貧乏だったけど、今では銀座で飲み食いができるようになったじゃないか。バブル経済が華《はな》やかな頃は、ずいぶんとおいしい思いもしたしな……。妻以外に親しい女性だってひとりやふたりいるだろう？恵まれていると言っていいはずなのに、どうして焦るんだ？」

山本は箸を置いて、川口の顔を覗き込んだ。目頭《めがしら》に眼鏡の跡《あと》がくっきりと残っている。顔を隠すものがなくなったせいか、四十五歳とは思えないくらいに老《ふ》けて見える。

川口が眼鏡をかけた。老けた顔はレンズの奥にひっそりと隠れた。

「山本、おまえさ、手仕舞《てじま》いって考えたことがあるか？」

「手仕舞い？」

「人生の手仕舞いだ。どういうふうにして自分の人生を完了させるかってことだよ」

「まだそんなことは考えたことないな」

「本当にそうか？　山本の焦りは、手仕舞いに向かっているのを薄々《うすうす》感じて、悪あがきをしたいと思っているからではないかな」

「親父《おやじ》は八十歳で亡くなったんだ。同じ年齢まで生きるとして、半分は過ぎたわけだ」

「確か三年前だよな、親父さんが亡くなったのは……」

「静岡の実家までわざわざ来てくれてありがとうな。サラリーマンだから冠婚葬祭の大切さは十分にわかっていたつもりだけど、あの時ほどそれを実感したことはないな」

山本はカウンターに両手をつくと、感謝の気持を込めて頭を下げた。仰々《ぎょうぎょう》しいと思ったけれど、今夜はそんなふうに振る舞いたかった。

「手仕舞いのことだけど、本当に考えていないのか？」

「それはそうだよ。今、おれは四十五歳。まだまだ将来がある身だからな」

「同い年なんだから、自分だけが若ぶることはないだろう」

「それにしても、どうして手仕舞いなんて考えるようになったんだ?」

「いつだったか、トイレで話したことがあっただろう? 覚えているかな。小便のきれが悪くなったってぼやいた時だよ」

「忘れないさ」

「肉体の衰えを痛切に感じるようになっているんだ。頭も薄くなってきたし、筋力も気力もなくなってきている。自分でそれを否定するんだけど、受け入れようとしている自分もいるんだよな」

「それで手仕舞いなんてことを……」

川口がうなずくのを見て、山本は深々とため息をついた。

「先日、おれな、自分の財産について一覧表にして書き出したんだ。手仕舞いするためには、まず、自分自身を洗いざらいすべて出さないとわからないと思ったからな」

川口がしんみりとした口調で言うので、山本は気分を変えるためにおどけた表情を意識的につくりながら朗《ほが》らかな声をあげた。

「手仕舞いということより、おまえがどんな財産を持っているのか興味があるな」

「おまえとは同期入社だ。おれのほうが少しだけ部長になる時期が早かったけど、たぶん、給料は似たようなものだ。そうなると、かみさんの実家の援助がどれくらいあるかとか、財テクがどれくらいうまくできたかとかによって差が出る程度だと思うな」

「まあ、そうだろうなあ。で、書き出してみて、どうだった？」

「大したものは持っていないということがよくわかったよ。一戸建ての家に車、保険、現金、それとすごく安いゴルフ会員権といったのが目ぼしいところだ。親父の遺産が少しあったけど、十年近く前だし、そんなものは家を買うための自己資金に組み込んじまったからな」

「がっかりしたか？　今ある財産を目《ま》の当たりにして……」

「よく頑張《がんば》ったと自分を誉《ほ》めたさ。でもな、こんな程度のものかと正直、がっかりもしたかな。会社のために家庭も顧《かえり》みないでがむしゃらに働いてきたのにな」

「好きで働いてきたくせに、そういうことを、平気な顔してよく言うよ」

「酒と競馬をやらなかったら、もう少し、貯《た》まっていたかもしれないな」

川口はのびをひとつした。競馬で取った自慢話しか聞いたことがなかったけれど、彼の今の様子からトータルの収支がマイナスだということがわかった。山本は彼を励《はげ》ますように肩を軽く叩《たた》いた。

「酒も競馬もやったほうがいいぞ。人生の楽しみがなくなっちゃうじゃないか。それこそ、何のために働いているかわからなくなる。なあ、そうだろ？」

「まあな」

「奥さんとは、別れてからも会っているのか?」

「まさか。慰謝料を払っているだけだ」

「きれいな奥さんだったのにな。結婚式に出た時、すごくうらやましかったんだぞ。今でもよく覚えているよ、キャンドルサービスでおれたちのテーブルに来た時、おまえの手がブルブルと震《ふる》えていたのをな」

「そんなこと、あったか?」

「あったさ。式の後で、みんなで茶化したんだ。川口はきっとマゾで、自分がロウソクを持って歩くのに馴《な》れていなくて緊張していたとか、SMプレイをしているのを気づかれるのが怖《こわ》かったとかってな」

「そんなことを言いあってたのか。だからかあ……、新婚旅行から帰ってきて出社した時、女子社員が『キャンドルサービス、馴れているみたいですね』と、わけのわからないことを言っていた理由がわかったよ」

「楽しかったな」

「うん、楽しかった。あの頃はみんな若くて、生き生きしていたな」

「これからも楽しいことがつづくといいよな、お互いに」

山本はもう一度、彼の肩をポンポンと軽く叩いた。

彼が振り向いた。

「ところで、同期で入った梶山《かじやま》のこと、知っているか?」

「入院したそうだな。奥さんから連絡を受けたよ」

「おれは先日、見舞《みま》いに行ってきた。おまえも早いうちに行ったほうがいいぞ」

「引っかかる言い方だな、『早いうちに』というのが……」

「癌《がん》だ」

「そうか、わかった」

「そうしてくれ。あいつ、自分の弱っている姿を見せたくなくて、会いたくないと言うかもしれないけど、無理にでも会っておいてほしい。あいつのことを話せる人を、おれはひとりでも多くつくっておきたいんだ」

「そういうことがあったから、おまえ、手仕舞いなんてことを考えたんだな。あいつなら病気を克服するんじゃないか? 体力のある男だからな」

「軽々《けいけい》にそういうことは言わないほうがいい」

川口の様子から推《お》して梶山の調子はよくなさそうだと察した。同い年の男のことだけに、身につまされた。人生の手仕舞いについて、真剣に考えるべきかもしれない。山本は自分のことを振り返る時が近づいていると感じた……。

浜崎千加子のくちびるがうねった。それがきっかけとなって山本はようやく、川口との会話の世界から現実に戻った……。

「どうしたの？　やっぱり変だわ、今日の山本さんは」

首を振ってくちびるを離した彼女が、いぶかしげな顔で言った。さすがに鋭《するど》い。

「変わったことなんて何もないよ」

「本当にそうかしら？　さっき言っていた暗い話っていうのが気になっているんじゃないの？　それに、キスだっておざなりだったし……。こんなこと、今までに一度もなかった気がするわ」

「千加子の前では隠し事はできないな」

「やっぱり……。わたしには何でも話してくれるっていう約束だったでしょ？」

千加子は頰《ほお》を膨《ふく》らませながら言うと、先にリビングルームに入った。

酒の用意をはじめる。彼女は問い詰めたりせずに氷を冷凍庫から取り出す。ソファの前のローテーブルに水割りをつくるセットを置く。ホステスだけあって、身のこなしがスマートで無駄《むだ》がない。

背中が大きく開いた濃紺《のうこん》のドレスが輝く。乳房のすそ野まで剝《む》き出しになっていて、ふっくらとしたそれが男のスケベ心をそそる。千加子とつきあうようになって丸四年。出会った頃と比《くら》べると成熟度が増している。最近では、頭の芯《しん》をダイレクトに刺激するような色気を放《はな》つこともある。

「で、暗い話って何だったの？」

水割りをつくったところで、千加子もソファに腰を下ろした。彼女は今しがたの会話を忘れていなかった。

十三歳も年下の千加子に、川口との会話を明かしても理解できないだろう。彼女には輝かしい未来と希望だけがある。人生の手仕舞いなどと言っても実感できなくて当然だ。しかし、それでいい。彼女ならきっと、わからないことだからこそ、笑い飛ばしてくれるはずだ。

彼女のあっけらかんとした笑いが頑張ろうという力をもたらしてくれる。だからこそ、彼女が好きだった。それが単にセックスだけではない関係をつづける理由でもあった。

かつては、妻が千加子のように力をもたらしてくれる存在だった。それがいつの間にか、期待に応《こた》えてくれなくなってしまった。子どもが生まれ、成長していくうちに、妻の関心がひとり息子に移ったからかもしれない。サラリーマンとしての出世の道も先が見えたことで、夫を支《ささ》えることへの気力を失ったからかもしれない。

部長職に就《つ》いたのだから、それなりに敬意を払ったとしても罰《ばち》は当たらないと思うが、専業主婦の妻には、それがいかにすごいことなのかという実感がないようだった。家にいても、息子が中心になっていて、夫をないがしろにしているところがあった。

千加子に妻の不満を言うつもりはない。彼女に対して失礼だし、気分がよくなる話でもけっしてない。

「今夜は千加子にすごく甘えたい気分だ……」

「甘えるだなんて、心が弱っている証拠だわ。山本さん、疲れているのね。部屋に入ってきた時、実はちょっとびっくりしたの。表情があまりなかったから……。今までなら、顔の筋肉がひきつるんじゃないかってくらい、喜んだ表情をしていたでしょ?」

「そうか? 自分ではいつもと変わりがないんだけどな」

「お酒じゃなくて、お茶にします?」

「いや、このままでいい。少し飲みたい気分だ」

「やっぱり変。この部屋にいる時に、自分からお酒を飲みたいなんて言わなかったわ」

「本当に何も変わっちゃいないさ。こういう時もあるさ」

彼女を抱きながら、山本はソファの背もたれに寄りかかった。

座り心地のいいソファだ。彼女とふたりで南青山《みなみあおやま》の家具ショップを見て歩いて買い求めたものだ。四年の間に彼女に買ってあげたものが部屋のあちこちにある。ふたりがつきあってきた証《あかし》でもある。

山本はそれらを愛《いと》おしいと思った。モノに対する執着《しゅうちゃく》はないほうだったから、ふいに生まれたこの感覚が不思議だった。たとえば、サラリーマンの必需品の時計とかバッグとかいったモノへの執着もなかった。今まで千加子に買ってあげたモノを愛おしいと思ったこともなかった。

執着するなら女にしたい。

千加子でもいいし、ほかの女であってもだ。執着は心の裡に希望をもたらしもするし、生き甲斐にもなる。妻が息子に執着しているのを目の当たりにしているせいか、モノに執着するより人のほうが面白いとわかる。

山本はグラスをローテーブルに置いた。

ドレスの上から乳房にてのひらをあてがった。ブラウスやワンピースの時よりも、ドレスのほうが乳房を覆っている生地《きじ》が厚いのを感じる。ドレスにカップがつけてあって、それがブラジャーと重なることで生地の厚みと感じるようだ。

乳房のすそ野が迫《せ》り上がる。白い肌がほんのりと桜色に変わっていく。濃い香水の匂いに全身が包まれる。胸の奥深くまでそれを吸い込むうちに、高ぶりも強まっていく。匂いがスーツに染み込んでしまうが仕方ない。

いつだったか、香水をつけるのは止めてくれないかと頼んだことがあったが、即座に断られた。それって、化粧しないで迎えてほしいと言っているのと同じ、絶対にいや、それくらいのことは山本さんの才量でどうにかごまかしてください、わたし、そこまで気を遣《つか》いたくありません。何から何まで、あなたの都合のいい女になれないから。それに、あなたはそういうものわかりのいい女には興味がないはずよ……。そんなことを言われて、反論できなかった。

結局その時に言い負かされたことで、山本は今日も香水を吸い込みつづけている。そしてスーツについた匂いを妻に気づかれないようにするために、消臭スプレーをバッグにいつも携帯しているのだ。

「最近、齢をとったなって感じることが多いんだ。酒に弱くなったし、酒量もずいぶんと少なくなっているし……。川口のこと、知っているだろう？　そんなことをあいつと話していて、しんみりしちゃったんだ」

「それが隠し事？」

「そういうこと。だから、さっき言ったじゃないか。心配するのは時間の無駄だって」

「働き盛《ざか》りの四十五歳が、何をとぼけたことを言っているの。うちの店にはね、七十歳を過ぎても現役で働いている会長さんとかがいらっしゃるのよ。齢をとっていてもバイタリティに溢《あふ》れている方はたくさんいるんだから、少しは見習ってください」

「わかるかな、千加子にぼくの気持が……」

「いいえ、わかりません」

「そうだろうな。わからないと言うと思っていたよ。そうさ、わかりっこないな」

「齢のことで落ち込んでいたなんて、おかしいわね。軀《からだ》の具合でも悪いの？　定期検診でよくない数字が出ちゃったのかしら」

「躯はとにかく健康だよ。心はどうかわからないけどね。たぶん、少し疲れているのかもしれない。そうでなければ、甘えたいなんて言うはずないから」

「わたしはうれしいのよ、そのほうが。心を許してくれているって実感できるから……。でも、会うたびにそんなふうに甘えられたら耐えられないかもしれないわ。それに、男としての魅力も感じないかも……。時々にしてくださいね」

「きっと、千加子にガツンと言ってもらいたいんだろうな」

「自信に満ちた人だと思っていたけどやっぱり、脆《もろ》い部分があったのね」

「それは誰にだってあるさ。見せるかどうかっていう違いだけじゃないかな」

「わたしにそれを見せたのって、初めてね。どうして？」

「信頼すべき女性だからな」

「女として見られなくなっちゃったんじゃないかしら。お母さん的な存在に変わったのかもしれないわ。四年もつきあっているんだもの」

「これからだよ、ぼくたちは……。すごく愉しいことが待っているんだから、今別れたらもったいないぞ」

「そうかなあ。ここからさらに出世するかどうか、ある程度見極《みきわ》めがつく年代ですからね、あなたは」

「しっかりしているんだな」

「銀座のホステスですよ、わたしは」

「もしかして、本気で別れたいと思っているんじゃないのか？」

「だからさっき言ったでしょう？　考え過ぎだって。深読みばかりしていると、疲れちゃうわよ。それにね、あなたの深読みって、たいがい、外れているの」

山本は自分の気持が少しずつ浮き上がっているのを感じた。彼女に強い口調で自分の想いが否定されることで、やる気や負けん気といったものが蘇《よみがえ》っている。

千加子が足を組んだ。ストッキングを穿《は》いていない彼女の桜色の肌が眩《まぶ》しい。ストッキングの代わりに、色香が太ももを包んでいるようにさえ見える。

「今夜は泊まっていこうかな」

「いいのよ、無理しなくても。それとも、わたしが別れたがっていると思って心配になった？」

「嫉妬深いんだ、これでも」

「あなたは出会った時から変わっていないわ。いえ、それは言いすぎ。おつむのあたりがちょっと変わったかな。それと、夜が弱くなってきたかしら」

「厳《きび》しいことを言うなよ。また落ち込んじゃうかもしれないぞ」

山本はようやく気分が晴れていくのを感じた。性欲の高まりが鬱々とした気分を覆った。陰部だけにとどまっていた火照《ほて》りが全身に拡《ひろ》がっていくのも心地《ここち》よかった。

山本は裸になった。

陰茎はすでに膨らんでいる。腹筋に力を入れれば、陰茎を意識的に跳《は》ねさせることができる。けれども、自分で納得できる勃起ではない。

たとえば、大学生の頃の勃起した陰茎は、角度が七十五度から八十度くらいはあった。懐かしい記憶だけれど、自分にとっての勃起はそれが基準になっている。だから、今の六十度くらいの角度では物足りない。それどころか衰えをヒシヒシと感じる大きな原因になっている。

先に裸になってベッドに入っていた千加子が湿《しめ》った声をかけてきた。

「いつまでも元気ね……。山本さん、ほんとに仕事しているの？」

「千加子にかかったら、大の大人も形なしだな。これでも立派な部長ということで、少しは認められているんだけどな」

「そこまで言わなくても、わかっていますよ。そうでなくちゃ、銀座で飲んだ請求書を会社で落とせないでしょう？」

山本はベッドに入った。

彼女に気づかれないように自《みずか》ら陰茎に触れてみた。

幹《みき》の芯から硬くなっていた。いつもの勃起と変わらなかった。だが、確実に変化してきていることは確かだ。二十代の頃と違って、勃起していられる時間が明らかに短くなっている。少しの刺激では反応しないことも多い。その代わりに、射精に至るまでの時間が長くなっている。それだけは喜ぶべきことではあるけれど、途中で戦意喪失の原因になったりする。

フェラチオに対する意識も変わってきた。

セックスに飢《う》えていた頃は、挿入は自分の快楽のためというより、女性を悦《よろこ》ばすためにしているという意識が強かった。だからその前に、自分だけが快感に浸《ひた》れるフェラチオは、なくてはならないものだった。

最近のフェラチオへの意識は、勃起を持続するために必要な刺激というものだ。

今はまだ、フェラチオをしてもらわなくても勃起するし持続もするけれど、それがあるとないとでは、その後の陰茎の勢いに差が出るような気がしていた。だから、挿入で得《え》られる快感より、濃厚なフェラチオへの憧《あこが》れのほうが強い。

千加子はたっぷりと時間をかけて丹念《たんねん》にくわえてくれる。だからこそふたりの関係はつづいていると言えるし、今後もつづけていくだろうとも思うのだ。

「くわえてくれるかい？」

「いやねえ、山本さんったら。ちょっと急すぎない？　まだキスもしていないんだから……。それとも、今夜帰るつもり？」

「いや、泊まっていくよ。いつもと違うことをしてみたくなっただけさ。たまには順番を変えてみてもいいだろう」

「順番とか決めているつもりはないけど、それにしても、いきなりなんて変よ。今夜の山本さん、おかしいわ」

「齢を重ねるうちに、どんどんおかしくなってきたのかもしれないな」

「それって、いつものようなセックスだと刺激がないってこと？　だから、順番を変えたいっていうことなの？」

「深く考えて言ったわけじゃないから、よくわからないな」

「嘘、そんなの。わたし、山本さんとは長いつきあいなのよ……。考えなしに、頭に浮かんだことをポッと口にするタイプじゃないってことくらいわかっているわ」

「そういう時もあるのさ」

山本は曖昧《あいまい》な笑《え》みを浮かべた。勃起を持続させたいからフェラチオしてほしいなどと言えるはずがない。

四十代の男が求められているのは、硬い陰茎だ。それが得られないと、女性の心に失望が生まれる。ほかの手段を使って快感を引き出してあげても、失望は残りつづけ、消し去ることはできない。

山本は千加子にくちびるを重ねた。

胸板《むないた》で豊かな乳房を押し潰《つぶ》す。高ぶりはまだ迫り上がってきていないらしく、乳首は小さいままだ。それでも彼女は、甘えたように鼻を鳴らす。

舌と舌を重ねる。そのままの状態を保ったまま、互いに舌を震わせる。舌先からつけ根に向かってかすかに快感が走っていく。共同作業をしているという手応えが、興奮につながっていく。舌を絡《から》めながら、唾液を送り込む。彼女はそれを喉を鳴らして呑《の》み込む。そのたびに乳房が揺れ、すそ野が波打つ。

おいしいキスだ。長いつきあいによってつくりあげた、ふたりだけのキスだ。

性的興奮というものはつくづく不思議なものだと思う。肉体だけでそれを考えた場合、刺激と反応によって起こるといっていい。だから常に、馴れによって刺激に鈍感になるという困難な問題がある。その打開策として新たな刺激を求めるのだ。ところが、千加子とのキスには、それだけでは説明できないものも含まれている。

絆《きずな》が性的な興奮をつくりあげていた。互いを思い合う気持が高ぶりを引き出していた。単なる刺激と反応ではない。そういうことがわかるようになったのは、四十歳を過ぎてからだ。勃起が弱まってきたことと相関関係があるかもしれない。たとえば、ベートーベンは耳が悪くなったのを補《おぎな》うように、ほかの感覚の鋭さが増したと言われている。それと同じようなことが、セックスの能力についてもありうると思ったりするのだ。

千加子のくちびるの周《まわ》りに舌を這《は》わす。

唾液を塗り込んだり、舌先で突っついたりを繰り返す。一周りしたところで、口の端《は》だけを丹念に愛撫する。彼女の場合、軀の中心と端《はし》っこが敏感だ。くちびるだけではない。乳首や乳輪もそうだ。中心ともっとも外側を触れるかどうかの微妙なタッチで愛撫する時に、興奮が際立《きわだ》っているように思える。

「ああっ、溶けちゃう……。山本さんの愛撫っていつも、とっても素敵」

「愛情をたっぷり注《そそ》いでいるからだな。それに、千加子に悦《よろこ》んでほしいって思っているからだよ。たぶんそれは、願いにも似ているな」

「ふふっ、大げさね」

「願いは通じるものだし、願わないことは実現することもないからね」

「山本さんは部長さんになって、言うことが難しくなってきたんじゃない？　課長さんだった頃は、とにかく、ホステスのおっぱいに触れれば満足していたのに」

「齢は人をつくるのさ」

「それを言うなら、役職が人を育てる、ではなかったかしら」

「どっちでも似たようなもんじゃないか」

「ねえ、フェラチオ、しましょうか」

彼女はあっさり言った。もう少しキスをつづけなければいけないかなと思っていたから意外だった。キスの順番をクリアしたことで、彼女は次のステップに向かう気になったのかもしれない。

「いいのかい？」

「キスできれば、気が済むのよ。自分でもつくづく変だなって思うわ」

「順番をつけていることについてかい？」

「そうではなくて、キスをしないとダメってこと」

千加子はしがみつくようにしながら囁《ささや》いた。

乳房が揺れている。この豊かな乳房への愛撫をまだしていない。くちびるをつけていないし、舌先で舐《な》めてもいない。

男は年齢を経るにつれて、女体で興味を持つ場所が変わっていくと言われている。若い頃は乳房に興味をそそられ、齢をとるにつれてお尻に向かう、と……。でも、山本はそれは正しくないと思っている。

乳房への興味は永遠だ。

男なら誰しも、いくつになっても、乳房に触れたいと思うし、撫でたいと思っている。だから、齢をとったことが原因で、乳房以外に好奇心が移っていくのではない。乳房を撫でたり、揉《も》んだりすることで得られる快感が減ることで、執着《しゅうちゃく》心が薄らぐのだ。

「おっぱいを味わっていなかったな」

「いやねえ、忘れてたの？　わざと、愛撫しないのかと思っていたのよ」

「くわえてほしいっていう気持が強かったからね」

「だから、言ったでしょ？　するって」

「いいのかい？」

「もちろん、喜んで……」

千加子は照《て》れ笑いを浮かべながら、掛け布団の下に潜《もぐ》り込んだ。

山本は仰向《あおむ》けになって体勢を整えた。彼女が足の間に入ってくるのを見越して、さりげなく足を広げた。陰茎は屹立《きつりつ》している。下腹に力を入れると小さく跳《は》ねるが、何もしなければ下腹に沿《そ》ったまま屹立しているだけだ。

陰茎が垂直に立てられる。千加子の細い指が熱い。フェラチオによる快感を期待して、幹の芯に脈動が走る。幹を包む皮がつけ根に向かって引っ張り下ろされる。笠が歪《ゆが》み、細い痛みが生まれる。痛みの次には必ず快感が訪れる。それがわかっているからこそ耐えられるのだ。

「元気ね、とっても」

「どうかな、それは。今だけかもしれないぞ」

「いやん、そんなこと言っちゃや」

「やっぱり、元気モリモリのほうがいいってわけか」

「それはそうでしょう。でも女は、心が通《かよ》い合うことが大切だと思っているから」

「それなら、心を通い合わせるつもりで、たっぷりとくわえてくれるかい？」

「はい、わかりました」

「ずいぶんと素直だね。キスする前に、その素直さがほしかったな」

「素直さがあるから、いやとも言えるのよ」

「そうだ、さっきの話だけど、なぜ、キスする前にくわえてくれなかったんだい？」

「心よ」

千加子が何を言わんとしているのか、山本には察しがついた。耳の痛い話ではない。だからこそ、彼女の言葉を繰り返した。

「心？」

「フェラチオをいきなり求められるっていうことがいやなの。そこには心がないでしょ？あるのは男の性欲だけだから……」

「千加子はいきなりフェラチオを求めることが、愛《いと》しさの表れだとは考えられないかい？」

「それは男の身勝手な理屈だわ」

「そうだね、確かに……でも、そうしてほしいんだ。でないと、できなくなっちゃうかもしれないからな」

「できないって、どういうこと？　まだあなたは四十五歳なのよ。六十歳とか七十歳ではあるまいし……」

千加子はくすくすっと小さな笑い声を洩《も》らした。彼女なりに、勃起しない陰茎というものを想像したのだろう。

「たっぷりとくわえてほしいな」

山本は腰を小さく上下させると、フェラチオするようにうながした。陰茎は硬い。萎える心配はないが、それでも新たな刺激がないと、いつ萎えてしまうかわからない。

口にふくまれた。

唾液が熱い。笠の外周に舌先がまとわりついてくる。頭が上下に動きはじめ、掛け布団もそれとともに揺れる。口の最深部までくわえられる。勢いよく吸われる。笠と幹をつなぐ敏感な筋がひきつる。幹を包む皮がよじれ、ふぐりがひくつく。ふたつの肉塊が小さく何度も上下する。

彼女が引き出してくれる快感は、これまでにも何度となく味わっているものだ。新味はない。気持はいいけど、物足りなさも感じる。もちろん、彼女が手を抜いていないことはわかっている。あくまでも自分の問題なのだ。ポテンシャルが落ちているからこそ、こんなふうに思うのだ。

千加子にくわえてもらっているというのに、快感に集中できない。雑念が快感に対する敏感さを損《そこ》なっている。

集中力だ。

齢を重ねた時に必要なのは、いかに集中を持続できるかということだ。山本は対処法が少しわかった気がした。

ふぐりを舐められる。舌はさらに太ももの内側に向かっていく。そうしている間も、彼女は右手で垂直に立ててしごいている。

対処法がわかったというのに、集中力が途切《とぎ》れた。彼女の口の中にいながら、陰茎の芯からゆっくりと力が抜けていった。

「ねえ、どうしたの……」

「うん?」

「元気がなくなってきたみたい」

「どうやら、話をしすぎたらしい。ちょっと休憩しようか。途中で力が抜ける年齢になってしまったらしいな」

千加子が掛け布団の下から這い出てきたところで、山本は言い訳がましい言葉を囁いた。恥ずかしかった。穴があったら入りたいとは、こんな時に使うのだとも思った。

陰茎は半勃ちの状態のまま、下腹に沿って横になっている。彼女はそれに触れようとしない。気を遣っているのか、それとも、どうしていいのかわからないのか……。

「やる気十分なのに、まさか、萎えちゃうとは思わなかったな」

「ごめんなさい……。わたしがすぐにフェラチオしていれば、こんなふうにはならなかっ

「謝られると、悲しくなるな。違う話をしようか」

山本は千加子に腕枕をしてあげた。まるで、絶頂に昇った後のようだった。

「初めてね、あなたが途中で力をなくしちゃうなんて」

千加子にあらためて言われたが、山本は何も答えなかった。いや、返す言葉が見つからなかったのだ。

陰茎は半勃ちのままだ。腹筋に力を入れると反応はした。が、硬く尖っている時と比べると、悲しくなるくらいに鈍《にぶ》い。ふぐりの中のふたつの肉塊は、鈍さを通り越して、ほとんど反応していない。

「どんな気分だい？　セックスの途中で男のやる気がなくなってしまうというのは……」

「ずいぶんと自虐《じぎゃく》的ね。わざわざ、そんなことを訊くなんて」

「うれしいとは思わないというくらいの想像はつくけど、いったいどういう感じなのか、聞いておきたいんだ。たぶん、これからもありうることだからね」

「自信ないの？　それともまだ若いのに体力的に限界を感じているの？」

「厳しい質問だなあ」

「山本さんが自虐的なことを訊くからよ」

「だけど、ぜひとも聞いておきたいな」

「そうね、まず真っ先に、疲れているのかなって思ったわ。その次に、もしかすると、わたしに飽《あ》きちゃったのかなって……。わたしが若かったら、こんなふうにはならないかもしれないとも考えたわ。とにかく、疲れているあなたをいたわりたい気持と、自虐的な気持がぐちゃぐちゃに入り交じって悲しくなったわ」

　薄闇の中に、千加子のせつなげな声が響き渡った。少し演技めいた感じがしたけれど、彼女の心情がよく伝わった。

「性欲はくすぶったままだろう？　それについての不満は感じないのかい？」

「緊急事態なんだから、性欲については後回し。自分の存在が否定されたような気になっているわけだから、まずそれについて考えるわ」

「自分を満足させてくれない男なんて嫌い、という発想にはならないんだ」

「そうね……。心配だった？」

「ぼくは真っ先にそれを考えたかな。誘っておいて不発に終わるわけだから、愛想《あいそ》を尽かされるって不安になるのは当然さ」

「大丈夫、そんなふうには考えないから安心してください。山本さん、いろいろなことを考えすぎなんじゃない？　まだ若いのに元気がなくなっちゃうのは、精神的な問題だと思うわ」

「若い時は何も考えずにがむしゃらになって、女の子にむしゃぶりついていたからなあ」

「女だって同じ。齢を重ねるごとに、そういった荒々しさがなくなっていくのよね」

彼女のせつなそうな声がまた薄闇に響いた。軀を横にして、こちらに顔を向けてきた。瞳には欲情した色合いが残っていて、艶やかな輝きの残照《ざんしょう》もあった。

視線が絡み合う。

彼女の眼差しは悲しげだ。同情されているわけではないのに、ついつい、そんなふうに感じようとしているのがわかる。

自虐的になることで、彼女の歓心《かんしん》を買おうとしている気がする。隆々《りゅうりゅう》とそびえ立つように勃起していた時には思いもつかない小賢《こざか》しい考えだ。卑小《ひしょう》な人間になってしまったようにも感じる。それがさらに自信をなくす原因になる。悪循環だ。しかし、それを断《た》ち切るのは、芯から硬くなる勃起しかない。しかし、今はそれが叶《かな》わないから、なおのこと自信がなくなってしまう。

山本は乳房に手を伸ばした。

横になっているのに、左右どちらの乳房も流れていない。やわらかみより、弾力のほうを強く感じる。高ぶりによる火照りが乳房の芯に残っている。

「女性にはないのかな、途中でダメになってしまうことは……」

「さあ、どうかしら。わたしにはそういう経験ないわね。年上の気のおけない女性からも、そんなこと聞いたことがないわ」

「そういうことがあっても、他人には話さないだろうからな」

「男性はどう？」

「やっぱり話さないな。男の沽券《こけん》に関わる重大な問題だからな。そんなことを明かしたら、哀《あわ》れみの目で見られるだけだ」

「枯《か》れるというのも、素敵なことじゃないの？　女のお尻を追いかけることから解放されるわけでしょう？　そうなったらたとえば、勉強するとか、旅行に出かけるとか、ボランティア活動をするとか、いろいろなことに目が向くんじゃないかしら」

「女に興味がなくなったら、人生真っ暗だよ。性的に枯れきって、豊かな人生なんかありえない。それだけは断言できる」

「だったら、どうにかしないといけないわね。わたし、責任を感じちゃったわ」

千加子は真面目《まじめ》な口ぶりで言うと、顔を寄せて、頬に軽くキスをした。耳たぶを噛《か》み、首筋に沿って舌を這わせた。もう一度、愛撫をやり直そうということらしい。歯噛みするように、首の筋に沿って口を移していく。小さな痛みとともに、ほどよい気持よさも生まれる。

千加子は意識的に陰茎には触れてこない。いたわりのつもりなのだろうが、そんな気遣いが、山本にとっては情《なさ》けなさにつながる。こういう時は、自分が彼女を愉しませてあげればいいかもしれない。勃起をうながす愛撫をしてもらうばかりだと、それが逆にプレッシャーになる。

千加子を悦ばせてあげよう。割れ目から溢れ出るうるみにまみれて没頭するうちに、勃起することだって十分に考えられる。彼女の悦びだけを考えるんだ。快感に酔いしれる呻《うめ》き声に悦びを見出そう。

山本は千加子に笑みを送り、彼女の耳元にくちびるをつけた。

「勃起しないから千加子を悦ばせられないわけじゃないよ。口も舌も指もあるんだから」

「まあ、いやだわ……。そんなふうにあけすけに言われたら、恥ずかしい」

「恥ずかしい恰好《かっこう》を見せあっている仲じゃないか。ぼくの愛撫に集中してくれるかい？今までとは違う気持よさを味わえるかもしれないから」

山本は彼女を仰向けに倒した。

首筋に沿って舐める。髪の生《は》え際《ぎわ》づたいにくちびるを滑《すべ》らせる。耳に細い息を吹きかける。もちろん、くちびるを使っている間も乳房への愛撫は怠《おこた》らない。

右手で乳房を包み込んだ。たっぷりとした下辺を持ち上げて揉む。硬く尖った乳首を指先で摘《つま》んで圧迫する。穏やかなやさしい快感だけでは単調になってしまうから、痛みを加えることで刺激に変化をもたせる。

乳首は圧迫したことで幹がわずかに歪《ゆが》んでいる。それもしかし、深い呼吸を何度かつづけるうちに元の太い幹に姿が戻っていく。乳輪の迫り上がりが増して、乳首全体が成長したように見えてくる。

　乳房だけでなく、触れている二の腕や太ももの熱気も強まっている。瞼《まぶた》を閉じたまま眉間《みけん》に皺を寄せ、苦しげにくちびるを引き締めたり開けたりする。小さな呻き声を洩らした。湧き上がる快感をそうやって散らしているようだ。

「気持よさに浸《ひた》るんだよ、千加子」

「わかっていますけど、わたしばっかり気持よくなったら悪い気がして、集中できないんです」

「可愛いことを言うなあ……。今夜はぼくが一方的に可愛がってあげるから、そういうことは気にしなくていいよ」

「ほんと?」

　千加子は鼻を鳴らしながら、掠《かす》れた声をあげた。白い足を開くと、陰部への愛撫を求めるように腰を上下に動かした。

　彼女の望みどおり、陰毛の茂みにわけ入る。生温かい湿り気をはらんでいて、地肌もしっとりしている。そこからさらに先に進み、敏感な芽に向かう。

　割れ目を覆っている厚い肉襞はめくれていない。高ぶりがまだ中途半端なのだろう。興奮しきると、男の指を借りなくても厚い肉襞は自然とめくれ返る。

　敏感な芽は肉襞にまだ半分ほど覆われている。尖った先端を指の腹で押したり撫でたりするうちに、肉襞がめくれはじめる。掛け布団の下から、生々しい匂いが噴《ふ》き出してくる。乳房全体が揺れ、すそ野や下辺が波打つ。いつもならば、このあたりでフェラチオを強要するのだけれど、今夜は彼女を悦ばせることに専念する。

不思議なもので、挿入したりフェラチオを求めないと決めると、愛撫をもっと丹念にしないといけないという気になった。今までの前戯のそれとは違う。彼女に快感の坩堝《るつぼ》を味わわせるための愛撫だ。割れ目への挿入をしないのだから、適当に高ぶりを引き出せばオーケーというわけにはいかない。

山本は掛け布団をめくり、彼女の開いた足の間に入った。割れ目を舌で愛撫する前に、銀座のホステスの恥ずかしい部分を眺めた。

縦長の陰毛だ。形が揃《そろ》うように剃《そ》っている跡が見える。肌は白い。薄闇の中でもはっきりとわかる。乳房は仰向けになっているのに、さほど崩れていない。いくらか平板になってはいるものの、美しい円錐《えんすい》の形を保っている。乳輪の迫り上がりが見事で、赤黒い色が淫靡《いんび》だ。

「舐めて、わたしの恥ずかしいところを舐めて……」

「どこを？　恥ずかしいところって、どこだい」

「ああっ、わかっているでしょ？　あなたにしか言ったことがないの、そんなはしたない言葉を……」

「足を目いっぱい開いた淫《みだ》らな姿も、ぼくだけにしか見せていないんだね」

「そうよ、あなただけ」

千加子は長い髪を指に絡めると、束《たば》ねたそれを嚙んだ。恥ずかしさに耐えようとしているのか、理性を保とうとしているのか。どちらともとれる艶やかなしぐさだ。

彼女がうわ言のように吐き出した言葉が本当だとは思わない。高ぶりに没頭するためには必要なことなのだろう。だから山本は敢《あ》えて受け流した。

太ももにくちびるをつけた。たったそれだけで、彼女の足がうねった。

性的興奮が彼女を敏感にさせている。足の指を緊張させながらくっつけている。じわじわと赤みが足先に向かっている。軀の中心から末端に向かっていくことは軀のメカニズムとしては自然なことなのだろうが、目の当たりにすると、新鮮な驚きを覚える。

舌先にたっぷりと唾液を乗せて、太ももの内側を舐める。

彼女の産毛と毛穴、自分の舌の味蕾《みらい》が擦《こす》れ合っている。痺《しび》れるような感覚が生まれる。いつもならこのあたりで愛撫を止めるのだが、山本はつづける。挿入できないのだから、今は舐めつづけることが大切なのだ。千加子を愛撫だけで絶頂に導くのだ。

脛《すね》にくちびるをつけると、足首まで下りていく。太ももよりもスベスベした肌だ。脛の骨を感じて、千加子が意外にも骨太だというのがわかる。骨の感触が伝わってきたということに生々しさを感じる。それが欲望を煽《あお》る刺激になる。それはしかし腹の奥に溜まるだけで、萎えたままの陰茎を勃起に導く助けにはならない。

足の甲に唾液を塗り込み、足の指の股に舌をねじ入れる。

千加子の足を舐めるのはこれで二度目だ。長いつきあいをつづけているのに、これまでに一度しか足の指を口にふくんだことがなかった。汚いとか黴菌《ばいきん》だらけだと思ったからではない。足先を愛撫する前に、挿入に向かってしまっていたのだ。

「ああっ、山本さんに足を舐めてもらうなんて……」

「感じるのかい？」

「お尻がムズムズして、居心地《いごこち》が悪いわ。ううっ、もうやめて。部長さんにしてもらうことじゃないわ」

「いいんだよ、そんなことは気にしなくて……。もっともっと、快楽に貪欲《どんよく》になってほしいな。ぼくのことを快楽の奴隷《どれい》と思ってくれていいし、厳しいことを命じてもいいんだからね」

「奴隷だなんて、ああっ」

千加子は上体をのけ反《ぞ》らせると、ブリッジをするような恰好のまま硬直した。数秒の後、彼女は呻き声とともに全身を弛緩《しかん》させながら背中をベッドに落とした。セミダブルのベッドが揺れ、円錐の形を保っている乳房が小刻《こきざ》みに波打った。

彼女の左足を両手で包むようにして上げた。

足の裏にくちびるをつけた。唾液を塗っていく。視界に彼女の太ももの内側のやわらかい肉が入る。さざ波が立ち、細かい皺《しわ》が生まれては消える。その向こう側に、千加子の割れ目が見える。厚い肉襞はめくれ、うるみが溢れている。それは薄闇の中でもわかるくらい、太い条《すじ》となって流れ出している。

「だめ、もう堪忍《かんにん》して。わたし、足は苦手です。あなたに申《もう》し訳《わけ》ないわ。だから、ねっ、もうやめて」

「いいじゃないか、ぼくがこうしたいと思ってやっていることなんだから」

「ううん、いけないわ」

千加子は頑《かたく》なに拒《こば》んだ。銀座のクラブで出会ったホステスと一流企業の部長という関係の限界なのだろうか。それとも、尽くす女としては受け入れられる愛撫ではないということかもしれない。

千加子が足を引いた。両手から、彼女の足先がするりと抜けていった。大切にしようとしていたものが、目の前から消えたような感覚だった。

千加子は荒い息をしながら、体勢を整えた。足を閉じた後、横になると乳房を隠すように掛け布団を引っ張った。

「どうしたんだい、いきなり。せっかく気持よくさせてあげようとしていたのに……」

「やっぱり、できないわ、わたしには」

「残念なような、安心したような妙《みょう》な気分だ」

「わたしは山本さんのおちんちんを、お口にふくんでいるほうが落ち着くみたい。硬くなくてもいいから」

「ぼくは興奮したよ。千加子に尽くす男という立場に、一瞬だけど、没頭したからね」

「山本さんはわたしにとっては、凜々《りり》しい男性であってほしいな」

「こんなだらしのない息子連れでも？」

「今夜だけよ、きっと。そんなに卑屈《ひくつ》になることではないでしょ？」

「重大事さ、四十代の男にとってはね」

「まあ、大変だこと」

彼女は茶化すように言った。しかし、山本はそれにには応じなかった。

彼女の足の親指を舐めている時の興奮を思い出していた。隠れていた自分の性癖《せいへき》が表に出てきたかもしれないと思ったり、自分はマゾヒストではないと思ったり、ＳＭプレイのような愛撫に新鮮な衝撃を受けただけだと考えたりした。

「もう一度、同じことをしてみたいな。千加子、どうだい？　君は横になって、気持よさに浸っていればいいんだからね」

「いやです、わたし」

「どうして」

「部長さんのイメージが変わっちゃうもの……。わたし、父親コンプレックスがあるみたいだから、たぶん、おつきあいする男性には、自分よりも圧倒的に強くて逞《たくま》しい存在であってほしいんだわ」

「ぼくがどんなことをしても、ぼくに変わりはないだろう? それとも千加子は、ぼくがいつも強くて、弱音《よわね》を吐かない男でいないと満足しないってことかな」

「そんなことはないけど……」

「そう言ってもらってよかったよ。千加子の前で自分を晒《さら》け出せなかったら、一緒にいてもリラックスできないからね」

「でも、さっきみたいに足の指は舐めてほしくないな。舐めるのはわたし。山本さんではないわ」

「それでも、ぼくがそうしたいと言ったら?」

「正直言って、拒むかも。どうしてもっていうなら、そういうセックスが好きな女性を探したらいいわ」

「ずいぶん冷たい言い方をするなあ。そんなつもりで言ったんじゃないのに……」

「わたしは山本さんとこれからもおつきあいしていきたいの。でも、さっきのことを考えたら、わたしひとりだけで、あなたの性癖をすべて受け止めることなんてできない。だから、遠慮しないで探すといいわ。山本さんを部長とも思わない、下品で、自己中心的な女を」

千加子は厳しい口調で吐き捨てるように言い放った。

嫉妬なのだろうか。いや、男の性癖に応えられない口惜《くや》しさだろうか？　そんな疑問が浮かんだけれど、山本は訊かなかった。ただ胸の裡では、千加子の言ったような、下品で自己中心的な女性のことをイメージしていた。

知性がありながらも俗人。他人の目がある時は上品で、ふたりきりになると品性が下劣になる女性。しとやかさを持ちながら、その時々の感情のおもむくまま、目を覆いたくなるくらいに卑《いや》しさを剥き出しにする女性。尽くす女でありながらも、女王として君臨することに恍惚《こうこつ》となる女性……。

山本は吐息《といき》をつき、その女性は千加子ではないと思った。もちろん、妻でもない。はたしてそんな女性がいるのか。

第二章　男の理想形

山本は川口とファミリーレストランで昼食をとっている。ふたりとも黙々《もくもく》と山菜《さんさい》入りのスパゲティを食べている。

この店で待ち合わせをしていたが、川口のほうがいち早く来て、客の出入りがよく見える壁側のソファに坐《すわ》っていた。彼は話すことより、店に入ってくる女性の品定《しなさだ》めをすることを愉しみにしているのだ。自分だけの密《ひそ》かな愉しみのつもりかもしれないが、それくらいのことはわかっている。

川口とはかれこれ、二十年以上もつかず離れずの関係をつづけている。昼食や酒を一緒に飲んだ回数は数えきれない。互いの存在が空気のようになってしまった夫婦のように、食事をする時も会話はほとんどない。仕事のことや会社の話はするし、女のことで盛り上がることはあるが、それ以外では、淡々《たんたん》と口にモノを入れているだけだ。

愉しいとか愉しくないといったことは考えていない。川口も同じだ。仕事をしていればストレスがかかる。せめて、食事の時くらい、気を許せる相手といたい。愉しい時を過ごすことより、気楽にしていられることのほうが重要なのだ。

「川口部長さんよ、どうしてそんなに貪欲《どんよく》になれるのかな」

「何がだい？」

フォークを動かしている手を止めると、川口は顔を上げた。山菜スパゲティの汁が二滴、白いワイシャツに染み込んでいた。山本はそれを見なかったことにして、出入り口のほうに大げさに視線を遣《や》った。

「女性に対するその貪欲さが、真面目なぼくには理解できないんだよ」

「何言ってやがる。ぼく、なんていうタマか？」

「お言葉ですが、女性の前ではいつだって、ぼくと言っているんだよ。ついつい、川口の前で出ちゃっただけさ」

「山本だって貪欲だろ？　でも、おまえの貪欲さは不純だ。結婚しているんだからな。その点、おれは独身だから、どんなに貪欲になってもいいんだ」

「下品な言い方だな」

「男だぞ、おれたちは。現役の男だ。貪欲で何が悪い」

背中を丸め気味にしていた川口がいきなり胸を張って言った。ネクタイが揺れた。そこにも汁が飛んでいた。

「おまえの貪欲さは分別がないんだ。今だってそうだよ。話しているというのに、視線はおれと店の入り口との間で、行ったり来たりしているじゃないか」

「そんなことないって……」

「おれにはわかるよ、いい女が入ってきたかどうか。部長さんがチラと入り口を見た後、ねめつけるような視線で見つづける時は、プロポーション抜群の女だってね」

「まったくもう、身も蓋《ふた》もないことを言わないでほしいな。長いつきあいの男と一緒に食事をしているんだぞ。ほかに何の愉しみがあるっていうんだ」

「貪欲さというのは、特定の相手に対して発揮してほしいんだけどな。見られる女性の立場になって考えろよ。脂ギトギトのおまえに見られたら、せっかくの食事もまずくなっちまうじゃないか」

「普段から貪欲であればこそ、女性をゲットできるんだよ」

「ゲットとかいう言葉を遣うなって。おじさん臭いし、品格を疑われかねないぞ」

山本はうんざりした表情を浮かべると、椅子の背もたれに寄りかかった。

彼の気持はよくわかる。今以上にモテたいからこそ、普段からアンテナを張り巡《めぐ》らしている、と……。

でもそんなことをするのは、まったくモテない脂ぎったエッチな中年男だ。川口らしくない。何もしなくたってモテるはずだ。

「なあ、山本……。おまえの女の好みや趣味はどうなっているんだ？」

「どうって」

「だから、好みや趣味が変わったかどうかってことだよ。年上好きだっただろ？　でも、おれたちはもう四十五歳だ。この齢になってもまだ、年上好きなのかどうかってことさ。以前から、おまえに一度訊《き》いておきたかったことなんだ」

「少しは変わったな、やっぱり」

「さすがに、年上好きの趣味は止めたか？」

「今でも好きだよ。でも、そうだな、セックスの対象としては見なくなったかな……。もちろん、すべての年上の女性を対象から外すわけではないよ。艶やかで上品な女性もたくさんいるからな」

「今は、いくつくらいの女性がメインターゲットになっているんだい？　まさか、四十代ってことはないだろうな」

「今言っただろう？　枠《わく》を広げておきたいって。好みを狭《せば》めたら、出会えるはずの女性とも出会えなくなるじゃないか」

「やる気十分でいいな。おれは、どうやらすごくやばそうだ」

「やばそう？」

「齢をとるごとに、若い女の子に興味や関心が向かうようになっているんだ。まずいと思っているよ。このまま五十代になったら、十代の女の子にしか興味がなくなりそうだ」

彼はニヤニヤしながら言った。出世頭《がしら》としての威厳《いげん》もなく、ただのエロじじいに成り下がっている。山本はそれが実は、うれしかった。彼が心を許していることがわかるからだ。こういうバカなことを言い合いながら、齢をとっていくのだろう。五十を過ぎ、定年を迎え、どこかの小さな会社に再就職をしても、川口とは女についての理想の姿を語り合っている気がする。

「ロリコンの気《け》があるのか?」

「どうやら、そうらしい」

「十代だけは止めたほうがいいぞ。犯罪行為だ。発覚しなければいいではなくて、絶対にやっちゃいけない。わかったか」

川口は小さくうなずいた。

好みはいつ変わったのだろう。離婚が契機になったのか? それとも、そもそも離婚の原因はロリコンの趣味が発覚したからなのか?

「そんな目で見るなよ。今はまだ、二十代の女の子がターゲットなんだからな」

川口は屈託のない笑い声をあげた。そうやって笑っている間も、彼の視線は入り口に向けられていた。

彼のうれしそうな表情を眺めながら、山本は自分の女性の好みについて省《かえり》みた。はたして自分の趣味は変わったのだろうか。

十代の頃は三十歳前後の大人の女性の雰囲気を漂わせている、いわゆるいい女が好きだった。今もそれは変わっていない。年代が変わっても、三十歳前後のいい女は好きだ。ただ、今興味があるのは、傍若無人《ぼうじゃくぶじん》の女だった。

傍若無人といっても、社会性が欠如している女ということではない。つまり、知性がありながらも下品、しとやかさを持ちながらも卑《いや》しく、全身全霊で尽くしたかと思ったら居《い》丈高《たけだか》に振る舞う冷酷な女だ。

眺めてきれいだと感心するだけの女や、連れて歩いた時に自尊心を満足させてくれるだけの女や、高価な洋服やバッグを持っていることを鼻にかけているだけの女や、家柄がいいだけの女には、もう興味はない。

川口はパスタの最後の一本を皿にくちびるをつけてすすって口に入れた。満足そうに椅子の背もたれにそっくり返った。それからおもむろに爪楊枝《つまようじ》に手を伸ばして、深々と吐息をついた。

「とにかく、おれたちはまだ若いんだ。お互い、理想の女を求めていこう。やっぱり、おまえとは女がダブることはなさそうだから、安心できるよ」

「そういうことだな」

「おれは先に会社に戻る。山本は無理しておれにつきあわなくていいよ」

爪楊枝を口の端でくわえたまま席を立った。テーブルの端に置かれた伝票を握っていた。今回は彼の奢《おご》りだ。

山本はひとりでファミリーレストランを出た。腕時計に目を遣った。昼休みの時間はまだ十五分以上はある。こういう時、会社に戻ったりはしない。

行きつけの小さな本屋に入った。雑誌と文庫本に、エロ雑誌とビデオくらいしか置いていない小さな本屋だ。

山本は店の前で不思議な光景を見た。

「おい、てめえ。何やってんだよ。ほら、バッグの中を見せてみろよ」

長い髪をポニーテールにした二十歳そこそこの女性が、若い男の手首を摑《つか》んで叫んでいた。

万引きか？

この本屋でこんなに若い女性店員を初めて見た。

手首を摑まれている男が暴れだしそうだった。図体《ずうたい》のでかい坊主《ぼうず》頭の男だ。こんな男に乱暴されたら、女性店員は怪我《けが》をしかねない。正義漢ぶるつもりはなかったが、その女性店員の身に危険が及びそうだったから、山本は小走りで近づいて声をかけた。

「どうしたんだい？　万引きかい」

「おじさん、怪我するから引っ込んでいたほうがいいよ。この男、わたしに乱暴を働くつもりでいるみたいだから……。若い男ってのは世間知らずだからね、万引きに傷害罪が加わったら、とんでもなく罪が重くなるってことを知らないんだよ」

「だったらこのまま目撃証人にならせてもらうよ。さて、どうする、君。この威勢のいいお姉さんに謝《あやま》って本を返すか、それとも、傷害罪で一生を台無しにしてしまうか」

「うるさいんだよ、おじさんは。引っ込んでろって。わたしのいるこの店で舐めた真似《まね》されたんだ。黙っているわけにはいかないんだよ」

「威勢がいいな。こっちまで犯人扱いしかねない勢いだ」

ポニーテールの店員がぎろりと睨《にら》みつけてきた。眼光が鋭かった。肝《きも》が坐っていないと表れない眼差《まなざ》しだった。

もしかしたら。

この子は理想の女性になりうる？

一触即発《いっしょくそくはつ》の緊張感が、坊主頭の男とポニーテールの店員との間にみなぎっている。なのに、山本の脳裡《のうり》にはまったく別のことがよぎっていた。

「青年よう、いつまでも意地張ってると、警察呼んじゃうよ。この近くの大学に通っているんだろう？　退学にでもなったら、田舎《いなか》のお母さんが泣いちゃうよ。どうせ、エッチな本なんだろ？　だから、バッグから出せないってことくらい、お姉さんは、わかってるんだ。ほら、早く出しなさい、青年。堪忍袋《かんにんぶくろ》の緒《お》が切れそうだ……」

彼女が男の手首を強く握ったのが、三メートルほど離れている山本にもわかった。この女性、もしかしたら、武道をやっているのかもしれない。だから、大きな男が相手でもビビらないでいられるのだ。

坊主頭の顔色が、赤から青に見る間に変わった。ふたりの間の緊張がすっと緩《ゆる》むのが、離れた場所にいても感じられた。

降参したらしい。万引きの若者は使い古された汚いトートバッグを肩から下ろすと、ビデオ三本とSM写真集二冊を取り出した。

「やっぱり、万引きしたじゃねえか、青年。わたしの目はごまかせないんだよ」

「買いますから、どうか、許してください。学校にも言わないで」

「青年よ、甘いんじゃないのかい？　しらを切り通せなくなったら、今度はなんとか許してもらおうというわけか」

「そんなことありません。本当にもう絶対にしませんから、許してください」

「やなこった。犯罪者を許していいわけがない。そうだよな、そこのおじさん」

ポニーテールの店員はビデオとSM写真集を持ったまま、こちらに顔を向けた。

美しい顔だった。瞳がキラキラと輝いていた。目尻《めじり》がいくらか吊《つ》り上がっていた。この女性かもしれない、自分の理想の女は……。

山本は一瞬にして、彼女に心を奪われた。

これは偶然ではないと思った。川口とファミリーレストランで昼食をとったのも、裏通りを歩いてきたのも、書店に寄ってみたのも、すべてがこのポニーテールの彼女と出会うために用意されたものだったのだ。

いくつかの偶然が重なることで、それは偶然ではなくなり、必然となる。山本は今までそんなことを考えたこともなかったのに、心にふっと浮かび上がった。

「なあ、おじさん。そう思わないかよ？　ここにいる万引きの青年を許していいわけがないだろう？　警察に引き渡すのがスジじゃないか？　万引きは犯罪だ。この青年だって、そのリスクを承知で万引きしているはずだ。謝って済んだら、なあ、青年、リスクなんてないじゃないか」

彼女の言うとおりだ。リスクを覚悟してこその万引きだ。捕まったら、リスクを負って当然だ。山本は一歩踏み込んで、彼女に近づいた。それから腕組みをした後、黙ったままうなずいて見せた。偉《えら》そうな態度だと思ったが、部長という肩書きを持っている四十五歳の男にふさわしい。

「まあ、今日のところは許してやったらどうだい」

山本は考えていたこととは別の言葉を、彼女に投げかけた。ほぼ一部始終を見ているからこそ言えたことだ。

こういう場合、威圧《いあつ》的な態度をとるだけが得策とはいえない。損して得取れ。サラリーマンの教訓はきっと、書店にも当てはまるはずだ。

青年は深く反省している。本心からの反省だ。それなのに、彼をさらにたたきのめすようなやり方は、反発や反抗心を芽生《めば》えさせるだけだ。もしも青年を警察に引き渡したら、恨《うら》まれるだろう。何をされるかわからない。地元の客を相手にしている商店が、そこまでやっても得はない。

「おじさん、カッコつけちゃって、何なんだよ。会社のお偉いさんかもしんないけど、そんなこと言われて、はい、そうですか、なんて言えると思うか？　万引き犯の味方をする人は、帰った、帰った」

彼女はポニーテールを揺らしながら、顔を突き出すようにして睨みつけてきた。美しい顔が般若《はんにゃ》のように変わっていた。目が吊り上がり、細い眉《まゆ》が額《ひたい》の皺と混じり合って太くなったように見えた。くちびるも両端を吊り上げていて、それが目尻の皺とくっついてしまいそうだった。

山本は後ずさった。

信じられないけれど、彼女の瞳に本気の怒りが宿っていた。人生経験が豊富な四十五歳の男が、縮み上がりそうな噴怒だった。

本気の怒りを見るのは久しぶりだ。子どもの頃に父に叱《しか》られた時以来かもしれない。あの頃、父は本当に怖《こわ》かった。温厚《おんこう》だったからこそ、普段の顔と怒った時の表情のギャップに驚き、そして怯《おび》えた。そんな時の父の怒りは暴力に直結していた。殴られ、怪我を負わされるのではないかという不安が常にあった。

ポニーテールの若い子の瞳からは、暴力につながる怒りは見て取れなかった。肉体に危険を感じない本気の怒りをぶつけられたのは初めてだった。それにもかかわらず、胸がときめいた。

彼女は青年に説教をはじめた。

「おい青年、金を出しな、ほんとに買いたかったかどうかは関係ないんだ、いいか、リスクを負うんだぞ」

彼女は青年から金を受け取った。レジに戻り、万引きされた写真集やビデオを袋に入れた。そして、今までの低い声とはまったく別の朗《ほが》らかな声で青年を書店から送り出した。

「ありがとうございました。もう犯罪に手を染めないでくださいねえ。わかってもらえましたかーっ」

山本は彼女の声を聞いて呆然《ぼうぜん》とした。

万引き青年を相手にしている時の乱暴な口調は消えていた。やさしくて明るい女の子の口調だった。あまりの豹変《ひょうへん》ぶりに、頭の芯が痺《しび》れそうにさえなった。

理想の女だ。

こんな女性とつきあえたら、どれだけ充実するだろうか。性的衝動が弱くなったなどと愚痴を言っている暇はないはずだ。勃起しないことが彼女の機嫌を損《そこ》ねることだとしたら、どれだけの悪態《あくたい》をつかれるか。

山本は書店の中を歩いた。

午後の始業時間になっているが、今は彼女と少しでも話をすることのほうが重要だと思う。人生は一回きりだ。チャンスがあったら摑む。リスクを怖がっていたら、チャンスは摑めない。始業時間に遅れることによるリスクは受け入れよう。人生の充実のために必要なことだから……。

狭い店内をゆっくりと一周した。

ポニーテールの店員の視線を感じる。それが心地いい。万引き青年が買ったSMの写真集を一冊見つけた。彼は二冊万引きしたはずだったが、ほかの一冊はわからない。若い女性がボンデージのスタイルで微笑んでいる表紙の写真集を持ってレジに向かった。

写真集を差し出した。彼女の表情が一瞬曇った。

イヤミのつもりでも、いやがらせのつもりでもない。万引きされたものと同じ写真集を買うことで、彼女と話すきっかけになると思ったのだ。

「ありがとうございます」

予想とは裏腹に、彼女は表情を変えずに事務的な声をあげた。しかし、朗らかさは消えていて、レジを打つ指の動きが投げやりになったようだった。

写真集を袋に入れる。山本は彼女の指の美しさに見とれた。

長く細い指だ。手入れの行き届いた爪が上品さを漂わせている。薄いピンクのマニキュアを塗っていてぬめりを湛《たた》える光沢《こうたく》もある。乱暴な言葉遣《づか》いに似合わない、女性らしく美しい指と爪。そのギャップにまたクラクラする。

彼女は釣《つ》り銭《せん》を渡す時にも、わずかにうつむいていて、こちらに顔を向けなかった。万引き青年に説教をしている時の威勢のよさはすっかり失《う》せていた。

山本は黙ってレジの前に立っていた。今ここで立ち去ったら、二度と話ができないかもしれないと思ったのだ。

「どうしましたか？」

彼女は顔をあげ、怪訝《けげん》な表情で言った。瞳には先ほどの怒りは見えない。淡々としていて、何の興味もないといった冷たい光しか放たれていなかった。

「見事だったね、さっきは。拍手喝采《はくしゅかっさい》だよ。万引き青年は、恐怖だったろうけど、気持もよかったんじゃないかな」

「何を言いたいんですか？　何のために写真集を買ったんですか？　わたしをからかっているんでしたら、趣味が悪すぎます」

「からかってなんていないよ」

「お客様がどういった趣味をお持ちかなんて興味はありませんけど、絶対に、これは偶然ではないと思います。悪意だとしたら、わたし、怒りますから」

「悪意なんてないですよ、お嬢さん」

「店員です、わたし。お嬢さんなんて呼ばれたくありません。バカにしているんですか？　通りすがりのサラリーマンにそんなことを言われたくありません。それとも、ご自分の部下みたいに、わたしのことを見下《みくだ》しているんですか？　本を買った客だから、何をしても許されると思っているんですか？」

「ははっ、君はぼくのことを誤解しているようだね。見下すなんて、とんでもない。その逆。これでも敬意を払っているつもりですよ、店員さん」

山本は緊張しながら言った。どうすれば、この女性とふたりきりになれるか、デートに誘えるか、自分の思い描く深い関係になれるか……。そんなことばかりを思った。

サラリーマンを二十年以上もつづけてくると、軀が働く時間を覚えている。悲しい習性だ。店の壁の時計に目を遣った。午後の始業時間を二十分近く過ぎている。リスクを受け入れる覚悟をしたはずなのに、そわそわしだしていて、彼女との会話に集中できなくなっていた。

彼女は鋭かった。ほんのわずかな変化も見抜いた。

「おじさん……。わたしに敬意を払っていると言っている割には、上《うわ》の空じゃないですか。大人ってほんとにいやだな。口から出まかせばっかりだから」

「仕事だからねえ。とりあえず、ぼくの名前は山本。五分ほど歩いたところに大きなビルがあるだろう？　あそこで働いているから……。覚えておいてもらえるかい？」

「それって、わたしの名前を聞きたいってこと？　もしかして、これ、ナンパなの？　面白いですね。あのビルに入っている会社って、一流企業じゃないですか。それなのに、わたしみたいな店員をナンパですか」

「面白がってもらうのもいいし、真面目に考えてもらってもかまわない。時間がないから、はっきり言わせてもらいますよ。いいですか？　店員さん」

彼女はうなずいた。淡々としていて色も輝きもなかった瞳が強い力を持った。山本にはそれがわかった。彼女の好奇心を煽《あお》ったのだろうか。それとも、サディスティックな気持に火を点《つ》けることになったのだろうか。

一流企業の部長が、本社のすぐそばの書店の店員を口説《くど》いていいのか？　この期《ご》に及んで、わずかにためらいが生まれた。

自分の新たな性癖との出会いなのだ。勇気を持て。会社にいられるのも、そんなに長くはないんだ。男として生きていられる時間のほうがそれよりもっと短いんだぞ。山本は臆《おく》している気持を奮《ふる》い立たせようと、胸の裡で自らを叱咤《しった》した。

勇気は出なかった。勤務先と名前を教えることで、彼女の警戒心を解《と》こうとした目的は果たせたけれど、逆に、自分の心のガードを固める結果になってしまった。

「わたし、待っているんですけど……」

彼女は左足にかけていた体重を、右足に変えた。エプロンをしていたが、それでも胸元が揺れるのがわかった。

豊かな乳房だ。いくつになっても、乳房には目がいってしまう自分が小市民的で悲しい。もっと突き抜けたい。自分の欲望や性癖に忠実になりたい。それができたら、男として枯れてしまうことへの恐怖などなくなるに違いない。

「何も言うことがないなら、わたし……」

「悪かったね、忙しいのに」

「忙しくはありません。おじさんのてかっている額《ひたい》を見ているのが辛《つら》いだけです。写真集を一冊買って誘惑するつもりのようでしたけど、ご自分のやろうとしていることの大胆《だいたん》さに気づいたんでしょうね、きっと」

「よくわかったね。そのとおりだよ」

「で、何も言えなくなった」

「そうなんだよ。ごめんね、店員さん」

「ははっ、バカみたい」

彼女は嘲《あざけ》るような笑い声を小さく洩らした。上目遣《うわめ》いで見つめてきた時の視線にも侮蔑《ぶべつ》の意味合いの光が混じっていた。山本はそれにも痺れた。

もっと話したかった。でも、時間がない。一時三十分になろうとしている。さすがにこれ以上、デスクを離れているわけにはいかない。

「あなたともう少し、話したいんですよ。だから……。ぼくの仕事が終わるのが、だいたい、夕方の六時。だから、そうだな。今日の六時半に駅前のビルの二階にある喫茶店で待っています」

「信じられないナンパをしますね。行きませんよ、わたしは」

「でも、待っていますからね」

「絶対に行きませんよ。時間を無駄に使うことないでしょう？　わたしは行かないと言ったら行かないんだから」

「待てば海路《かいろ》の日和《ひより》あり。店員さん、そういうことです。ぼくは待っています」

山本は血がたぎるのを感じた。言ってしまった。後悔にも似た思いと、大胆なことをしたという興奮が入り交じって、全身の血液が勢いよく巡《めぐ》った。

彼女はやってくる。ここでいくら断っても、この女性なら必ず現われる。何の根拠もなく、山本は確信していた。

夕方になった。

山本はそわそわしだした。今までは、会社を出たくないという気持になることが多かった。無理矢理にでも残業して、会社に居残っていた。家に帰っても居場所はない。妻に大切にされず、子どもには邪険《じゃけん》にされている。会社にいさえすれば、部長という肩書きに、部下は敬意を払ってくる。どんなに生意気な男でも、どんなに美しく若い女性でも、一目《いちもく》置いてくれるから。

軽い足取りで会社を出た。

駅前の喫茶店に向かう。彼女は絶対に来る。そう思った時、彼女の名前を訊くのを忘れていたことに気づいた。

迂闊《うかつ》だった。名前がわかれば想像も膨らむ。それなのに……。誘いの言葉を口にすることに気を取られていた。舞い上がっていた証拠だ。

「どうした？　おい、山本」

背中に投げつけられた声は、川口のものだった。山本は立ち止まって振り返った。

彼は普段と変わらず、眼鏡の奥の目をキョロキョロと動かし、通り過ぎる女性を目で追っている。あまりにわかりやすくて、山本は思わず噴《ふ》き出してしまった。

「おまえって、さかりがつきっ放しだな。昼飯を食べている時も、退社してからも、ずっと女のことを考えているんだな」

「それくらいしか、金のかからない愉しみなんてないだろう？　最悪なんだよ、おれの情況は。分割払いの慰謝料に養育費もあるからな。自由に遣える金がないんだ」

「それでもゴルフに行くじゃないか。贅沢《ぜいたく》なことを言っているよ」

「ささやかなレジャーだ。最近は、新品のボールなんて使ったことがないんだ。ロストボールばかりさ。しかも、二、三年前に発売されて人気のなくなったモデルのやつだよ」

「で、視姦に走っているというわけか」

「人格に関わるようなことを軽々《かるがる》しく言うんじゃないの。おまえだって、いい女が目の前を通り過ぎたら見るだろう？　それと同じだ。おれにとっては、女性は皆、いい女に思えるだけさ」

「幸せな男だな、川口は」

目の端に駅が近づいてきた。喫茶店の入っているビルはすぐそこだ。

川口とは駅前で別れた。

地下鉄の入り口までやってきた時に、電車には乗らないんだと告《つ》げたけれど、彼は怪訝な表情を少しも見せずに階段を下りていった。

こういう時、互いに詮索《せんさく》しないのが男同士のルールだ。いや、役職に就《つ》いているサラリーマンとしての気遣いといったほうがいいかもしれない。

ビルの二階の喫茶店に入った。チラと探しただけでポニーテールの女性がいないことはわかった。落胆はしなかった。誘った時は、必ず来ると思ったが、会社に戻って冷静になると、来る確率は三割程度だと思い直していたからだ。山本は大きなガラス窓からもっとも遠く離れた壁際のテーブルに坐った。

文庫本をバッグから取り出す。

心が浮《うわ》ついている。ウキウキした気分になるのは、いったい、いつ以来だろうか。今では千加子に会いに行く時にも、こんな気持にならない。

やはり、ポニーテールの彼女は自分にとっての理想の女性かもしれない。

それにしても、と思う。

いつから自分は、あんな荒々しいタイプの女性に心を奪われるようになったのか。しとやかな女性や素直な女性に飽きたのか？　それとも、元々、彼女のようなタイプが好きだったのか？　部長になったことによるストレスを発散させるために、無意識のうちに心が求めているのか？　自分のことなのによくわからない。

昨日、自宅の近所で買った本だ。文学作品ではあるが、官能シーンが多かった。山本はしばらく読むうちに、自分のことではないかと思える主人公に没入した。

＊

十九歳の佳奈《かな》は、四十一歳の男を足蹴《あしげ》にする快感を初めて知った。丸《まる》の内《うち》に本社を持つ上場企業の次長が、四つん這いになって許しを乞《こ》うている。

「あんた、わたしのためになんでもするって約束したこと、覚えてる?」

「はい、約束させていただきました。わたしにとっての生き甲斐《がい》は、佳奈さんだけなんです。君を悦ばせられるなら、どんなことでも受け入れようと覚悟しました」

「だったら、そうね……。あなたの会社に入れないかしら」

「それは……」

「無理?　社員が何千人もいる大企業なんだから、コネクションで入社する人なんてたくさんいるでしょう?　その中のひとりに混ぜてくれるだけでいいのよ」

「役員になればできるかもしれませんけど、わたしにはそんな権限はありません。次長だけでもたくさんいるんです」

「ダメな男。もう、うんざり。あんたの顔なんて見たくなくなったわ。どこかに行ってちょうだい。ホテル代を払って、先に帰ってくれる?　いいわね」

「そんな厳《きび》しいこと言わないで」

「顔を見たくないって言ったでしょ?　早く部屋を出ていって」

佳奈は甲高《かんだか》い声で叫んだ。ダブルルームに自分の声が響いているのが耳に入った。まだ興奮していなかったのに、自分の声を聞いた途端、頭に血が昇り、彼の頬を思いきり叩いていた。

山本は文庫本を閉じた。

自分が望んでいることにあまりにも似通《にかよ》った内容だった。

＊

店の入り口のほうに視線を遣った。

彼女はまだ来ない。いや、どんなに待っても来ないかもしれない。

腕時計に目を落とす。午後六時四十五分。約束の時間から十五分が過ぎている。待っていると時間が過ぎるのが遅いものだ。

コーヒーはまだ半分ほど残っている。お尻も痛くない。ウエイトレスが水を注《つ》ぎにも来ない。一時間は粘《ねば》ろう。店は空《す》いているから大丈夫だろう。

文庫本を再び開きかけたところで、山本は吐息をついた。

いったい自分は何をしているのか。

心の裡にいる醒《さ》めたモノの見方をする自分が問いかけてきた。

何かに熱中すると、もうひとりの自分が必ず現われ、熱情に冷水をかけていく。冷静になりたい時には役に立つが、それ以外の時は、存在してほしくない。冷静になっても楽しいことなどひとつもないということが、最近になってわかるようになった。

若い時は違った。ニヒルだとかハードボイルドといったものに憧《あこが》れたから、もうひとりの自分の冷ややかな声に敬意を払っているところがあった。一歩退《ひ》いて、周囲の情況を眺《なが》める。そうすることで、誰にも非難されることのない安全な場所を探していた。そうやって自分の立ち位置を決めた自分を、バランス感覚の優《すぐ》れた男だと認めていた。

四十歳を過ぎたあたりから、そんなことではつまらないと思うようになった。それが四十五歳になった時に確信に変わった。傍観者のような生き方はつまらない。自分の人生を傍観者として眺めるなんて面白いはずがない。だからこそ、今ここに坐っているのだ。自分の人生の主人公になるために、来るあてのない女性をここで待っているのだ。

山本はもう一度、文庫本に視線を落とした。読むつもりはなかったけれど、手持ちぶさただった。うつむいたまま右手を伸ばして、目の端に入っているコーヒーカップを摑もうとした。その時、聞き覚えのある女性の声が耳に飛び込んできた。

「おじさん、何読んでるの？　本を読むためにここにいるんなら、わたし、帰るからね」

ポニーテールの女性だった。山本は一瞬にして満面に笑みを浮かべた。彼女に媚《こ》びているると自分でわかったくらいの微笑だ。

「来てくれたんですね。よかった、ほんとによかった。来ないと思っていたわけではないんですけど、ほら、一方的に言い残してあの場を去ったでしょう？　だから……」

言い訳めいた口調になっていた。二十歳そこそこの女の子に頭を下げるなんてカッコ悪いぞ。意地の悪いもうひとりの自分の声が胸に響いたけれど、山本は無視した。

「さあ、坐ってください」

「わかったわよ。急《せ》かすような口調で言わないでくれるかなあ。あれだけ『行かない』と言ったのに、来てやったんだから」

「待てば海路の日和があったわけですね。よかった、ほんとによかった」

「で、何？　わたしと話したいことがあるって言ってたでしょ？」

彼女はコーヒーを頼むと、お腹が空いているから夕飯をここで済ませちゃうわと言ってメニューを見ずにスパゲティとサラダもオーダーした。

支払いのことなど気にしていない頼み方だった。山本は自分が支払いをするのは当然だと思いながら、彼女のその澄ました態度に心が痺れるのを感じた。

この女性はやっぱり、今の自分の求めている人だ。でもすぐさま、胸の裡では意地の悪いもうひとりの自分が反論の言葉を囁く。こんな蓮《はす》っ葉《ぱ》な女の子とつきあったって意味がないじゃないか。金を巻き上げられるかもしれないぞ。手痛いしっぺ返しを食らう前に、通り過ぎてしまえ。見てみろ、この女の顔を。無邪気かもしれないけれど、それは知性がないということだぞ。知性なら十分にある。山本はすかさず胸の裡でもうひとりの自分に言い返した。

「話って何？」

「どういったら、いいのかな。込み入った話だから、ひと言では説明が難しいんですよ」

「早くしてちょうだい。ところで、あなたって、やっぱり、国立大学？」

「いえ、私立ですけど、いきなり、なぜそんなことを訊くんですか」

「へえ、違うんだ。でも、大学院まで行って勉強していたんじゃない？　女っ気なしの暗い研究室で、しこしこと研究していたんじゃないかしら」

「それも違います」

「いいの、違っても。わたしがそういうふうに感じたんだから」

山本はにっこりと微笑んでうなずいた。彼女の言うとおりだ。それでいい。それでこそ、求めていた女性だ。もっともっと言いたいことを言ってほしい。そうしてくれれば、求めていた女性だという確信をさらに深められるはずだ。

スパゲティとサラダが運ばれてきた。

彼女は、フォークを口に運びはじめた。食べ方は上品だ。所作《しょさ》も洗練されている。

「あなたのお名前を聞かせていただけますか？　ぼくは山本隆志と言います。四十五歳。会社では部長ですが、そんなことは今のこの場では関係がないですね」

「隆志って言うのね。わたしが小学生の時、隣の席に隆志っていう子がいたわ。その子、何の授業か忘れたけれど、とにかく、授業が終わる寸前になって泣きだしたの」

彼女はいきなり話しはじめた。部下がこんなふうに切り出したら、もっと理路整然と話しなさいと言って怒りだすだろうと思いながらうなずいた。彼女はスパゲティに視線を落としたまま話をつづけた。

「先生が驚いて、『隆志君、どうしたの？　何かあったの？』と言った途端、彼は立ち上がったの。そのすぐ後に、ちゅるちゅるという音が教室中に響いたのよ。何だと思う？　お漏《も》らししたの、隆志君。ははっ、あなたってその子と同じ名前なんだ、おかしいっ」

バカにするつもりで言ったのではないだろう。心に浮かんだことを何も考えずに口にしているだけのようだった。

「幼稚園の時ですけど、ぼくも一度だけ、お漏らしをしたことがあります。情けなかったな。何年経《た》っても、あの時の情けなさや悔しさが心から消えないんですからね」

「隆志って、お漏らしする名前なんだ。それでも、立派な大人になるし、一流企業の部長にもなれちゃうんだから、面白いわね。そんなことより、おいしいわよ、サラダのこのドレッシング。なんて名前かな」

山本はすかさず、テーブルの脇に置かれているメニューを開いた。サラダがいくつか載《の》っていたが、ドレッシングについてまで記《しる》してはいなかった。ウエイトレスを呼んで訊いたほうがいいだろうか？　ためらっていると、彼女は手を挙《あ》げてウエイトレスにドレッシングのことを訊いた。

「あなたねえ、メニューを開くところまでは完璧な行動だったけど、その後がだめね。女性を大切にする男性とは思えないわ」

「そこまでは気配りができなくて、申し訳ない。次から気をつけますよ」

「次？　次があると思うところが、図々《ずうずう》しくていやだわ。やっぱり、来なければよかった。あなたはきっと、わたしのことを物欲しげな女と思っているんでしょうけど、違うわよ。男なんて掃《は》いて捨てるほどいるから」

「こんなに魅力的な女性ですからね、男は放ってはおかないはずです」

お世辞《せじ》をいくらか織り交ぜて言った。ここまで奔放《ほんぽう》な女性を手なずけることができる男はあまりいないだろう。同年代では絶対に無理だ。齢の離れた包容力のある男でないと、彼女を許容することなどできるはずがない。

山本は笑みを湛《たた》えた。彼女にとってふさわしいのは自分だ。その意を強くしたからこその笑みだった。

自分も彼女を必要としているけれど、彼女も自分を必要としているのではないか。彼女もそれがわかっている。だからこそ、こうして喫茶店までやってきたのだ。

「お名前を聞かせてもらえますか？」

「わたしはここにいるの。それで十分じゃない？　本屋に来れば会えるんだから、名前なんて必要ないでしょ？」

「そうですけど……」

「あなたにとっての女がわたしだけになったら、名前なんてどうでもよくなると思わない？　ほかの女と区別したいから、名前を聞きたがるのよ」

「そんなことはありません。名は体《たい》を表すという言葉もありますからね。それに、ご両親がどういう思いで命名したか、推察することもできますからね」

彼女は名乗らなかった。山本もしつこくは訊かなかった。言いたくなったら言う。それが彼女の性格のはずだ。

スパゲティとサラダを残さず食べた。上品な食べ方は最後まで変わらなかった。くちびるをナプキンで軽く拭いた後、

「ごちそうさま。それじゃ、わたしはこれで帰りますから」

と、彼女はそれだけ言って席を立った。振り返りもせずに店を出た。

山本は呆気《あっけ》に取られたが、そのまま座して見送ることはできないと思って急いで立ち上がった。釣り銭をもらうゆとりもなく、階段を駆け下りた。

彼女の姿はなかった。地下鉄の駅の階段を下りていったのかもしれないと思って改札まで走ったが、彼女はいなかった。

山本は呆然とした。

ショックだった。けれども、心の中に愉悦《ゆえつ》が生まれていることも感じていた。

彼女を見失った翌日から、山本は毎日、昼休みと退社の時に、彼女がアルバイトをしている本屋に立ち寄った。

あれから一週間が経つ。けれども、彼女の姿は一度も見られなかった。大切な何かをなくしてしまったかのような空虚な感じがずっと心に張り付いていた。店に入り、彼女がいないのを確かめるたびに、空虚さに厚みが増していくようだった。

店を辞めてしまったのだろうか。それとも、風邪でもひいて寝込んでいるのだろうか。いや、しつこい中年男から逃《のが》れるために欠勤をつづけているのか……。

彼女のことが心配でならない。しかしそれは、彼女と自分とはつながっているという思いがあるからこそだ。このまま二度と会うことがないとわかっていたら、彼女のことを気にするはずがない。


山本は今、銀座のクラブで飲んでいる。

通路側の席に千加子が坐っている。実は酒を飲みたかったからでも、千加子に会いたかったからでもない。接待でもなく銀座に来たのは、本屋で出会った女性のことを千加子に話してみたくなったからだ。そうでもしないと、胸の裡に深く垂《た》れ込めたままのモヤモヤしたものが、時間とともに濃く厚くなっていく気がしていた。もちろん、千加子が話し相手としてふさわしいとは思っていなかった。それをわかっていながら、敢えてクラブに入った。心は重症だった。

「で、どうなんですか?」

水割りをつくったところで、千加子が好奇心を顔いっぱいに滲《にじ》ませながら言った。

「どうって」

「だから、その後、何か進展でもあったんですか? 山本さんの満足そうな顔からして、絶対に何かあったんだわ」

「ないよ、何も」

「ねえ、わたしに遠慮しているんじゃないかしら。言ったはずです。山本さんの性癖を満足させられる相手、粗野で下品な女性を探してくださいって。忘れていないでしょう?」

「そうだったね」

「だから、見つけたんでしょ」

「さあ、どうかな」

「あん、じれったい」

山本は曖昧《あいまい》に答えながら、彼女に下卑《げび》た女性と出会ったということを告げるタイミングをはかっていた。

「教えてくれないと、今日のお勘定《かんじょう》、高くつけちゃいますからね」

「それは勘弁してほしいな。今夜は接待じゃない。ぼく個人で来ているんだから」

「だったら、わたしのマンションへの出入り禁止というのではどうかしら」

「それはもっと困るな。でもそれは、千加子にとっても困ることじゃないか？　ぼくがそれを了承しないと踏んだうえで言っているだけだろ？　なあ、そうだよな」

「わたし、これでもモテるんですよ。ご存知《ぞんじ》ではないでしょうけど」

千加子の言葉は本当だ。ホステスの中でも会話は上手だし楽しい。しかも美人だ。モテないはずがない。それをわざわざ、冗談めかして言いながら、自分を主張するところが千加子らしい。

山本は彼女と親しい関係になっていたが、嫉妬しないようにしていた。ホステスなのだから、男からの誘いはたくさんある。当然のことだ。いちいち反応して嫉妬していたら身がもたない。だから、ふたりきりになった時だけ、自分の女として振舞ってくれれば良しとした。そんなふうに割り切らないと、千加子とはつきあっていけなかった。

「見つけたよ、ついに」

山本は言った。脳裡には、乱暴な口をきくあの女性の顔が浮かんだ。

「ほんと？」

「うん、すごい女性だよ。千加子が言ったとおり、言葉遣いは下品だし、しぐさも粗野《そや》なんだ。でも、どこかしら上品なところも見え隠れしてね、不可思議な子だよ」

「年下なのね」

「やっぱり、年下のほうがいいだろう。そのほうが屈辱的な感覚に浸《ひた》れるじゃないか」

「いくつ？　その子は」

「さあ」

「名前は？」

「さあ」

「山本さん、とぼけているの？　それとも、そういう子を見かけたといった程度の話をしているの？」

「とぼけてもいないし、見かけたといった曖昧な話でもない。千加子に教えたくないわけでもない」

「だったら、教えてくださってもいいでしょう？　それとも本当に知らないの？」

「知らないんだ」

「風俗の子？」

「それも違う。偶然出会ったんだよ。お茶に誘ってみて、この子だと思ったけど、それきりになっちゃったんだ」

「そんなことってある？　お茶するくらいなら、携帯メールの交換とかするものじゃない？　そういうこともしなかったなんて、山本さん、迂闊だったわね」

「まあ、そういうことだ。だから、やけ酒を飲むつもりで銀座に来たんだよ」

「わたしに会いにきてくれたのはうれしいけど、話を聞いているうちに、複雑な気持になってきたわ」

「千加子がそそのかしたんだぞ。そのことを忘れないでほしいな」

彼女の素直な答えに満足した。彼女とは肌を重ねているのだ。簡単に割り切れるはずがない。彼女はホステスだが、ひとりの女なのだ。

「実はね、初恋をしているような初々しさを自分で感じているんだ」

正直に告白した。

胸の奥がキュッと締めつけられるような痛みが拡《ひろ》がった。千加子への恋慕《れんぼ》とは違う。これは絶対的な価値を持つものに従おうとする気構えが生みだしているものかもしれない。

「四十五歳で初恋？　素敵だと思うけど、ちょっと嫉妬するな。山本さんが有名な会社の部長さんだってことを知っているの？」

「会社の近くの書店でアルバイトをしていた子だからね、教えてあげたさ。でも、歯牙《しが》にもかけなかったよ」

「それがホステスとは違うところね」

「そうか？　それは女性によると思うな。実際、千加子と出会った時は課長だったんだから。そんな程度の役職の男なんて、ゴロゴロいるじゃないか。千加子はまさか、ぼくが課長だったからよかったのかい?」

「ふふっ、まさか」

「だろ?」

「可愛いわね、山本さん」

話の流れをいきなり変えられ、山本は驚いて彼女を見つめた。

意外性のあるところも千加子の魅力だ。性的にも成熟している。それに美人だ。この女で、なぜ、満足しないいんだ? そんな疑問が胸の裡で響いた。

ある程度の満足は、千加子でも得られる。でも、自分が失神をしてしまうくらいの愉悦は得られない。何もかも投げ出してしまってもかまわないと心底思えるくらいにまでは夢中になれない。彼女に中途半端な魅力しかないということではない。

「もしもその子ともう一度出会えたら、わたしに紹介してくださいね」

「いやだね。嫉妬されたらかなわないからな」

「するわけないわ。あなたを足蹴にできる女性を見てみたいだけ」

千加子はあっさりと言った。瞳にはもう嫉妬の色合いは滲んではいなかった。話を合わせて盛り上げるホステスの顔に戻っていた。

第三章　深い仲

再会は突然だった。

まるで待ち伏せされていたかのようだった。

秋が深まっていた。

地下鉄の駅の階段を下りる寸前で、肩を突っつかれた。

「おじさん。どうしてそんなにしょぼくれて歩いてんのよ」

山本は瞬時に彼女の声だとわかった。毎日、彼女の声を思い出していた。いつどこから声がかかっても彼女だとわかるように、脳裡に刻みつけていたのだ。

彼女はすぐ背後に立っていた。

日焼けしていた。南の島にでも旅行に出かけていたのだろうか。浅黒くなった顔が引き締まって精悍《せいかん》になっていた。女性の誉《ほ》め言葉に精悍は使わないだろうけれど、その言葉が今の彼女にはぴったりだ。迫力もあった。それは女性としてというより、意志を持った生き物としてほかを圧倒する迫力だ。

「やっと会えた……。ほんとによかった」

とにかく再会できた。感動と安堵《あんど》感が胸の裡に満ちた。思考が停止した。地下鉄に向かうサラリーマンの邪魔になっていると承知しながらも立ち尽くしていた。

「こんなところにいたら、おじさん、邪魔。除《よ》けなさいよ。それくらいの気遣いはできるでしょ？」

「待ち人がようやく現われて、びっくりしちゃったんですよ」

「それって、わたしのこと？」

「名前を教えてくれなかったあなたです」

「そんな卑屈な言い方しないでくれるかな。いやな感じ。わたしの名前は、きりこ。桐のタンスの桐と子ども」

「素敵な名前ですね。どうしてあの時、教えてくれなかったんですか？」

山本は階段の手すりを摑みながら、彼女を上目遣いで見つめた。

桐子。

古風な名前だ。これからは桐子さんと呼ぶことにしよう。彼女の足元にかしずいている姿が自然と脳裡に浮かんだ。

「名前なんて、どうでもいいと思っていたんだけど、おじさんが困っているのがわかったからね。それで教えただけだよ」

「ほんとに素敵な名前ですね。桐子さんと呼んでいいでしょうか？」

「好きにしていいって。そんなことまで、いちいち訊かれたら面倒だってことくらい、想像がつくでしょう？」

「それにしても、偶然ですね」

「わたしは何度か、おじさんを見かけていたよ。しょぼくれていて、ちっとも精彩《せいさい》がないんだもの。悲しくなっちゃったよ。どうしてあんなうだつのあがらない中年男とお茶をしたのかって、反吐《へど》が出そうになったからね」

「桐子さんに会いたかったんです。会社からの帰りに、あの本屋さんに行っては、がっかりして歩いていましたから」

「わたし、ちょっと旅行に出かけていたんだ。それと、あの本屋さんって小さいながらもう一店舗、駅の反対側にあってね、そっちで仕事していたんだ」

「そんなことだったら、桐子さんの代わりにレジに立つようになっていた若い男の店員に訊けばよかった。そうとも知らずに、毎日通っていたんです」

「バカだね、おじさんって。大きな会社の偉い人に限って、男と女のことになると、途端にダメになっちゃうのかな」

「まあ、そういうことです」

「ははっ……。勉強と仕事はできても、生きることを充実させる術は会得《えとく》していないってことなんだろうね。やっぱり、バカだね」

　山本は黙ってうなずいた。やりこめられたという気はしなかった。彼女の言うとおりだ。確かに勉強はできた。仕事もできるほうだ。今の会社で比べてみたら、できる男のトップ集団の最後のほうか、第二集団の先頭あたりに位置している。

「もう少し、一緒にいてもいいですか」

「いいけど、何？」

「用事がないなら、食事でもしませんか」

「どうしようかなあ。わたし、帰って洗濯と掃除をしないといけないんだ。旅行から帰ってきてそのまま放《ほ》っぽりだしているから」

「何を食べましょうか。好きな料理は？」

「強引なんだね、おじさんって。ちょっと甘い顔をすると、すぐ、図に乗っちゃうから不愉快なんだよ。わたしは用事があるって、はっきりと言ったはず」

「そうですけど、また再会するまで何日も間が空いてしまうかと思うと、どうしても執着してしまうんです」

「なぜ？　なぜ、執着するのかわからないな……。そうか、わたしが若いからか。おじさんから見たら、隙《すき》だらけなのかもしれないいな」

「桐子さんの年齢を知りません。二十代だろうという程度の見当はつきますすけど」

「知らないことを、威張《いば》らないでよ。訊けばいいんじゃないの?」

「女性に年齢を訊くのは失礼でしょう。それくらいの常識は持ちあわせています。それに、ぼくにとって桐子さんの存在が必要であって、年齢とか生い立《おいた》ちなんかは関係ないと思っていたんです」

「ということは、知らなくてもいいんだ」

「知りたいですよ、当然。桐子さんのすべてを知りたいと思っています」

「だったら、頼めばいいんじゃない?」

「お願いします、桐子さん」

「わたしは二十五歳。幼稚園から高校まで私立の学校に通っていて、親の転勤で、東京を離れることになったんだけど、大学がエスカレーター式に上がれることがわかっていたから、わたしだけマンションに残ったの。それだけ。とりとめのないつまらない過去だわ」

彼女の下卑た言葉遣いの中に上品さが漂っているのは、きちんとした教育を受けてきたからだと想像がついた。私立に通っていたということは、裕福な家庭だろう。

「で、どこに行きますか?」

「おじさんってさ、どうして執着するのかな。わたしにはぜんぜん、わかんない。もしかしたら、わたしとセックスしたいだけなのかな」

彼女のあからさまな言葉に、山本はどう答えていいのかわからなかった。セックスはしたい。しかも、彼女に虐《しいた》げられる立場でのセックスをしてみたい。

「どうなの？　若い女とできそうだから、執着しているんじゃないの？」

「そうだと言ったら……」

「あっ、そう。それならそれでおしまい。エロ中年につきあっている暇はないの」

「桐子さんに、恋人はいるんですか？」

「そんなこと、おじさんには関係ないことだわ」

「訊きたいことがあったら訊く。そう教えてくれたのは桐子さんです」

「ははっ、そうだったわね。でも、いいこと？　わたしの考え方は気分で変わるの。誰だってそうよ。その気分の変わるまでの時間が長いか短いかってことよ」

山本はうなずいた。そのとおりだ。自分だって気分で動いている。今はマゾヒスティックな気分に支配されているだけかもしれない。いつの日か、桐子を支配したいという欲求が生まれる可能性だってあるのだ。

「だったらさあ、おじさん。ラブホテルに行こうか。わたし、あそこで誰にも邪魔されずに思いきり、カラオケを歌ってみたいんだ」

彼女の口から、またしても意外な言葉が吐き出された。

ラブホテル？　そんなところでカラオケ？　カラオケボックスに行けばいいのに？　山本は理解しがたい彼女の言葉を呑み込むと、

「行きましょうか」

と言い、タクシーを止めた。

桐子を先に乗せると、「恵比寿《えびす》に行って」と運転手に伝えた。恵比寿にラブホテルがあることを知ったのは、仕事でタクシーに乗っていて、偶然、目にしたからだ。ラブホテルは久しく利用していない。セックスだけが目的の場所に、女性を連れていくことがはばかられて、シティホテルを選んでいた。つまり、山本は都内のラブホテル事情に疎《うと》かった。カラオケのあるラブホテルがあるのかと驚いたくらいだ。

確か十五年ほど前だろうか。三連休を利用して妻と北陸方面に車で旅行に出かけた時に、ラブホテルに入った。その時以来ということになる。

あの頃はまだ妻と一緒にいることが新鮮で、どこに行っても楽しかった。宿を予約しない行き当たりばったりの旅をしてみたのだが、土曜日ということもあってどうしても宿が取れず、結局、モーテルのようなラブホテルに入った。

貧乏旅行だった。あんなことはもうできない。女性と一緒の旅で、宿を決めないなどという無謀なこともできない。あの頃の若さがほしいと考えることはあるけれど、あの頃の自分に戻りたいとはけっして思わない。

「おじさんって、エッチなんだね。恵比寿にラブホがあるって知っているんだから」

「恥ずかしながら、使ったことはありません。あのあたりを偶然通りかかって、覚えていただけですから」

「ということは、いつか、使ってやろうって思っていたわけね。妄想を逞《たくま》しくしたのかあ。中年おやじって、やっぱりエッチなんだな」

「まあ、何と言いましょうか……。否定はできません」

「おじさん、ちょっとやめてくれない？　そのスケべな顔。どうにかしてよ。もうちょっと、キリリとした表情にならないかなあ」

桐子は大げさに不快な表情を浮かべると、二十センチほど離れて間隔をとった。運転手が後部座席にチラと視線を送ってきたのがバックミラーに映った。運転手に話を聞かれているということに、彼女はまったく頓着《とんちゃく》していない。

山本は冷や汗が出るのを感じた。運転手はきっと、桐子の口調から十代だと想像しているに違いない。援助交際とでも思っているのかもしれない。

タクシーが恵比寿駅前に到着した。山本はためらいがちに、その先のラブホテルの前で止めてほしい、と伝えた。駅前のロータリーで降りてもよかったのだけれど、自分に恥ずかしい思いをすることを課してみたかったのだ。こんなことは、桐子と一緒でなかったらできなかっただろうし、そんな発想すら浮かばなかったと思う。

タクシーは駅前のロータリーには入らず、駒沢《こまざわ》通りを五十メートルほど走った。左折すると、数軒のラブホテルが見えてきた。

「中年のおやじは、図々《ずうずう》しいから、ほんとにいやになるわ。どうして、ラブホテルという言葉を運転手に言ったのよ。恥ずかしかったじゃない。どうしてくれるのよ」

タクシーから降りると、桐子の表情に、怒りが混じっているのが見て取れた。山本は背筋のあたりがゾクゾクするのを感じた。

桐子の場合、怒りがあらわになればなるほど、凜《りん》とした美しさが際立った。彼女にひれ伏すためにも、彼女を怒らせたかった。自分を圧倒するような存在であってほしかった。そういう情況に身を置くことで、彼女より二十歳も年上だということや、上場企業の部長職に就いているということを忘れられそうな気がした。

ラブホテルのロビーに入った。

部屋の写真が掲示されている。休憩料金がもっとも高額な部屋を選んだ。カラオケのためだけに利用するとはいえ、初めて桐子とふたりきりになるのだから最高の部屋にしたかった。

４０１号室。最上階の部屋。写真を見る限り、ごく普通のシンプルな内装だ。赤とかピンクとかに彩《いろど》られた「ど」がつくほどの派手さも、えぐさもない。

エレベーターに乗った。密室空間でふたりきりになった。期待が募り、息苦しくなりはじめる。陰茎の芯に力が入りそうになる。カラオケのためだけにラブホテルを利用するんだぞ。勃起なんかしたら絶対だめだ。山本は自分自身に言い聞かせた。

桐子は読心術でも会得しているのだろうか。エレベーターの降り際に呟いた彼女の言葉に、山本はドキリとした。

「カラオケを歌うために、ここに来たのよ。おじさん、それを忘れちゃだめだから。エッチなことを考えていることくらい、お見通しなんだから」

山本は曖昧な笑みを浮かべたまま、小首《こくび》を傾《かし》げた。

廊下を歩く。４０１号室のドアの上でランプが点滅している。この部屋だということを知らせている。鍵を受け取っていないから、勝手に解錠《かいじょう》されるのだろう。そもそも、一階のロビーにはフロントはあったけれど、従業員の姿はなかった。かつて北陸で入ったラブホテルとはまるきり様子が違っていた。

ドアノブを回した。やはり、解錠されていた。桐子を先に入れてからドアを閉めた。内鍵をかけようと思ったけれど、そこには蓋《ふた》がしてあった。内側からの施錠も自動だった。山本は試しにドアノブに手をかけてみた。驚いたことに、ドアは開かなかった。ドアノブが回転することもなかった。つまり、内側からも開けられないということだ。料金を払ってはじめて解錠される仕組みなのだ。部屋に入ると、精算のための小さな液晶モニターが壁に備《そな》えられていた。

狭い部屋だった。ベッドだけが異様に大きかった。ふたり掛けのソファがあって、足を入れる隙間がほとんどないくらいにくっつけた状態でガラステーブルが置かれていた。

桐子は足をねじ込むようにしながらソファに腰を下ろした。彼女はラブホテルを利用することに慣れているらしい。部屋の様子を見回すこともなく、ガラステーブルに置かれた歌詞ノートを手にした。

ベッドを気にしているふうな雰囲気はまったく感じられなかった。それが意識している証拠だと思えるだけのゆとりはなかった。

山本はドアの前で立ち尽くしたまま、どこにいていいのか戸惑《とまど》っていた。ソファに並んで坐ってしまったら、彼女に警戒心を与えるだけだ。かといって、ベッドの端に腰を下ろすのはもっといけない。

「何を突っ立っているの？　ねえ、わたし、喉が渇《かわ》いちゃったから、飲み物をちょうだい。わからないと思うから教えるけど、クローゼットの中に冷蔵庫がついているのが普通だから、探してみて」

「よく利用しているみたいですね」

「わたしのプライベートに踏み込まないでよ。一緒にラブホテルに入っただけなのに、自分の女みたいに思わないでほしいわ」

「もちろん、わかっています。それはお互い様だから……」

「何言ってるの？　わたし、おじさんの話なんて聞きたくないわ」

思いがけない返答に、山本は痺れるような気持よさを味わった。

　部下を持つサラリーマン生活が長いせいで、自分のことを話すのが当たり前になっていた。それを真《ま》っ向《こう》から否定されたのだ。でも、怒る気にはならない。いや、怒る理由がない。自分のことを無視されたり否定されたりして怒るのは社内でだけだ。

「ほんとに失礼しましたね。桐子さんのことだけを考えていればいいのに、ぼくはどうやらサラリーマン生活に慣れすぎてしまったらしいな」

「どういうこと？　自分だけで納得するなんて、おかしくない？　わたしに話すべきだと思うわ。それとも、さっきの逆襲のつもり？　それで話さないの？」

「そんなこと、ありません。邪推《じやすい》というものです。深く反省していたんです。言葉にしないほうがよかったんですね」

　山本は立ち尽くしたまま言った。

　居場所は相変わらず見つからない。どういう立ち居振る舞いをしたらいいのか、桐子との関係の距離感がつかめない。

　山本はカラオケが嫌いだった。せっかく何人かでスナックなどに行っても、カラオケを歌いはじめた途端、自分ひとりの世界に没入してしまうからだ。歌いたいなら、ひとりでスナックでもカラオケでも行けばいい。仲間と酒を飲むからには、仲間全員で楽しむべきなのだ。

桐子はソファに坐ったまま歌っていたが、B'z《ビーズ》の曲のイントロがはじまるといきなり立ち上がり、激しく踊りながら歌いだした。

「どうして手拍子《てびょうし》をしないの？　おじさん、ちょっとは盛り上げたって罰《ばち》は当たらないんじゃないかな。それとも、楽しくないの？　わたしがこんなに楽しく歌っているのを眺めているのに……」

間奏に入ったところで、桐子が怒鳴《どな》り声をあげた。

エコーの効《き》いた声が部屋に響いた。山本は笑みを浮かべながら首を横に振った。

間奏が終わり、彼女がまた張りのある甲高い声で歌いはじめた。今度こそ、山本は手拍子をした。速《はや》いテンポのために、手拍子のタイミングがとれなかったけれど、無理してつづけた。

彼女はたてつづけに五曲歌った。美しい顔に、汗が滲んでいた。上体をよじり、頭を激しく振るたびに、額《ひたい》の汗が飛んだ。踊りも髪の乱れも、汗の滴《しずく》も美しかった。

山本は手拍子をつづけながら、洗面所に入った。彼女のためにタオルを渡してあげようと思ったのだ。ドアを閉めると、わずかではあるが静かになった。ホッとした。大音量の中に長い時間いたことがないせいで、耳が疲れた。

「おじさん、どこに行っているのよ。わたしの歌、聴きたくないの？　姿を現わしなさいよ。隠れていないで、ここに来て、わたしの前に坐りなさい」

マイクを通した声に、山本はビクリとした。桐子の声が女王様の命令に聞こえた。洗面台の脇に置かれた大量のおしぼりからひとつを摑んで彼女の元に戻った。

「桐子さんの汗がすごいから、おしぼりを持ってきたんです」

言い訳を口にすると、彼女の額におしぼりをあてようとした。手渡せば済むことだったけれど、拭いてあげたかった。それに、彼女との心の距離を縮められるきっかけになればという期待もあった。

「何するの、やめてよ」

桐子は険《けわ》しい声をあげた。ボクシングのスウェーをするようにのけ反《ぞ》りながら、おしぼりをかわした。

「おじさん、調子に乗るんじゃないったら。何か勘違いしていない？　ふたりだけだからって、妙なことをするんじゃないよ」

「わかっています。でも、汗がすごいから、拭いてあげたいって思っただけです」

「気を遣ったと言うつもりだろうけど、わたしはごまかされない。男はそうやって女の軀に触って、抱けるかどうか、様子をうかがうものでしょう？　違う？　図星《ずぼし》じゃない？」

「違います。ほら、汗を拭いてください。風邪をひいちゃいます」

「風呂に入って汗を流すから、おじさんはとにかく盛り上げ役に徹してくれればいいの。そうしてくれることが、わたしにとっては気持がいいことなんだから……。あっ、そうか。もしかしたら、その役回りがいやだってこと？」

「ぼくは桐子さんのそばにいるだけで満足ですから……」

「そういうへりくだり方、気に入らないわ。おじさん、本心を言っていないでしょう。まあ、仕方ないかな。スケベな中年が若い子に本音を明かすことなんてないからなあ」

「どう言ったら、本心だと思ってくれるんでしょうかね」

「抱きたいとか、エッチな気分になってきているとかってことかな。そのほうが自然だと思わない？　ふたりきりなんだから」

「そんなことを言ったら、桐子さんにこっぴどくやっつけられそうだからなぁ」

「おじさん、そういうことを考えて、言いたいことを言っていないってこと？　不愉快だな、すごく。わたしの顔色をうかがっているだけなんて、つまらない中年男だ」

彼女はうんざりした声をあげた。B'zの曲が終わり、スローテンポの曲に変わった。CMで聴いたことがある曲だったが、誰が歌っているのかまではわからなかった。

テンポの速い曲より、手拍子をしやすそうだ。

桐子がしっとりとした声で歌いだした。

山本は手拍子をしようとして手を止めた。

桐子が思いがけないことをはじめたのだ。

ジャケットを脱いだ。それだけで終わらなかった。彼女はブラウスまで脱ぎはじめた。

恥じらっている様子はなかった。ただ単に暑いから服を脱いだといった表情だった。

濃いピンクのブラジャーをつけていた。あっさりと脱いだせいか、性的な妖《あや》しさが醸《かも》し出されることはなかった。そのせいか、陰茎は反応しなかった。

「おじさん、勘違いしないでよ。暑いから脱いだだけ。見てもいいけど、わたしはおじさんと妙なことをするつもりはないから」

「ぼくを試しているんですか？」

「どういうことかな、それは」

桐子は訊き返しながら、今度は太ももに張りつくようなきついパンツのファスナーを下ろしはじめた。

こんな経験は初めてだった。誘っているのかもしれないとチラと思ったけれど、桐子に限って、そんなことはしない。

彼女はローライズのパンティをつけていた。ブラジャーとセットだった。見事なプロポーションを目の当たりにして、山本は目の遣り場に困った。

下着姿のままマイクを握って歌う姿というのは、奇妙で可笑《おか》しい。桐子はそんなことにはおかまいなしで声を張り上げている。スローテンポの曲を歌いきると、次にサザンオールスターズを選んだ。

四十五歳のサラリーマンは、サザンの曲ならばついていける。手拍子だってタイミングよく打てる。古い曲限定だが。速いテンポの曲が終わったところで、桐子はソファに坐り、ミネラルウォーターをペットボトルから直接飲んだ。

「わたし、お腹《なか》空いてきちゃった。おじさん、何か買ってきてくれないかしら」

「えっ?」

「いやなの?」

「ラブホテルって普通のホテルみたいに出入りができないんじゃないかな」

「知らないわよ、そんなこと。わたしに訊く前に、ホテルに訊くべきじゃない?」

桐子は平然と言って、マイクをソファに置いた。そしてベッドの脇のカウンターに置かれた電話機にチラと視線を遣った。

彼女の傲慢《ごうまん》とも思える態度に、山本はゾクゾクした。ごく普通の二十五歳の女性ならば、年上の男に対して遠慮というものがあっておかしくない。

桐子は違う。四十五歳の男に対して、精神的に優位に立っていると思っていなければ、顎《あご》と視線だけで人を動かそうという気持にはならないはずだ。

「出入りができなかったら、どうしましょうか? 出前なら取れるんじゃないかな」

「いやよ、出前なんて」

「コンビニの弁当よりも、出前のほうがマシだと思いますけど」

「わたしがいやだと言っているのに、どうして否定するの? おかしいんじゃないかなあ。ここに来たのは、おじさんのためでもあるのよ」

山本は素直にうなずくしかなかった。言い含められたというより、彼女の機嫌を損ねたくなかったからだ。

ブラジャーに包まれた乳房には、くっきりと谷間ができている。うっすらと汗が滲んでいて、ラブホテルの赤みを帯びた明かりを浴びて妖しく光っている。太ももはすらりとしている。それでいて華奢《きゃしゃ》という印象ではない。むっちりとしていて、男心をそそる太ももだ。下腹部は坐っている状態にもかかわらず太い皺が生まれていない。そのためか、ウエストのくびれが、立ち上がっている時よりも際立って見える。

山本はフロントにかけて訊いてみたが、いったん精算してもらわないとできません、と面倒臭そうな声で言われて電話を切られてしまった。

「その様子だと、部屋を出られそうにないわね。出前のほうはどうだった?」

「訊く前に、切られちゃいましたよ……。サービス業なのに、まったく。仕事がいやなら辞めてしまえばいいのになあ。桐子さん、そう思いませんか?」

「責任を転嫁《てんか》しないで。あんたがぼやぼやしているからでしょ? いやよね、中年男って。会社で中途半端に偉い人って、自分が天下を取ったような気になっているっていうけど、あんたはその典型に思えるわ」

「もう一度、電話します」

「いいわよ、もう。ムカついたせいで、お腹が空いたのを忘れちゃったから」

桐子はうんざりとした顔をつくった。演技ではない。本当にうんざりしたという色合いが滲んでいた。山本は腹の底から怒りが込み上げてくるのを感じた。それはたとえば、部下の失敗に気づいた時とか、妻と些細《ささい》なことで夫婦喧嘩《げんか》をはじめる時に芽生える怒りとは違っていた。

怒りは桐子を不快な目に遭《あ》わせた者に向けられていた。今すぐにでも、電話の応対に出た女性に詫《わ》びを入れさせたい。怒りはそうした憎悪をはらんでいた。それがいかに理不尽なことかわかっていたし、ほかにもやるべきことがあると思っていたのにだ。

「桐子さん、部屋を出ましょうよ。食事をして満腹になったらまた、ほかのホテルに入ればいいですから」

「いやよ、そんなこと。あんたは面倒じゃないの？　お金だってかかるし……。無理しないでよ。わたしにいい恰好《かっこう》したって仕方ないでしょう？　妻子持ちの中年男の小遣いなんて、たかが知れているはずだもの」

「やさしいんですね、桐子さんは」

「勘違いしないで。あんたに恩を着せられるのがいやなだけ」

「こういうふうにでもしていかないと、結びつきが強まらないんじゃないかなあ」

「結びつき?」

桐子は怪訝そうな表情をつくった後、大声で笑った。

「結びつきだなんて、考えることがひと昔前の発想で可笑しい、あんたみたいな人が老人になった時、騙《だま》されちゃうのよね」

笑い声をあげながら言った。

山本は笑われることに慣れていない。バカにされることもそうだ。小学生の頃から今に至るまで、バカにされないように、笑われないようにして生きてきたと言ってもいい。そのために学生時代は勉強した。社会人になってからは、誰よりも残業をして上司に認められる成績を残した。そんな努力の上に自尊心が備わっていた。それを桐子にあっけないくらいに傷つけられてしまった。

「笑わないでくれますか? そういう扱いに馴れていなくて、苦手なんですよ」

「何言っているのよ。おじさんの望みどおりにこのラブホにやってきたんだから、そのくらい我慢《がまん》しなさいって」

「男は自尊心を傷つけられることが、もっとも我慢ならないんです。桐子さんはそのことをまだわかっていないみたいだなあ」

「関係ないわ、そんなこと。わたしは笑いたいから笑っているだけ。それを非難されたくなんかないわ。それがいやなら、一緒にいなくていいんだから。わかってる? わたしが頼んだんじゃないわよ」

「そうですね、確かに」

山本はうなずくしかなかった。

頭の芯だけでなく、軀まで痺れてしまいそうな返答だった。ブラボーとか、見事だ、と誉めてあげたいくらいだった。

山本はまた、フロントに電話をかけた。出前が取れるということがわかり、ソファの前のガラステーブルに出前メニューがあることも教えてもらった。テーブルを調べてみると、ホテルの約款《やっかん》や料金などが書かれているファイルに、メニューも差し挟《はさ》んでいた。

「不親切だなあ。こういうファイルに入れていたら、わかりっこないのに」

山本は思わず独《ひと》り言《ごと》のように呟いた。桐子はそれを聞き逃さない。ふたりきりでいるのだから、当然といえば当然だが、その言葉に鋭く反応した。

「あんたはどうして他人のせいにばっかりするの？　不愉快よ、まったく。そんなに自分は正しいの？　ああっ、ほんとに不愉快だわ」

「出前のメニューはそば屋と、洋食屋のふたつだけですね。どっちにしますか？」

彼女が投げつけてきた厳しい言葉を受け流した。桐子は本気で怒っているのではないし、本気で不愉快になっているのではない。言いたいことを言う。それができれば満足する。そんな女性だと思っていた。

だが、甘かった。桐子はどうやら、本気で怒っているようだった。目の色が変わり、口の両端が吊り上がり、頰がわずかではあるが震えていた。

「あんた、人の話を聞いているの？　わたしはひとりでここにいて、独《ひと》り言《ごと》を吐き出しているわけじゃないんだから。それとも、わたしのこと、無視しようっていうの？」

「そんなことはありません。ただ、お腹が空いているでしょうから、出前を頼むのが先かと思ったんです」

「不愉快だなあ、ほんとに」

「すみません」

「あんたはすぐに謝るけど、何もわかっちゃないんだから。いやだ、いやだ。何から何まで不愉快だ」

「ごめんなさい、桐子さん」

「馴れ馴れしく呼ばないでよ。あんたなんかに、なぜ、名前を呼ばれないといけないのよ。わたしのこと、バカにしているの？」

山本は絶句した。何を言っても悪く取られてしまう。

彼女は本気で怒っている。こんなタイプの女性と出会ったことがないから、どうすればいいのか見当もつかない。しかし、それでも桐子のことが嫌いにはならない。それどころか、ますます、彼女にのめりこんでいく予感が強まる。

「あんたさあ、へりくだった態度を見せていれば、事が収まるとでも思っているの？　それって、サラリーマン根性丸出しじゃない？」

「そうかもしれませんけど、正直言って、よくわかりません。今まさにサラリーマン生活を送っているぼくは、井の中の蛙《かわず》のようなものですからね」

「まあ、そんなことはどうでもいいわ。わたし、汗かいたから、シャワーを浴びさせてもらうわ。その間に、出前を取っておいてちょうだい」

「それはいい考えですね。時間を有効に使えますね」

「つまらない答え。もうちょっとマシな、気の利《き》いたことは言えないのかなあ」

彼女の言葉ひとつひとつに衝撃を受けた。長という役職がつくようになってから、自分の言葉を全否定されたことはなかった。卑屈になることに慣れているサラリーマンのような態度しかとれないことが、山本は自分でも悲しかった。


桐子は風呂に入った。

風呂に湯が溜まる前に、頼んでいた幕の内弁当の出前が届いた。しかし桐子はそれを少しつまんだだけだった。

シャワーを浴びている音が響いている。それを山本はソファに坐って聞いていた。ひとりで待っているうちに、スケベ心が芽生えた。

風呂場の様子をうかがいながら洗面所に向かった。

浴室のドアは曇りガラスになっている。洗面所に入ったとしても、彼女に気づかれることはない。シャワーの音が響く。時折、湯が固まりとなって落ちているような音も聞こえてくる。髪を洗っているようだ。

洗面台の下に、脱衣カゴが置かれている。そこにはバスタオルがあって、その下に下着を隠すように置いていた。

山本は恐る恐るパンティを手にした。小さな布きれのようだ。しかも、心細いくらいに軽い。それでいて、男の自分にとっては確かな存在感があるから不思議だ。手にしただけでもう十分に興奮した。陰茎が勢いよくパンツの中で屹立し、先端の笠がうねるように膨らんだ。

「おじさん、そこにいるの?」

桐子のエコーのかかった声がドア越しに聞こえてきた。山本はドキリとして、立ちすくんだ。手にしていたパンティを素早く、バスタオルの下に戻した。どんなふうに畳んであったのか思い出せなくて、丸めて置いた。

「桐子さん、湯加減はいかがですか」

「シャワーを浴びているのよ。それくらい、音がするからわかっているはずでしょ? ほんとにエッチな中年だなあ。覗きにきたんでしょう?」

「どうしているかなって、気になったんです……。それと、背中を流してあげたいなって思ったんです」

「だったら、背中を洗ってよ。でも、いいこと。わたしに妙なことをしたら、二度と会わないから、そのつもりで」

「わかりました。約束しますから、背中を流しますよ……。ドア、開けますから」

山本は恐る恐るドアを開けた。

桐子は背中を向けて坐っていた。

真っ白な美しい背中だ。オレンジ色の明かりを反射して、それは眩《まばゆ》いばかりの輝きを放っている。

山本はズボンの裾《すそ》をあげて風呂場に入ると、彼女の背後に立った。

豊かな乳房が、脇腹のほうからも、肩口からも見える。乳房の下辺も谷間の入り口のあたりも、ふっくらとしていてやわらかそうだ。乳房の肌の白さは背中の比ではない。透明感があって、血管が透けて見えるようだった。

桐子がスポンジを渡してくれた。山本はシャワーの把手《とって》を摑むと、彼女に湯が飛ばないように気をつけた。スポンジにボディソープを落として泡立てた。

「ちょっと寒いんだけど」

桐子は大げさに背中を丸め、腕組みをした。早く洗えと言っているのだと察して、山本はスポンジを彼女の背中にあてた。

女性の背中を洗うのは初めてだ。そういえば、男の背中も洗ったことはない。今わかったのだが、スポンジを持っている手だけでは力が入らないということだ。彼女の軀のどこかに左手をあてがい、そのうえで右手のスポンジを使うべきなのだ。

「このままだと力が入らないんです。桐子さん、左手をあてがってもいいですか」

「さっき約束したはずでしょう？　もう忘れたの？　わたしに妙なことをしたら、二度と会わないって」

「覚えています。でも、そうしないと、力を入れて背中を洗えないんです」

「バカねっ、中年の男って。わたしのことを何だと思っているの？　力なんて入れて洗わなくてもいいんだから。わかる？　柔肌《やわはだ》はやさしく洗うものなの。垢《あか》が溜まっているわけじゃないし……。まさか、わたしが汚いとでも言うつもり？」

「そんなこと、ありません」

背中を向けている桐子には見えないとわかっていたが、山本はそれでも慌《あわ》てて首を横に振った。すかさず彼女の声が浴室に響いた。

「手が止まっているわよ。あんたって、ほんとに部長なの？　ひとつのことしかできないなんて、ほんと、使えない人なんだから」

「すみません、慣れなくて……」

「だったらどうして、背中を洗いたいなんて言ったのよ。おかしいじゃない。やっぱり、スケベ根性からだったんでしょう？　馬脚《ばきゃく》を露《あら》わすって、こういうことを言うのよね」

「すみません。でも、エッチな気持からではありませんでした」

山本は言い訳しながら、スポンジを動かしつづける。力が入らないせいで、洗っている気がしない。それでも白い肌が赤みを帯びはじめている。女性の場合は、この程度で十分なのかもしれない。シャワーを背中にかける。ゆっくりと泡を流し、スポンジを軽く滑《すべ》らせる。

「そうそう、上手よ。それでいいの。あんまり力を入れると痛いだけだから」

「ありがとうございます。桐子さんに誉めてもらえて、うれしいですよ」

山本は腹の奥がゾクゾクして、それが背中にまで拡がっていくのを意識した。

こんなふうに喜びを腹の奥で感じたのは、いったいいつ以来だろう。そうだ。数年前に、大きな仕事を成立させて社長賞をもらった時以来だ。大胆かつ繊細《せんさい》な仕事ぶりが大きな成果を生みだした、君のような人材を我が社では求めていたんだ、ありがとう。社長にそんなことを言われ、肩を叩かれた時の感覚と同じだ。

「桐子さんの肌って、肌理《きめ》が細かくて、すごくきれいですね」

「当たり前でしょ。わたしはまだ二十五歳なんだから。今からくすんでいたら、どうにもならないわ」

「同じ年齢の女性が会社にたくさんいますけど、桐子さんはとびきりきれいです。もう少し、洗っていたいけど、無理ですよね」

「無理よ」

「そうでした、すみません」

「わかっていることを、訊くんじゃないの。時間の無駄でしょう？　そうやってわたしにプレッシャーを与えて、エッチなことをしようっていう魂胆《こんたん》だろうけど、その手は通じないからね」

「何の魂胆もありません。変なことを考えても、桐子さんにはすべて見通されてしまうし、こっぴどくやり込められちゃいますからね」

「そうよ。わたしが怒ると怖いの」

彼女は満足げにうなずいた。足を伸ばすと、自分でスポンジを使いはじめた。

きれいな足だ。引っ掻いたりした跡やむだ毛を剃るのに失敗した傷跡なども見当たらない。膝頭《ひざがしら》までもが、太ももや背中と変わりがないくらいに透明感がある。

唾液を呑み込んだ。

その時だ。

桐子がいきなり笑いだした。くすくすという抑《おさ》えた笑い声が数秒つづいた後、豪快な笑い声に変わった。

喉が鳴る音が彼女の耳に届いてしまったのだろうか。それとも別のことで思い出し笑いをしているのだろうか。緊張した。女性と一緒にいる時にこんなに緊張するのも久しぶりのことだった。毛穴から汗が噴《ふ》き出してくる。頰が細かく痙攣《けいれん》する。まばたきをしないと、瞳を覆う潤《うる》みにさざ波が立って視界が妨げられてしまう。

「ほら、早く出ていって」

彼女は笑いながら言った。冗談かと思って立ち尽くしていると、彼女は首をよじり、睨みつけながら声を飛ばした。

「聞こえなかったの？　グズグズしないで出ていってよ」

「大笑いしましたけど、何かあったんですか。教えてもらえないと、落ち着きません」

「いいわよ、教えてあげても。でもね、お風呂場を出てから……。ドアを開けたままにして、わたしを見ていなさいね」

山本は言われたとおりに素直に従った。まくっているズボンの裾が濡《ぬ》れていて冷たくなっていた。タオルで拭き取ることもしないまま、ドアを開け広げて脱衣所に坐った。

桐子は背中を向けたままだ。壁にかけられているシャワーから湯が勢いよく出ている。それはタイルの床に当たった後、細かい飛沫《しぶき》となって彼女の太ももや脇腹のあたりにくっついている。

「寒くありませんか？」

「シャワーを流しっぱなしにしておくわ。音がうるさいけど、我慢してね。わたしの裸を見ているんだから、我慢するのは当然だけどね」

「何を見ていればいいんでしょうか？」

「わたしがすること。でも、約束して。絶対に風呂場に入ってこないって。何度も言うように、エッチなことをしようとしたら、二度と会わないから。それに、おじさんの会社に全部ぶちまけるから」

「わかっています。襲うんだったら、部屋に入ってすぐにやっています。そんなつもりがないから、こうしてじっとしているんです」

「信用するわ」

彼女は言うと、うなずいた。背中がわずかに丸まり、背骨の凹《くぼ》みが浅くなった。白い背中が広くなったように感じられた。

山本は正座して彼女を見守った。久しぶりの正座だ。しかもそれが二十五歳の女性への敬意を表すためかと思うと、愉快な気分になる。社会人になってからずっと、敬意というものは上司に対してだけ払ってきた。年下の者や女性を見下していた。そんな自分が、こんなにもへりくだっているというのが可笑しい。

彼女は今も背中を向けている。足を洗っているようだけれど、それ以上のことは、死角になっていてわからない。

「いいこと、見ているのよ」

彼女はそれだけ言うと、浴室に響きわたる深呼吸をした。タイルに湯が当たりつづけているけれど、その濁った音を上まわる深呼吸だった。

山本は目を見開き、息を呑《の》んだ。

桐子がこちらを向いたのだ。

乳房も陰部も剝き出しにしていた。長い足を広げ、大切な部分まで晒《さら》していた。恥ずかしそうな表情をしているけれど、そこには確かな意志が感じられた。

「どう？」

彼女は声を震わせながら言った。囁いた程度の声だったけれど、浴室でよく響くために、はっきりと聞こえた。

「とってもきれいです。夢を見ているみたいです。桐子さんの裸を見られるなんて……」

「だめよ、こっちに来たら」

「わかっています。見せつけたいだけなんですよね」

「何言ってるの？　おじさんの反応を見て愉しもうなんてことは考えていないわ」

彼女は斬《き》り捨てるようにあっさり言うと、さらに足を広げた。

右手を股間に運んだ。

指先が細かく動きはじめた。

ひそやかな動きだ。それでいて優美なのだ。明るいエロスの中に、日本的などろどろとした妖しさも伝わってくる。

眉間《みけん》に皺を寄せた表情は、いかにも苦しげだ。快感が剝き出しになるのを抑えているようにも、恥ずかしさに耐えているようにも感じられる。

彼女はサディスティックな性癖だけでなく、マゾヒスティックな嗜好《しこう》も持っていたのか？　見られることで悦びを得る露出癖《ろしゅつへき》があったのか？　それとも単に、オナニーをしたいからやっているだけか？　そこにギャラリーを入れることで、ほんの少し、刺激を加えたかったのか？。

彼女の指が濡れている。明らかに粘液だ。さらさらとした湯の感じとは違っている。理知的でしかも薄情《はくじょう》そうなくちびるから、せつなそうな甘い吐息が洩れてくる。シャワーの音にかき消されていて実際には聞こえないけれど、彼女のくちびるや喉《のど》の動きからわかる。

髪を搔《か》き上げるたびに閉じた瞼を薄く開く。誘うように熱い流し目を送ってくる。それでも山本は正座の姿勢を崩さない。罠だと思うからだ。

彼女は一筋縄《ひとすじなわ》ではいかない。男の性欲に都合よく動く女性ではない。だからこそ、こうして正座しているのだ。オナニーしながら誘っているとしたら、彼女は自分の思い描く理想的な女性からはほど遠い。

ピンクに塗ったマニキュアを、粘液の膜が覆う。光の加減なのか、粘液のためなのか、マニキュアの爪がうっすらと白っぽく見えたりする。

指先の動きが激しくなった。彼女がまた、流し目を送ってきた。

誘っている。ふたりでオナニーをしようというのか？　風呂場に入って彼女に触れたいけれど、そんなことは絶対にできない。もしもそれをしたら、本当に二度と会えなくなる。それは間違いない。

「オナニーをしているんですか？」

「黙って」

「桐子さんの顔を見ていると、頭がおかしくなりそうです」

「いいじゃないの、それで。十分に愉しんでいる証拠よ」

「触らない代わりに、もっと見せてください。指が邪魔でよく見えないんです」

「知らないよ、そんなこと。わたしは自分の快楽のためにやっているだけ」

「ぼくもしたい……」

「おじさん、何言ってるの？　わたしが気持よくなっていることがうれしくないの？　それなのに、どうして見守ろうという気にならないかなあ。自分の快楽のために、わたしを利用しないでほしいな」

「ふたりで同時に気持よくなれれば、もっと濃密な関係になれるんじゃないですか？」

「おじさんとそんな関係になろうなんて考えていないの。わかる？　それがいやなら、出ていって。わたしが昇りつめるまで、部屋で待っていてよ」

「ここにいます」

「だったら、黙ってなさい」

山本はうなずいた。オナニーが終わるまで待つしかない。腰をもぞもぞと動かし、屹立している陰茎に刺激を与える。そうしながら、彼女の指を見つめる。

指が割れ目に埋まる。爪が消えては現われる。白っぽく濁ったマニキュアがさらに白みを強める。ねっとりとした空気が浴室に充満していく。シャワーをいくら流していても、それは消えていかない。

「ああっ、いきそう」

桐子が太ももの内側を震わせながら呻《うめ》き声を洩らした。それが消えるかどうかのタイミングで、二度目の呻き声がつづいた。三度目と四度目の声はトーンが上がった。

乳房を左手で揉み上げる。上向き加減の乳首は硬く尖っている。弾力のある乳房につられるように、乳首が揺れる。薄い肌色のそれが、ピンク色に染まっていく。

「いくっ、ああっ、すごい」

桐子がのけ反った。指の動きが止まった。太ももの内側のやわらかい肉だけが、痙攣《けいれん》をつづけている。山本は唾液を呑み込み、彼女を見守った。

第四章　忠実と反抗

朝になったらしい。

山本はうっすらと瞼を開いた。まだ早い。鳥の鳴き声がかすかに聞こえてくる。晩秋の気配が部屋に満ちている。

隣のベッドで眠っている妻の裕子にチラと目を遣った後、山本は目を閉じた。

桐子とラブホテルに入ってから、二週間が経つのか……。早いもんだ。胸の裡で呟くと、静かに吐息を洩らした。

山本は桐子との別れ際に、携帯電話の番号を教えていた。教えたのだから当然ながら連絡があると思って待っていた。夕食を自宅でとっている時も、妻に内緒でズボンのお尻のポケットに入れて、いつでも対応できるようにしていた。

しかし、二週間経ったというのに、まったく音沙汰《おとさた》がなかった。ただ漠然と待っていたのではない。彼女のアルバイト先の本屋を、毎日訪ねていた。しかしやはり、彼女の姿はなかった。海外旅行？　それとも、アルバイトを辞めたのか？　病気で寝込んでいるなんてことはないだろうな？　本屋の従業員に彼女の消息を訊くわけにもいかず、心は千々《ちぢ》に乱れていた。

妻が寝返りを打ち、こちらに顔を向けてきた。何も悪いことはしていないのに、山本はヒヤリとして妻に背を向けた。

ラブホテルの浴室での出来事がすぐに瞼に浮かんだ。

あの時の不思議な感覚を、今も鮮明に覚えている。

目の前で二十五歳の女性が割れ目をあらわにしてオナニーをしているというのに、襲いかかろうという気にはいっさいならなかった。中年男の目を気にせずに桐子が絶頂まで昇ってくれたことがうれしかった。

桐子は麻薬と同じだ。いったん溺《おぼ》れてしまったら、引き返すことができなくなりそうだった。離れている時間が長くなればなるほど、自分の心が彼女に強く惹《ひ》きつけられていくのを感じていた。だからこそ、連絡がなくてよかったという思いもあった。

桐子は危険な存在だ。でも、会いたいと痛切に思った。

自分はマゾなのか？

そんな疑問が脳裡を掠《かす》めては消えていく。どちらかというと、サディスティックな性癖の持ち主だと思っていたが、それは間違いだったのかもしれない。

ベッドサイドの目覚まし時計を見た。

午前五時半を過ぎたところだ。

起きるにはまだ早い。でも、二度寝はできそうにない。山本は妻を起こさないように静かにベッドを抜け出すと、トイレに向かった。

トイレのドアを開けた途端、携帯電話が震えている気がして、慌《あわ》ててトイレを出た。けれども、携帯電話をどこに置いたのか忘れていて、リビングルームを見渡し、耳をそばだてた。

三度、四度と振動が響く。焦りが生まれ、眠気が醒《さ》めていく。山本はようやく、テレビやビデオのリモコンを入れるケースに入れていたのだと思い出した。

携帯電話の液晶画面には、非通知としか出ていない。いたずら電話かワン切りという類のものかもしれないと思ったが、それでも通話ボタンを押した。

いたずら電話を警戒して自分から声を出さずに、小さな受話口の音に集中した。

「おじさんでしょ?　どうして黙っているのよ。失礼じゃないかしら」

桐子の声だった。

やっとかかってきた。それが山本の最初の感想だ。その後すぐ、このリビングルームでは話せない、という思いが脳裡を巡った。

「山本、です」

部屋に響かないような低い声で答えながら、妻が寝ている南側とは反対に位置する部屋に入った。そこは物置きと化していて、ドアを閉めれば妻にも子どもにも話し声を聞かれる心配はなかった。夏物の衣類ケースがいくつも置かれている。空気清浄機や乾燥機もある。古いゴルフクラブもあったりして、物置きそのものだ。

「朝、早いんですね」

「迷惑そうな口ぶりじゃないの。そうだったら、切るわよ」

「そんなこと、ありません。ずっと待っていたんです。だからこの時間でも、さっと電話に出られたんです」

「どうして、そんなふうにヒソヒソ声で話すの？　本当のことを言っているなら、堂々とした大きな声を出すべきじゃない？」

「わかっていますけど、今ここは自宅ですから……」

「だから？」

「女房、子どもが起きてしまいます。それだけは避けたいんです」

「わたしとのことを知られたくないってことなの？　いかがわしい関係じゃないのに、どうしてそんなふうに言うの？　それとも、あんたは、わたしといかがわしい関係になったとでも思っているの？」

「そんなことありません。ただ、波風を立てたくないだけです」

「だったら、切るわ。わたしが電話すると、波風が立つんですものね」

「ちょっと待って……」

　山本は戸惑いながら慌てて言った。電話を切ってほしいという気持と、こんな切り方をされたら後悔が残るという思いが交錯《こうさく》した。だがそれ以上に、彼女がなぜ、こんな朝早く電話をかけてきたのかを聞きたかった。

「切ってほしくないなら、はっきりと言いなさいよ。ほら、早く」

「桐子さんと、もっと長く話していたいんです……」

「そうよ、それでいいのよ。どうして素直になれないのかなあ」

「なぜ、電話をかけてきてくれたんですか」

「理由？　あのさ、理由がないといけないのかな」

「そんなことありませんけど、朝早い電話ですから、何かがあったんじゃないかなって心配になったんです」

「さっきまで、カラオケボックスで歌っていたんだけど、つまんなくなって出てきちゃったんだ。それでね、あんたの顔が浮かんだのよ。それって、悪いこと？」

「光栄です、桐子さん」

「そうでしょう。だから、理由なんていらないのよ。わたしからの電話がうれしいんでしょう？　それが奥さんと子どもを持っているあんたの本心なんだよね」

「皮肉っぽい言い方をするんですね。桐子さんらしくないな」

「そう？　勝手にわたしのイメージをつくってほしくないなあ。わたしは常に変化しているんだからさ」

「ムキにならないでください」

「わたしはわたし。自由にやっているの。あんたはそれを見守っているだけでいいんだから……。それがあんたの望みでもあるんでしょう？」

「たぶん、そうです」

「たぶん、なの？」

桐子の声が厳しくなった。咳払《せきばら》いをふたつすると、厭な中年なんだから、電話しなければよかった、という独り言のような囁きが聞こえてきた。

「やっぱり、エッチなことをしたかったんだ。ラブホテルに一緒にカラオケしに行った時、あんた、我慢したんだろうね」

「桐子さんが満足したようですから、ぼくは十分です」

「それなら、どうして『たぶん』なんていう言い方をするのかな」

「惑《まど》いやすい年頃なんですよ、ぼくも。桐子さんから電話がかかってこなかったこの二週間に、何が望みなのかをいろいろと考えたんですね」

「それで？」

「わからないんです、正直言って」

「自分の欲望がわからないというのって、最悪じゃない？　人生、つまらないわよ、そんなことじゃ。あんた、それでも大企業の部長さんなの？」

「仕事とプライベートは別なんですよね」

「そういう言い訳をしていると、人生、終わっちゃうから。まあ、わたしには関係ないけどね。あんたの人生なんて」

「そんな冷たい言い方、桐子さん、お願いですから、しないでください」

山本は背筋がぞくりとするのを感じた。腹の奥のほうが熱くなった。それでいて胸のあたりに冷たい風が吹き抜ける。寒くもないのに足が震える。頭の芯は痺れていて、論理的な思考ができそうにない。

桐子に見捨てられるかもしれない……。それだけはいやだ。今、彼女と離れることになったら、本当に人生が灰色になってしまう。

「どうして黙っているのよ。何か言いなさいよ。わたしがせっかく電話したのに……」

「桐子さんの人生とぼくの人生は、この瞬間、交差しているんです。それなのに、『関係ない』なんていうつれない言い方をしないでくれませんか。悲しくなってしまいます」

「中年男が、メソメソするなんて、おかしいわよ。ははっ、変な男」

そうかもしれない。本当に変な男なのかもしれない。でも、それでいい。変な男であっても、桐子との関係をつづけられるなら……。

ため息をつき、深呼吸をひとつした。頭の混乱が少しおさまった。冷静に、桐子の言葉を受け止められそうだ。

「桐子さん、やっぱりおかしいですよ。何があったのか、教えてください」

桐子がどんなことを切り出すのか。ケータイを握りしめて待った。

目を閉じ、耳をそばだてる。まったくの無音というわけではない。自分の鼻息とともに、彼女の息遣いがかすかに聞こえてくる。言い出すのをためらっている気配が漂う。山本はもう一度、今度はいくらか強めの口調で言った。

「思っていることを言わないなんて、桐子さんらしくないですよ。何があったのか、教えてください。ぼくにできることがあれば、どんなことでもしますから」

「ほんとに?」

「そのつもりですよ。これでも部長なんです。あなたと同年代の男よりもずっと人脈は豊富だし、知恵だってあるはずですからね」

「だったら、言っちゃおうかな」

「そうしてください」

桐子は咳払いをひとつした。ためらっていた気配が薄れるのが感じられた。

彼女に対しては、何もかも敏感に察することができるから不思議だ。妻に対してここまで感覚を研《と》ぎ澄まして接することなどない。

「お金が必要なのよね、わたし」

「そうなんですか」

「さしあたって必要なのが、五十万くらいかな」

「何のために必要なんですか」

「ちょっと前に、父が脳梗塞《のうこうそく》で倒れたの。その支払い。高額医療費って、還付《かんぷ》金があるってことだけど、とりあえずは支払わないといけないみたいなの」

「大変なんですね」

山本は腹が縮み上がるような感覚に襲われた。彼女のためには何でもしてあげたい。心の底からそう思っていた。そのはずなのに、金の話を持ち出された途端、腰の退《ひ》けた受け答えをしてしまったことがショックだった。

金が余っていれば、気前よく用立てるだろう。けれども残念ながら、昇進したからといって、金回りがよくなったわけではない。残業代はつかないのに、息子の教育費も年々かかるようになっている。マンションのローンの繰り上げ返済もしたばかりだ。

山本はそれでも、百五十万くらいのへそくりは持っていた。コツコツと長年かかって貯めた金だ。何かあった時のためのそのへそくりを、持ち出すべきかどうか。その迷いのせいで、腰が退けたのだ。

もうひとつ、迷う理由があった。

一般的に、金が絡むと人間関係は変わることが多い。金を貸した者は優位に立ち、借りた者は精神的に弱い立場になる。関係はぎくしゃくする。完済すれば、関係は元に戻るが、返済が滞《とどこお》ったりすると、関係は最悪になる。

桐子に金を貸すことによって、彼女との今までの関係が変わってしまうことが恐ろしい。理想的な彼女が、たった五十万の金で、ごくありふれた女になってしまうかもしれない。返済しないまま、姿をくらますかもしれない。桐子が消え、金も戻ってこないという事態も起こりうる。

山本は黙っていた。彼女よりも先に何かを口にしてしまうと、金を貸すことに同意したと勘違いされそうな気がしたからだ。狡《ずる》いと思いながらも、桐子に先に言葉を吐き出させようとする。

沈黙がつづく。狭さに目を瞑《つぶ》ってしまうと、気まずさは感じなかった。もちろん、針のむしろに坐らされているような感覚に襲われたが。でも、それは気まずさとは違う。

桐子が先に沈黙を破った。うんざりしたような声をあげた。

「面倒だよね、ほんとに。金のことなんか考えたくないのに……。あんたには関係ないことだから気にしなくていいよ、忘れてちょうだい」

「そう言われても、わかりました、と簡単に済ませたくありません」

「どうにかするから、いいわよ。あんたの世話になんてなるつもりないの。そんなことのために電話したんじゃないんだから」

「そんなふうに言わないで。さっき、桐子さんの人生とぼくの人生が交差しているって言ったでしょう？　お金の問題であっても、あっさりと終わりになんてできません」

「わたしのために、何ができるっていうのよ、あんたは……」

彼女の声が胸に響いた。『わたしのために、何ができる』。それを何度も胸の裡で繰り返すうちに、自分はこれまで、誰かのために何かをしてきただろうかと考えた。

答えは否《いな》だ。

妻子のために、会社のために働いてきたといえるけれど、それらは結局、自分自身のためだった。自己満足とか自尊心とか虚栄心といったものに従ったまでだ。

自分を投げ出して、誰かのために何かをしたことはなかった。四十代も半《なか》ばになると、そうした自分を見つけても、さほど落胆はしない。破綻《はたん》なく生きてこられたのは、そんな自分だったからだ。

「どうするんですか、その必要なお金を」

「さあ、わからない。アルバイトを変えるんじゃないかな。もっと割のいい仕事。今は調べていないけど……」

「そんなもの、ないでしょう」

「あんたは、本屋のアルバイトの時給のこと、知っているの？」

「いえ、わかりません」

「千円ちょっとなんだから。八時間働いて八千円にしかならないのよ」

いやな予感がした。水商売の仕事でもするのだろうか。それとも、風俗嬢にでもなるのか？　桐子なら、ＳＭクラブで女王様も務《つと》まるはずだ。

いやな予感はほんの数秒のうちに胸騒ぎに変わった。桐子がこんな朝早くに電話をしてきたのは、転職をすでに決めているからではないか。それを知らせるためであって、金を工面《くめん》させるつもりではない、と。

へそくりの百五十万のことが脳裡を巡る。あの金は妻に見つからないように、車のトランクに入れている工具箱の底に隠してある。それを使うのは、今ではないか？　彼女のためになるなら、それでいいではないか？

「だめですよ、変な仕事に就いたら」

「あんたね、変なお節介《せっかい》を焼かないでほしいんだけど、いい？　わたしはね、訊かれたから話しただけで、あんたのお説教を聞くつもりなんてないの」

「その五十万、ぼくに借金しませんか」

「えっ？」

「桐子さんがぼくに借金をするんです。あげるのは簡単ですけど、そんなことをしても、あなたは受け取らないでしょう？」

「あんたに借金？　いやだよ、そんなこと。貸し借りなしの関係だから、遠慮がなくっていいんじゃない。どんなに困っても、あんたにだけは借りないわよ」

「そこをなんとか、借りてください。桐子さんには、ほかの妙な仕事に就いてほしくないし、今の仕事をつづけてほしいとも思っています」

「いやよ」

「お願いします。ぼくに出させてください」

山本は自分の声音が懇願調になっているのを感じて、不思議な気になった。人に金を貸したことは、これまで一度もない。金を貸せば人間関係が変わるからだ。それなのに、今は彼女に頼んでまで、金を借りてもらおうとしている。

「今、どこにいるんですか？」

「新宿《しんじゅく》の東口」

「四十五分待ってください。これから、車で向かいますから」

「出られるの？　休みの日の朝に家を空けても大丈夫？」

「ゴルフの早朝練習とでも言い訳しますから、気にしないでください。それより、無茶をしないか、桐子さんが心配なんです」

「わたしは暇つぶしでなら、会ってもいいわよ。それでいい？　それとね、借金なんて絶対にしないから。わかった？」

「はい。それじゃ、待っていてください」

山本は通話ボタンを切った。そして何事もなかったかのように部屋を出た。ベッドルームに戻ると、妻はまだ眠っていた。


新宿に着いたのは、午前七時ちょっと前だった。桐子と話した時に思いついた、ゴルフの早朝練習という口実を使って家を出たが、妻はまったく不審がらなかった。

桐子は西新宿のホテルに移動している。山本はそれを運転中に電話を受けて知った。彼女を新宿の街角で待たせるのは申し訳ないと思って、車を飛ばし気味にしていたが、余裕が生まれたおかげで信号待ちしても苛《いら》つかなかった。

車をホテルの地下駐車場に止めて、ラウンジに上がった。五十万はすでにジャンパーの内ポケットに入れている。

午前七時。さすがにこの早い時間のラウンジに客は数人しかいなかった。山本はそんな中で、どんよりと疲れた表情をしている桐子を見つけた。

「桐子さん、おはようございます。こんなに早い時間に会えるなんて、信じられなくて、不思議な気分ですよ」

「わたしだって、そうだわ。あんたと会うつもりで電話したんじゃないんだから……。それより、あんた、どうしてそんなヒドイ恰好しているの?」

山本は照れ笑いを浮かべた後、自らの恰好を見遣った。桐子に再会できた喜びは、彼女のひと言で吹き飛んだ。

確かに彼女の言うとおりだ。ゴルフの練習に出かけるという口実に真実味を加えるために、ゴルフ用のズボンにスウェット、そして薄手のジャンパーを着込んでいる。礼服姿の多いラウンジでは少し浮いている。

「疲れた中年男っていう雰囲気がプンプンと匂ってくるわ。わたしが朝までカラオケで歌って疲れていること、知っているでしょう？　なのに、どうして爽《さわ》やかな恰好でこないのよ」

「これがぼくの、ゴルフ練習場に行く時の恰好だから仕方ありません……。ところで、カラオケっていうと、この前みたいに、ラブホテルで歌っていたんですか？」

「まさか。そんなことはしないわ。あんたと行ったあの時が特別なの。わたしのこと、何だと思っているのよ」

桐子が睨みつけてきた。疲れた表情が一変した。吊り上がっている目尻がさらに上がり、くちびるをきつく結んだ。瞳からは怒りと憎悪に満ちた光が放たれていた。

美しい顔だった。

これまでの自分ならば、女性のそんな顔を美しいとは感じなかっただろう。それが今はうっとりしていた。桐子のこの顔を見られただけでも、妻に疑惑を与えかねないリスクを冒《おか》した甲斐《かい》があった。

「にやけた顔して、気味が悪いじゃないの」

「桐子さんの睨んだ顔、きれいだなって惚《ほ》れ惚《ぼ》れして見ていました」

「バカなこと、言わないでちょうだい。わたしは本当に怒ったんだから。あんた、鈍感なんじゃないの？」

「桐子さんの表情がほんのちょっと変化しただけでもわかりますよ」

「イヤミな中年男ね。わたしの顔のアラでも探して愉しんでいるんじゃないの？」

「違います。ほんとにきれいな顔立ちをしています、桐子さんは。ぼくにとって、理想の女性だと言ってもいいくらいです」

「何、それ？　断言しないのがいやらしいな。あんたの言い方って、必ず、逃げ道をつくっているでしょう？　そういう狡さに、イライラするのよ。わかる？」

「それはきっと、中間管理職を長くやってきたせいです。頭の中で考えていることが、口にした時には、婉曲《えんきょく》な言い方に変わってしまうんだと思います」

「いやだ、いやだ。サラリーマンであることを逃げ道にする男なんて」

桐子は言い放っただけで、睨みつけてはこなかった。その代わりに、一人掛けのソファの背もたれに寄りかかりながら、うんざりした表情をつくり、高い天井を見上げた。

視点は定まってはいない。それが彼女の不快感を際立たせている。チラとこちらに送ってくる眼差しが、侮蔑《ぶべつ》をはらんでいる。

桐子は口元を歪ませるようにしながら、ソファからお尻を落とし気味にした。膝が隠れる丈《たけ》のスカートを穿《は》いていたが、膝上三センチくらいまで裾《すそ》が上がった。太ももを意識的に見せつけるようだった。挑戦的な雰囲気さえ感じられた。

彼女の太ももを見てしまったら、何を言われるかわからない。けれども、見ずにはいられなかった。いや、罵声《ばせい》を浴びせられてもいいと思いながら、あからさまな視線を太ももに遣った。

「あんた、どこ、見てんのよ」

桐子の険《けわ》しい声が飛んできた。蔑《さげす》むような眼差しだった。やっぱりだ。不思議なことに、それがうれしかった。

スケベなことばかり考えている自分を、もっともっと蔑んでほしい。その願いが強くなればなるほど、自分がここにいる確かな実感が全身に満ちる。桐子のすべてが自分を認めてくれているという実感につながる。

心が熱くなってきた。息遣いも荒くなってきた。充実感と呼ぶには抵抗があるけれど、ほかの言い方が思いつかない。課長や部長に昇進した時よりも、彼女に蔑まれて見られている今のほうが充実を味わっている。

朝早い時間だというのに陰茎が膨らむ。幹の硬さを感じて喜びが増幅する。朝陽の入り込むラウンジで、桐子にこの勃起を知らせたいという衝動が芽生える。山本は金を貸すことを忘れそうだった。

「きれいな肌ですね。朝の光を浴びても、これだけ肌理《きめ》の細かい肌をしている女性がいることに驚いているんです」

「そんなことを言われて、わたしが喜ぶとでも思ってるの？　もうちょっとマシな誉め言葉を言いなさいよ」

「きれいな足ですね」

「朝からスケベなのね、あんたって」

「こんなにきれいな足を出されて、見ない男はいません。もしいたら、そんな男はダメな男だと思いますよ」

「そのとおりだわ。理性的なだけの男なんてクズよ。あんたも、そんなクズ男にはなっちゃいけないわ。いい女であろうと努力する女の敵だからね」

「ぼくは自分に素直です。だから、こうして桐子さんに会いにきたんです。五十万を持って……」

山本はそこまで言ったところで、彼女の表情を探った。

うれしそうな顔をしないし、意外そうな表情にもならなかった。

「五十万かあ……」

桐子はため息をついた。先ほどまでの蔑むような微笑も、険しい眼差しも消えていた。何かを必死に考えているようだった。

「無理に借金してもらわなくてもいいんです。気が向いたら使ってください」

「そうねえ……」

「何を迷っているんですか？　ぼくはあなたの役に立ちたいんです。それが今回はたまたま、五十万という金だったというだけのことです」

「電話で伝えたこと、あんた、忘れたの？　もし借金したら、山本さんのことを、あんたと呼べなくなっちゃうわ」

「ぼくの苗字《みょうじ》、覚えてくれていたんですね。よかった。あんたとしか呼ばれないから、てっきり、忘れていたかと思っていました」

「わたしのこと、脳みそが腐っているような女に見える？」

「いえ、ぜんぜん。ぼくのことは、『あんた』という男でしかないのかと思っていました。それならそれで、いいんですけど……」

「山本、と呼び捨てにするわけにもいかないでしょう？」

「桐子さんがそのほうが好みなら、呼び捨てにしてくれてもかまいません」

「変な中年男」

「そのことは、ちょっと今は横に置いておいて、このお金、どうですか？」

山本はジャンパーの左の胸のあたりを軽く叩いた。

桐子は微笑むだけだった。

「借金するのがいやなら、これを桐子さんにあげちゃいます」

心にふいに浮かんだことを口走っていた。金をあげるなんてことは考えもしなかったから、自分の言葉に愕然《がくぜん》とした。

「あんたとわたしは、何の関係もないの。愛人関係でもないんだから。貢《みつ》がせようと計画したわけでもないの」

「ぼくの気持を受け取ってください」

「いやだわ、そんなの。あんたって、サディスティックなのね。わたしの自尊心をボロボロにしたいの?」

「違います。桐子さんの役に立ちたいんです、ぼくは」

不思議なことに、今は五十万をあげても惜しくはないと本当に思った。それどころか、これくらいの金で桐子が助かるなら本望とさえ考えたくらいだった。

桐子の表情は曇ったままだ。まばたきをするたびに、瞳を覆っている潤みが厚くなっていく。困っているとも、戸惑っているともとれる目になっている。

金を用意したのは、彼女を困らせるためでもなければ、自尊心を傷つけるためでもない。よかれと思ってのことだ。

「ぼくはいけないことをしてしまったんでしょうか？」

「気持はうれしいけど、やりすぎよ。あんたの魂胆が見えるようだわ」

「誓って、他意はないですよ」

「だとしたら、あんた、鈍感すぎる。金を借りた者は、金に縛《しば》られるし、貸してくれた相手にも縛られる。違う？　実際、お金は必要よ。でもね、あんたには借りない。そんなことをしたら、あんたなんていう呼び方もできなくなるって言ったじゃない。忘れたの？それとも忘れたフリをしているの？」

　山本はさりげなく視線を逸《そ》らすと、ぬるくなっているコーヒーを飲んだ。苦味が増していてわずかにむせて、滴《しずく》をズボンに落としてしまった。慌《あわ》てて紙ナプキンで拭き取ったが、染みがわずかに残った。

　何から何まで思うようにならない。コーヒーのまずさも、ズボンに染みをつくってしまったことも、彼女が金を受け取ってくれないことが原因に思えた。

　しかし、彼女は特別な存在だ。だからこそ、好意を無にされても怒る気にならない。心のどこを照らしても、桐子に対して怒りの感情は芽生えていなかった。それどころか、けなげな彼女への愛しさが募《つの》っていくばかりだ。

「もう一度訊くけど、受け取ってくれないんですね」

「しつこいわね。どんなことがあっても、あんたに頭を下げるような真似はしないわ。二度と言わないで、わかった？」

「仕方ありませんね。でも、覚えておいてください。桐子さんのためなら、金なんて惜しくないと思う男がいるってことを……」

「勝手に思っていたらいいわ。でもね、わたしは絶対にあんたに借りないから」

桐子は赤く染まった頰を膨らませ、不機嫌そうな表情をつくった。眉間に皺を寄せた後、睨みつけてきた。

彼女がいやと言うのだから仕方がない、諦《あきら》めよう。助けてあげたいが、金のことはもう言わないほうがよさそうだ。好意の押し売りになったとわかっていながら、裏切られたような気持にもなっていた。たぶん、彼女の保護者のような気持になっていたのかもしれない。

桐子がわずかにうつむいた。

長い髪に顔が隠れたと思ったら、彼女はすすり泣きをはじめた。

思いがけなかった。山本は動転した。

「泣かないで、桐子さん」

「あんた、何言ってるのよ。泣いてなんかいないわよ」

「だったら、顔をあげてぼくを見て」

「いやよ、絶対に。あんたなんかには、もったいなくて見せられないわ」

「泣いているから?」

「違うって言ってるでしょ。鼻がぐしゅぐしゅするだけ。花を持っている人が多いから、花粉が飛んでいるんじゃないかな」

桐子は洟《はな》をすすった。髪の間から鋭い視線を送ってきて、先ほどよりもきつい調子で睨みつけてきた。瞳を覆っている潤みが、下瞼からこぼれ落ちそうになっている。白目が充血していて、まばたきのたびに赤みが増していた。彼女のけなげさが胸に響いてきて、山本はもらい泣きをしそうになった。

「それじゃ、わたし、帰るわ」

桐子はさっと立ち上がった。うつむき加減のまま、ほんのわずかに頭を下げると、足早にラウンジを出ていった。

後ろ姿を見送る。こういう場合、追わないほうがいい。追いかけて捉《つか》まえても、気持が変わることはないし、変えることもできない。彼女に今必要なことは、自尊心を立て直すための時間だ。

山本は時計を見た。

午前八時をちょっと過ぎたばかりだ。こんなにも早く、桐子との再会が終わったのは予想外だった。妻にゴルフ練習場に行くといって家を出てきたから、時間調整しなくてはいけない。しかし今はまだ、時間をどうやって潰そうかということまで考えは巡らない。桐子のことが心配だ。

腕組みをして目を閉じた。ウエイトレスが勝手にコーヒーを注いでくれるのを聞いていると、もうひとり、別の人がそばに立った気配を感じた。

「山本さん……。こんなところで、お会いするなんて」

聞き覚えのある声にハッとなり、慌てて腕組みを解《ほど》いて目を開いた。

千加子だ。

彼女が、なぜ、新宿のホテルにいるのか。疑問が湧いたがすぐに、男と泊まったのだと察しがついた。ワンピースの胸元で輝いているダイヤのネックレスが、わずかに横に曲がっていた。想像したとおりだったようだ。隙のない千加子のことだ。自宅から来ているとしたら、ネックレスをそんなふうにはつけないだろう。

山本は複雑な気持を隠して、大げさに微笑を浮かべた。ホステスをひとり占《じ》めできるとは思っていないけれど、ほかの男の存在を感じさせられるのは辛い。

「見ていたわよ、山本さん」

彼女は好奇の表情で言った。

「ねえ、何とか言ったらどう？」

千加子は親しみのこもった眼差しを送ってきた。非難しているのではない。さすがに銀座のホステスだけのことはある。

「誰？　あの子」

「話したことがあったと思うけどな」

「女王様のような女性がいるって、あの子のこと？　そうだとしたら、ずいぶんと若いのね。わたしが想像していた女性よりもずっと子どもっぽかったわ」

「妬《や》いているのかい？」

「まさか……」

「だったら、彼女のこと、悪く言わないでほしいな」

「遠目ではっきりとはわからなかったけど、泣いていたわよね。別れ話？」

「確かに泣いていたけど、感情の起伏《きふく》が激しい子だからだよ」

「惚れ込んでいるのね、山本さん。だから最近、お店に来てくれないのね」

「千加子に会いに行けないことと、彼女とのことはまったく関係ないよ。別の話だ。それくらいのこと、わかってくれていると思っていたんだけどな。まさか、千加子の口からそんな言葉が出てくるとは思わなかった」

千加子にほかの女性とのことを追及されたくはない。彼女の男性遍歴についても訊かないのだから、大目に見てほしい。これまでに何度も、男の噂《うわさ》を耳にしたし、実際にホテルのエレベーターから腕を組んで降りてくるのを目撃したこともあった。それでも彼女を問い詰めたことはない。

「わたしも、普通の女なの。だからちょっと妬《や》けちゃうのよ」

「ぼくは嫉妬を我慢しているんだぞ。ぼくが気づいていないとでも思っていたのかい?」

「さあ、何のことかしら」

「朝と夜が逆転した生活をしている君が、こんな早くにホテルにいるなんておかしいじゃないか。まあ、これ以上は言うつもりはないけどね……」

話が途切れたタイミングで、ウエイトレスが桐子の使ったカップやグラスを片づけた。

千加子は穏やかな口調でコーヒーを頼み、ウエイトレスが席から離れたところで、囁くように言った。

「わたしではだめだったということ?」

「どういう意味かな」

「わたしでは満足しなかった。で、ほかの子を探したってことになるのよね」

「満足していたさ。ただ、ぼくの嗜好《しこう》が変わったんだ」

「わたしがあなたの変化に気づかなかったということ?」

「違うな、それも」

「わたしでも、山本さんを満足させられるってことになる?」

「わからないよ、それは。彼女との出会いからして、奇妙なものだったからね。女王様になるべくしてなった感じだから……」

「わたしでは無理ってことかあ。やっぱり、ちょっと妬けちゃうわ」

彼女は不満げな表情を浮かべると、睨みつけてきた。愛らしい顔だった。口元は微笑んでいるものの、目は笑っていない。

千加子も桐子と同じくらい貪欲な女性だ。しかしその貪欲さは、桐子とは違う。千加子の場合、自分以外の女に興味を移されてしまうのが我慢ならない。桐子はそんなふうにはけっして思わない。自分を尊《とうと》ばない男などあっさりと切り捨て、自分を崇《あが》める男を貪欲に求める。

「ねえ、山本さん……。時間があるなら、部屋に行かない?」

「やっぱり、泊まっていたのか。でも、まさかひとりでじゃないよな」

「八十近いおじいちゃんとだったの。はっきり言って、何もなかったわ。それに、ダブルルームが取れなかったらしくて、ツインだったから別々のベッドだったし……」

「いやだな、そんなところに行くのは」

「わたしだから、いやなのよね。あの子が命じたら、従うんじゃないの?」

「そうだろうけど、彼女はそんなことはしないと思うな」

「どうして?」

「なんとなく、そう思うんだ」

山本はさりげなくかわした。桐子ならば絶対にそんなことはしない。真正面からぶつかってくる。心を踏みにじることはしない。だからこそ、どんなに辛くても耐えられるのだと思う。

「強引に誘ったら、君の顔を潰すことになるのかな」

「断ったら、どうします？」

「自尊心を傷つけることは間違いないと思うわ。それに、ここでオーケーしてくれなかったら、たぶん一生、あなたにオーケーを出すことはないんじゃないかな」

「半ば脅《おど》しだな」

「そう思ってかまわないわ」

山本は立ち上がった。桐子ではなく、まさか、千加子とこのホテルの部屋にふたりきりになるとは。これも桐子がもたらしたことかと思うと複雑な気持になった。


部屋はスイートだった。

午前八時半。朝日が入り込んでいて眩しい。間近でそびえたっている都庁が朝の光をキラキラと反射して、すがすがしさが伝わってくる。けれどもそうした雰囲気に逆《さか》らうように、この部屋にはどんよりとした空気が漂《ただよ》っている。

ツインベッドはどちらも乱れていた。眠るために使った形跡が見られた。

親しくしている女性がほかの男とホテルの部屋にいた。その事実を目の当たりにしても、怒りが芽生えることはなかった。予想していたとおりだ。それ以上でもそれ以下でもない。

千加子がソファの端にハンドバッグを置いた。足を肩幅まで広げると、腕組みをして見下すような声を投げてきた。

「あなたの性癖、ずっと面白いと思っていたわ。いいこと、この部屋にいる限り、わたしの命令は絶対ですからね」

彼女のうわずった口調に、慣れないことをするものじゃない、と答えそうになったのを喉元で抑えた。

ベッドに行かないのは、彼女のためらいを表している気がする。桐子ならばそんなことは関係なしにベッドを使うように命じるだろう。それも一興《いっきょう》だ。千加子の女王様ぶりを味わってみよう。

「さあ、どうなの？　わかったら素直に返事をしなさい」

「いきなりだから、戸惑ってしまいます。でも、わかりました……。本当のことを言うと、昔から千加子様に強い口調で命じてほしいと願っていました」

「やっぱりそうだったのね。薄々《うすうす》はわかっていたけど、あなたは根っからのマゾだわ」

「わたしは人格を踏みにじられることを望んでいるようです」

「マゾ男」

「どんなことでも命じてください」

「さてと、何にしようかしら。愉しみに待っていなさいね」

何を命じていいのかわからないのだろう。戸惑っているのが伝わってくる。口調が大げさだから、演技しているのがよくわかる。一興だと思って彼女に調子を合わせていたが、痛々しさばかりを感じる。急造の女王様だから仕方がない。いや、千加子には女王様の素質はないようだ。

「どうしてそんなに醒めた目をするのよ。女王様に対して失礼じゃないの?」

「大好きです、女王様」

「話を変えるんじゃないの。そんなことを言っているんじゃないのよ、わたしは」

「命じられるのを待っているんです」

「だったら、わたしの前でひざまずきなさい。そして忠誠を誓いなさい」

女王様と奴隷。千加子はそういう図式を描いているようだった。桐子との関係をそんなふうに想像しているのだろう。

でも、違う。桐子は忠誠を誓うことを強要しない。あくまでも心の有り様が重要なのだ。結果的に、女王様と奴隷という形になっているかもしれないが、それを誓うことによってつくったわけではない。そのことを千加子はわかっていない。

腕組みを解いたかと思ったら、彼女はワンピースの背中のファスナーを下ろした。さっと足元まで洋服を落として下着姿になった。

すべて黒の下着だ。ストッキングをガーターベルトで吊っていた。黒色のそれが艶《なま》めかしい。透明感の強い朝日の中で見ると、その妖しさがこの場の雰囲気から浮き上がっているように感じる。

「裸になりなさい」

「ちょっと待ってください。心の準備ができません」

「つまらないことを言うのね。あなたには想像力というものが欠けているの？　この部屋に来たということは、裸になるということでもあったのよ」

「すみません、そこまで考えることができませんでした」

ジャンパーとスウェットを脱ぐ。シャツ姿になったところで、いったん、千加子と視線を交わした。彼女は何も言わずにうなずくだけだ。山本はズボンを脱ぎ、シャツを剝《は》ぐようにして取り去った。

パンツだけの姿。すがすがしい光の中では、自分の姿が悲しくなるくらいみすぼらしく感じられる。でも、ゾクゾクして鳥肌が立った。彼女はそれを意図して命じたわけではない。偶然が与えてくれたものだ。

「仰向けになりなさい」

「はい」

「あなたのおちんちん、元気がないわね。どうしたの？　命じられると興奮するんじゃないの？」

「よくわかりません」

山本はカーペットの上で横になった。陰茎は小さくうずくまったまま、陰毛の茂みの中に隠れている。桐子との時の反応とは違う。マゾを演じるのは無理だ。演じてできるものではない。萎えた陰茎を見ると、軀が演じるのを拒んでいるとしか思えない。

やめるなら今だ。このままズルズルと、互いに演技をつづけても意味がない。それがあるとすれば、千加子の負けん気のようなものを満足させることだけだ。

「千加子、やめようよ」

山本は言った。その声は自分でも驚くくらい冷静なものになっていた。

「本当に、やめちゃうの？」

「もう十分だと思うけどな。千加子、自分でも無理しているとわかるだろう？」

「そうね、確かに……。素質がないと、できないものだわ。ほんのちょっとだけかじってみて、よくわかった」

「演技だから無理が生じるんだよ。ごく普通のやりとりをしている中で、役割が決まっていくものじゃないいかな」

「わたしには男の人を足蹴にするなんて無理ね。お客さんに気持よくなってもらうために、毎晩、頑張っているんだから……」

彼女の言うとおりだ。男を立てるために働いているホステスが、いきなり、男を貶《おとし》めるようなことなどできないのは当然だった。

「わたしなりに、山本さんとの関係をつくっていったほうがいいってことね」

「あの子と張り合おうとしても無理だよ。千加子がホステスを天職だと思っているように、彼女は男を従えることが自然なことだと思っているんだからね」

彼女はため息を洩らすと、床に落ちているワンピースを拾い上げた。そのまま黙って洗面所に入っていった。


千加子とホテルの部屋で別れた山本は、妻へのアリバイを確かなものにするためにゴルフ練習場に寄ってから自宅に戻った。

妻の裕子は洗濯の真っ最中のようだった。洗面所のドアの隙間から洗濯機の回る音とともに、おかえりなさいという抑揚《よくよう》のない声が洩れてきた。息子は学習塾に行っている。

山本はリビングのソファに坐った。

テレビを点け、ゴルフ番組にチャンネルを合わせる。毎週この繰り返しだ。これが楽しみというより、ほかにやることがないだけのことだ。淀《よど》んだ空気が部屋に満ちていく。自分で湯を沸《わ》かしてお茶を淹《い》れる。

千加子の言葉が甦《よみがえ》る。

『わたしなりに、山本さんとの関係をつくっていったほうがいいってことね』

重い言葉だ。彼女とのこれからのつきあい方が変わるかもしれない。名残《なごり》惜しいとも寂しいともいえそうな気持と、桐子がいるのだから仕方ないという思いが交錯する。しかしつきあい方は変わっても、絶縁することはないだろう。千加子がそんなに簡単に、肌を重ねた男を見切るとは思えない。

そんなことを考えるうちに、妻もまた千加子と同じように、自分との関係を変えてきたのかもしれないという思いに至った。

結婚した当初は仲のいい夫婦だった。子どもが生まれ、その子どもに執着するようになって夫婦の関係は冷めていった。夜の営《いとな》みは年に一度あればいいくらいになり、ついにはまったくなくなった。

妻はいつの時か、夫との関係を変えようと思い立ち、それを実行したのかもしれない。浮気がバレたとか、ギャンブルに走ったといった明白な原因があればわかりやすいが、そんなことはない。

千加子とのことは隠し通してきた。休みの日だからこそ、彼女に会いたいと何度も思ったが、妻にバレることを恐れて、どこにも出かけずにダラダラと過ごしていた。しかし、そんな生き方に充実はない。

「おい、お茶を淹れたぞ」

山本は洗面所に向かって声を投げた。

妻に無視されることはない。そこまで冷えきった関係ではない。少なくとも表面的には、家庭内別居という状態ではない。

妻がエプロンの端《はし》で手を拭いながら出てきた。ダイニングテーブルに落ち着いた。お茶をすすり、ふうっと吐息を洩らした。どこにでもあるような風景。平凡な生活。この平凡さが充実というものかとも思う。

妻の顔を見つめる。化粧をまったくしていない。後ろ髪が乱れている。三十九歳とは思えない目尻の皺。銀座のホステスと比べてはいけないと思いながらも、どうして同じ女でこんなにも違うのかと不思議に感じる。

「珍しいわね、キッチンに立つなんて」

「忙しそうだったからな」

「どうでした？　練習は」

「まあまあかな。調子に乗って打ち過ぎた。関節が悲鳴をあげている感じだ」

「齢のことを忘れて無理するからよ。いつまでも若くはないんだから」

「若いさ」

「わたしだって若いと思っているけど、この前、ゾッとしたことがあったの」

「ついこの間、わたし風邪気味だったでしょ？　駅前の内科に行ったのよ」

「新しくできた病院だな」

「初診だったから問診票に書き込んだんだけど、自分の年齢にびっくりして、ごまかそうかと思ったくらいだったわ」

「三十九か」

「わざわざ言わないでよ」

「三十九でゾッとしてたら、おれはどうなるんだ？」

他愛《たあい》のない会話がつづいたが、息子がいないせいか、華《はな》やいだ愉しい話にならなかった。そのうちに息子の勉強のことや高校受験のことに話題が移った。妻の不安についてしばらくつきあっていたけれど、話が途切れたところで言った。

「康一のことはとりあえず横において、たまにはぼくたちのことを話してみようよ」

「何、それ」

「だから、ふたりのことだよ。たとえば、夜のこととか」

「やめてよ、昼間から」

「夜に言ったら、どうなるのかな。きっと、康一に聞かれるのが心配だからやめましょうってことになるんじゃないか？」

「あの子が寝てからならいいのよ」

「そうなっても、明日も早いし、もう眠いから別の日にして、と言うと思うな」

「嫌味《いやみ》のつもり？」

「これまでの事実を客観的に分析して、何の感情も交えずに言っているだけさ」

「わたし、非難されている気がするな」

「悪いことをしているっていう意識があるんじゃないか？」

「ないわ、べつに」

妻は不愉快そうな顔をして、お茶をすすった。話を終えようとしている気配が濃厚だった。セックスのことを話題にするのが苦手というのではない。セックスはもう二度としないと腹の中で決めている感じがしてならなかった。

「どうしたらいいのかな、ぼくは」

「どうって、何を」

「夜のことだよ」

「だからそのことは、また今度別の日にしてほしいって言ったでしょ。昼にする話じゃないわ」

「堂々巡りになりそうだな」

「どうしたいの？」

「ずいぶんと長いこと、何もしていないじゃないか。よくないだろう、それじゃ」

「わたしが？　それとも、あなたが？」

「ふたりとも。それに、ふたりの関係についても」

「四捨五入すれば五十歳になるっていうのに、若いのねえ、あなたは」

妻は呆《あき》れたように言い、大げさな表情をつくった。瞳には蔑みのような色合いが滲んでいた。

セックスしたいという衝動はいけないことなのか？

妻の眼差しが汚らしいものでも見ているかのようにも感じられて、無性《むしょう》に腹が立った。お茶をぶちまけようか。何も言わずに立ち上がって家を出ようか。それとも、無理矢理妻にキスを迫ろうか……。

山本はどれひとつとして実行しなかった。背もたれに寄りかかり、うんざりしたようなため息をついただけだった。

「実年齢のことより、肉体年齢や精神年齢のほうを考えるべきじゃないか？　ぼくはまだ三十代半ばくらいの気持だけどな」

「薄くなってきているのに？」

「裕子は意地が悪いな」

「あなたが無理矢理、夜のことを話しつづけるからよ。わたしはいやなの。そういうことを昼間に話すのが」

「そうなると、話題にできるタイミングがなくなるんだよ」

「正直言うと、そういうことが好きじゃなくなったの」

「康一を産んでからか?」

「どうかしら、それは。元々、好きではなかったと思うの。でも、子どもをつくるためには必要だったわけだから……」

「まるで種馬《たねうま》だな」

「夫婦の健全な姿と言ってちょうだい。あなたは自分をそうやって追い込むから、わたしに不満を抱《いだ》くようになるのよ」

「夜があれば、不満がなくなると思うよ。妻なら、夫の不満を解消するために協力したっていいだろう」

「わたしにそれを求めないでほしいな」

「じゃ、どうすればいいんだ?」

「あなたが考えてよ。わたしはそれ以上のことは言えないわ」

　妻は立ち上がり、洗濯がまだ山ほどあるから片づけます、明日は雨みたいだから、と言い残して洗面所に向かった。

　謎めいた言葉が胸に残った。セックスを自分に求めないでほしい。その代わりに、浮気をしても責めたりはしない。そう言ったとしか思えなかった。

桐子の顔が浮かんだ。

妻に気がねすることなく、桐子に没頭できる。自分の人生の充実を追い求めることができる。その通行手形《てがた》を、妻に与えてもらった気分だ。

第五章　夜と朝の夢

山本は箱根《はこね》の強羅《ごうら》にいる。

久しぶりのプライベート旅行は、桐子との初めての旅だ。

露天風呂付きの部屋は豪華だ。

桐子は今、ベランダに立って冬の強羅を眺めている。

彼女のほうから誘ってきた。あまりに唐突《とうとつ》だったから驚いたが、借金のことで迷惑をかけたお礼に一緒に旅行するわ、と言ってきたのだ。

金を渡していなかったから、複雑な気持だった。それに、彼女がどうやって入院費などを工面したのか気になり、手放しでは喜べなかった。しかも彼女は、旅行代金を全額持つと言って譲《ゆず》らなかった。

妻には大阪への出張の帰りの日を一日遅く伝えた。本来の予定では金曜日の夜遅くに帰ることになっていたが、土曜の夜に変更した。桐子は当初、土曜に出かけて日曜に帰るという計画を立てていたようだったけれど、さすがにそれはできないと渋《しぶ》っていると、こちらの都合に合わせてくれたのだ。

雪がちらついてきた。

桐子は寒そうに背中を丸めながら部屋に戻ると、華やいだ声をあげた。

「寒いと思っていたら、急に雪が降ってきたからびっくりしちゃった」

「風情《ふぜい》があっていいじゃないですか」

「悪いなんて言ってないわ。予想していなかったことが起きて愉しいの。あんたって、やっぱり鈍感なのねえ」

「夕食までまだ間があるから、ひと風呂浴びたらどうですか」

午後五時を過ぎたところだ。夕食は六時半。それまでは、仲居に邪魔されることはない。

「ここの露天風呂で?」

「恥ずかしいんなら、大浴場でどうぞ」

「わたしが恥ずかしいって?」

「そんなことはないでしょうけど、一応、言ってみました」

「あんたに見られて、恥ずかしがったって仕方ないわよ。好きな男の前ならいざ知らず、くたびれた中年男なんだから」

「やっぱりぼくのことを、人畜無害だと言いたいんですね」

「違う？」

「さあ、どうでしょう」

「いやな感じ。わたしはね、思わせぶりな言い方をされるのって、大嫌い」

「気をつけます」

「わたしの裸が見たいんでしょ？　だったら、ここの露天風呂を使ってほしいってはっきりと言ったらいいのに……」

桐子は両手を腰にあて、胸を突き出すようにしながら言った。勝ち誇ったような表情だった。山本は曖昧に小首《こくび》を傾《かし》げ、口元に微笑を湛えた。露天風呂付きの部屋を取ったのは桐子だ。君こそ男の裸を見たいのではないか？　彼女にそう言い返したかったけれど、怒りだしたりしたら大変だと思って口にしなかった。

「ちょっと散歩に出ない？」

桐子は話題を変えて、にっこりと微笑んだ。企《たくら》みがありそうな、いたずらっぽい眼差しだった。山本は鋭くそれを察して、

「気が利《き》きますね、桐子さん。寒いだろうけど、ぼくもちょっとは強羅を味わいたいと思っていたんですよ」

と、朗《ほが》らかに答えた。

桐子には男を退屈にさせない天性の素質があると思う。コートを持った時、桐子がそれ

までとは違った厳しい声音《こわね》を投げてきた。

「あんた、裸になってよ」

最初の数秒は、桐子が何を言っているのかわからなかった。露天風呂に入れと強制しているのではないかと思った。しかし、そうではない。彼女の言葉を胸の裡で繰り返すうちに裸で散歩するという意味だと気づいた。あまりに突拍子もなかったから、冗談かと思って笑い声をあげた。

「風邪をひいちゃいます。無茶言わないでください」

「あんたはわたしが望むことができないっていうの？」

「もしかしたら、本気？」

「冗談で言うわけがないでしょ。わたしの言葉を軽く受け取らないでよ。それとも、わたしのことを、腹の底ではバカにしているんじゃないでしょうね」

桐子は厳しい眼差しで睨みながら腕を組んだ。そしてイチ、ニ、サン、とゆっくりと数えはじめた。

部長とはいえ、サラリーマンだ。悲しいことに、追い立てられると頑張ってしまう。桐子はサラリーマンの性《さが》を十分に理解している。

桐子は数えつづけている。

ナナ、ハチ、キュウ、ジュウ。山本は慌ててジャケットを脱ぎ、ネクタイを外した。焦ったためにワイシャツのボタンがうまく外せなかった。ベルトを取ってズボンを下ろしたところで、ニジュウゴ、という淡々とした声が聞こえてきた。

靴下につづいてシャツを脱ぎ、パンツのウエストのゴムに手をかけたところで、急に恥ずかしくなって顔を伏せた。

腰からうなじにかけて細い電流が走った。快感だと意識できるまで時間がかかったけれど、理解できてしまうとこれも充実のひとつだと思えた。

「まさか、裸で散歩させようというつもりじゃないですよね」

「わたしがやりたいと思うことを、あんたはやるんでしょ？　それがいやなの？」

「桐子さんが望むことはするつもりです。でも、ぼくが裸になって散歩して、桐子さんは愉しいんでしょうか。ぼくに恥をかかせるために命じているんだとしたら、気が進みません。桐子さんの喜びのためならいいんですけど……」

パンツ一枚の情けない恰好が彼女の視界に入っているかと思うと、うれしさとせつなさが入り混じる。

「ごちゃごちゃ言ってないで、脱ぎなさい。ねえ、おじさん。わたしの言ったこと、聞こえているの？」

「はい、わかりました」

「素直な返事だこと。ようやく、わたしが望んでいることがわかったみたいね」

「でも、裸で歩いていたら、警察に通報されてしまいます」

「いいじゃない、それでも……」

「ひっ」

あまりに無謀な言葉に、思わず喉が鳴った。こんな反応は生まれて初めてだ。人間はあまりに驚くと、軀だけが先に反応するものらしい。

彼女の瞳は、ぎらぎらと輝いていた。嗜虐《しぎゃく》に満ちた眼差しだ。

陰茎のつけ根のあたりがジンと痺れる。ふぐりが縮こまり、みなぎっていた性欲が萎《しぼ》んでいく。社会人としての立場、部長職に就いている会社人としての立場、夫として父親としての立場といったものがすべて失われそうな恐怖が満ちる。

「ほら、早くパンツを脱ぎなさいよ。いつまでボケッと突っ立っているの」

「本気なんですね」

「コートくらい着させるわ。あんたのために警察沙汰《ざた》になんて、絶対になりたくないから。それくらいの常識はあるわよ」

「よかった」

「つまらない男。あんたが裸で歩きたいと言ったら、止めなかったのに……」

桐子は大げさなくらいがっかりした表情を見せた。これもひとつの意地悪だ。山本は見て見ぬふりをしてパンツを脱いだ。

ふたりで強羅の坂道を歩く。

冬の夕闇は濃い。

山本は裸にコートを着ただけの恰好だ。

幸いにもロングコートだったし、ハーフブーツを履《は》いているからふくらはぎは見えない。桐子が腕を絡《から》めてくれているおかげで、見咎《みとが》められるという不安は感じない。靴下を穿《は》いていないせいで、ハーフブーツが緩《ゆる》い。歩くたびに足先が靴の中で前後にずれる。

足元から冷気が這い上がってくる。スカートを穿いたらきっとこんな感覚なんだろうと思いながら、太ももを擦《こす》りつけるようにして歩く。肌を接触させると暖《だん》がとれる。

「どう？　愉しいでしょう」

「心細くて不安だけど、心は燃えています」

「それでいいの。どんなことでも愉しまなくちゃ。まずはこれがその第一歩。わかった？」

「なんとなく……」

「バカな中年おやじを教育するのって、大変なんだなってつくづく思うわ」

「裸で歩くことが、教育になるというわけですか。もしかして、桐子さんはこれまでにも同じような経験があるんですか？」

「あるわけないでしょ」

「よかった。経験があるなんて言われたら、嫉妬をするところでした。もちろんそんな嫉妬には意味がないとわかっているつもりです」

ふたりは左側に強羅公園を見ながら坂道を上がっていく。右側は強羅から早雲山《そううんざん》までのケーブルカーの線路だが、今は電車は走っていない。

上強羅駅に辿りついた。強羅駅から歩いて五分くらいしかかからなかった。

「ケーブルカーに乗って帰る？　あんたにはその度胸はないでしょうね」

「この姿を蛍光灯《けいこうとう》の下で晒す勇気はありません」

「だったら、歩いて戻るしかないわね。でもそれじゃ、わたしつまらない」

「同じ道だからでしょうか」

「あんたがドキドキしないから……」

桐子は坂道を下りはじめた。しかし十歩ほどで立ち止まり、そうだ、こうしましょう、と夕闇の中で声をあげた。

「強羅駅までコートのボタンを外しなさい。寒いなんていう言い訳は聞かないわ。わたし、見たいの。だから、そうして」

山本は全身がカッと熱くなるのを感じた。彼女の口調は頼みごとをするような響きがあったが、実際は、命令そのものだった。

命令に従わなかったら、彼女は間違いなく怒る。しかし、怒らせないために従うのではない。自分がそうしたいのだ。彼女の気持を満足させられるし、それによって自分も充足して高ぶる。

おれは露出して悦ぶ変態に成り下がってしまうのか……。

人生の充実のためには桐子が必要だ。彼女に命じられ、振り回されることが愉しいし、充実した時間を過ごしているという実感もある。しかし、そのことと露出することが結びつかない。充実するために露出するというのは、単なる変態でしかない。

山本はそれでもボタンを外した。

木々が道路を覆っているために、夕闇というより夜の暗闇といったほうがいい。歩くたびにコートの裾がひるがえり、軀の前面があらわになる。陰茎は屹立しているけれど、闇の中では目立たない。意外にも爽快な気分だ。

「どんな感じ?」

「寒いけど、びっくりするくらい気持がいいんです。夜と一体になっている感じがするし、自分が解放されている気もします。桐子さんも裸になりませんか」

「わたしが?」

「海の中で、海パンを脱いでいるのと似た感覚なんです。一度経験してほしいな」

「女の子がそんなことするはずないでしょ? バカみたいな比喩《ひゆ》しないでよ」

無理を承知で言ってみたが、やはり、桐子は取り合ってくれない。歩くたびに、陰茎が上下する。斜め六十度の角度から水平になる。屹立したそれを頼もしく見つめる。桐子とはまだ、一度もセックスをしていない。それなのに、どうしてここまで大胆なことができるのか、不思議でならない。セックスできそうでできないけれど、それでも不満に感じないことも不思議だった。以前ならば、セックスできそうもないと見切ったら、つきあう努力はしなかった。

「ちょっとここで待って」

桐子は絡めている腕を離すと、木陰《こかげ》に姿を隠した。二分ほどで戻ってきた。闇の中でも彼女の笑顔はくっきりと浮かび上がって見えた。冷静に考えれば眩《まぶ》しいと感じるはずがないのに、山本は思わず眩しさのあまりに目を細めた。

「はい、これ。スケベな中年へのご褒美《ほうび》」

彼女はにこやかに笑いながら、コートのポケットの中に握り拳《こぶし》を突っ込んできた。山本は探った。何かを入れられた。

パンティだった。ほんのりとしたぬくもりが布地にこもっている。ポケットから出すのがはばかられたので、指先だけで感触を愉しむ。

「桐子さんも、裸なんですね」

「あんたと一緒」

「ふたりは変態仲間ですか」

「わたしがやっているのは、あんたへのご褒美。だから、勘違いしないでよ。根っからの変態とは、違うの」

「勝手に言わせてください」

「わたしを貶《おとし》めるようなことは、言うことも考えることも許しません」

「水着を脱いで海に入った時のような感じがしませんか?」

「同じことを言わせないで。わたしは一度もそんなことはしていません。それよりも、どう。裸でいることに慣れたんじゃない?」

「清々《せいせい》とした気持です」

「だったら、人がいるところに行きましょうか。もっと清々するかもしれないわよ」

「桐子さんが望むんであれば……」

言い終わった途端、陰茎がびくんと大きく跳ねた。先端の笠が街灯のわずかな明かりを浴びながら艶やかに輝いた。

貪欲に刺激を求めていた。

桐子の命じることなら、本当にどんなことでもできるし、やらなければいけない。それが結果的に自分のためにもなる。自分の人生を充実させるためのものだ。

「あんたっておかしいわね」

坂道を下りながら、桐子はくすくすっと笑い声をあげた。

おかしいのはお互い様だ。おかしなところを認め合っているからこそ、こうして箱根にいるのだ。桐子はそれを承知しているからこそ、敢えて、貶めるような言い方をしている。

彼女との信頼関係が深まっている気がする。だからこそ、大胆なこともできるし、彼女の命令ならばどんなことでもやり遂げたいという強い思いも生まれるのだ。

「軀の芯が冷えてきました」

「いやな言い方するんだなあ、あんたって。わたしは燃えているのに、あんたは冷えきっているってわけか」

「燃えています。たぶん、桐子さんよりも高ぶっていると思います」

「だったら、寒くないんじゃない？」

山本は首を横に振った。温泉に浸《つ》かりたかった。全身に鳥肌が立っている。火照《ほて》っているのに、足元から震えが上がってくる。山間の寒さは尋常《じんじょう》ではない。

「桐子さんがどのくらい燃えているか、確かめたいな」

「あんたになんて、わたしの大切なところを触らせないわ」

「そうですね。ぼくは見ているだけですから、いつだって」

「不満？」

山本はまた首を横に振った。不満ではあるが、耐えられない不満ではない。触りたくても触れないということに、性欲が煽られているからだ。そればかりか、自分の性癖についても深く考えるきっかけにさえなっている。

女体に触れるばかりが、快感をもたらすわけではない。つまり、性的な不満は欲望の不完全燃焼の形を変えたものではないということだ。桐子に出会わなかったら、わからなかった真理だ。

「コートのボタン、留《と》めなさい」

「いいんですか？」

「風邪でもひかれて、うつされたくないからね。それに中年の菌って、気持が悪いし、しつこそうだから」

「ありがとう、桐子さん」

「そんなこと言わないでくれる？　気色悪いわ。それとも、風邪の菌が頭に回っちゃったかな？」

「まだ大丈夫のようです。でも早く温泉に浸かりたいですね」

「わたしだってそうよ」

「一緒に部屋の露天風呂に入りますか」

「けっこうです」

山本はそれ以上はしつこく誘わなかった。今は拒んでいるけれど、しばらくすればきっと、気持を変えるだろう。

彼女はやさしい。意地悪だけど心根は清らかだ。奔放でスケベだけど節度がある。心酔《しんすい》し、執着するに足る女性だ。

「遠慮しないでもっともっと、ぼくにいろいろなことを言ってくださいね」

「そのつもりだから、安心しなさい」

「よかった」

「どうして旅に誘ったか、あんた、わかってるの？」

「愉しみのためと借金返済祝いを兼《か》ねた旅ですよね……」

「ははっ」

桐子は夜空に響く笑い声をあげた。しばらくつづけた後、低い声でぼそりと言った。

「あんたをわたし好みにするために、連れてきたのよ」

山本は息を呑んだ。

全身に鳥肌が立った。虐《しいた》げられることで得られる悦びが、軀の奥底からふつふつと湧き上がった。調教の旅という言葉が胸を掠めた。口の底に溜まった唾液を呑み込むと、桐子に言われたとおり、コートのボタンを留めた。

ふたりは旅館に戻った。午後六時半を過ぎていた。

思いのほか長い散歩になってしまった。強羅にはすでに真の闇が訪れている。

部屋に入ると、仲居が待ちかねていたかのように食事の用意をあわただしくはじめた。山本はコートを脱ぐことができずにそのままの恰好で座卓の前に坐った。

不自然だけれど、厚手のそれを脱ぐわけにはいかなかった。なにしろ、何も着けていないのだから。浴衣《ゆかた》に着替えたいのはやまやまだけれど、仲居の目があるからそうもいかない。この情況を把握《はあく》している桐子はニヤニヤしている。

「お着替えされたらどうですか。それとも、お部屋が寒いんでしょうか？」

仲居が膳《ぜん》を並べながら心配げな表情を浮かべた。山本はコートの襟にわずかに手を当てながら曖昧に返事をした。

桐子は面白がって、

「コートは仲居さんがクローゼットに掛けてくれるでしょうから、今ここで着替えたら？まさか、恥《 う》ずかしいんですか？」

と、追い討ちをかけるように言った。散歩のつづきのつもりかもしれない。

「とりあえず、ビールをお願いします。いやあ、散歩に出たら暑くなっちゃって……」

仲居を部屋から追い出すために、山本は声をかけた。

コートを着ていながらそんなことを言うのは自分でも奇妙だと思ったけれど、浴衣に着替えるためには人払いするしかなかった。膳が並べられたところで、仲居はつくり笑いを浮かべながら部屋を出ていった。

山本は桐子に背を向けてコートを脱いだ。でも、彼女の目の前で裸になるのはためらわれた。彼女はサディスティックな性癖をあらわにしている割には、男の裸を見るのが苦手なようなのだ。

裸のまま浴衣に着替えた。座卓に戻るとあぐらをかいた。裾がめくれて股間が剝き出しになる。それを隠そうとすると、桐子が鋭い声を投げてきた。

「あんたは散歩に出た時、見られそうなスリルを悦んでいたのに、なぜ今は隠すの？　仲居さんに見せてあげればいいじゃない」

「桐子さんの言いたいことはわかりますけど、そうはいかないでしょう」

「どうしてよ」

「見られそうで見られないのが、ぼくはよかったんだと思います。仲居さんだって、ぼくのモノを見せられたって、困るだけじゃないでしょうか」

「あんたねえ……」

桐子はうんざりしたような口ぶりで言うと、のけ反った。両手を畳につけて上体を支える恰好のままで、

「わたしが悦ぶことをするのが、あんたの役目じゃないの？　わかってないんだなあ、あんたって人は。自分の体面とか周囲の人のことばっかり気にして、本当に大切にしなくち

やいけない人をないがしろにするんだな」

と、正論を吐いた。

確かにそうだ。反論できなかった。山本は自分の悦びの源《みなもと》が何であるのか、あらためて思い知らされた気分だ。

でも……。

わかってはいるけれど、やはりためらってしまう。

体面が気になるというのではない。仲居に嘲笑《ちょうしょう》されるのを恐がっているのでもない。これが自分の限界なのか。男としての愉しみが残り少ないことを自覚しているのに、行動に移すことはできそうにない。

行動しなければ、今までの無難な生き方と変わりないではないか。求められているのだから応えるべきだ。しかもこれは、自分の求めていることでもあるのだ。そんなふうに自分を叱咤《しった》してみても浴衣の裾をめくることはできない。

情けない。とにかく情けない。こんなことは、第一志望の大学に不合格になった時以来の情けなさかもしれない。桐子にも申し訳ない。

桐子が苛《いら》ついた声を飛ばしてきた。

「せっかく愉しく散歩したのに、これじゃ台無しだわ」

「申し訳ないと思っています」

「あんたが求めているのは、何？　さあ、言ってみなさいよ」

「桐子さん、です」

「本当にわかっているの？　わたしが喜びそうなことを言えばいいと思っているんじゃない？　まったく、中年のオヤジっていうのは卑《いや》しいわ。おいしいところだけつまみ食いして満足しているんだもの」

「それは違います」

「だったら言い直すわ。その程度の満足でいいなんて、つまらない男だわ」

「どうすれば、いいんですか。桐子さんが満足するには、ぼくは何をしたらいいんでしょうか？」

「自分で考えなさいよ」

「桐子さん、そんな意地悪なこと、言わないでください」

山本は下手《したて》に出ていることに、全身が痺れるような快感を感じていた。虐げられるだけでなく、自分が弱い存在になったことに酔いしれたのだ。

会社では、部下は皆、自分の顔色をうかがっている。それが今の自分は、部下たちと同じように、桐子の機嫌を見極めようと注視しているのだ。

「仲居さんに、裸で浴衣を着ていることを気づかせればいいんですね」

「バカなんだから、いやんなっちゃうな」

桐子がうんざりした表情をつくった。山本には意外に思えた。

彼女が望んだのは、裸でコートを着て散歩した時と同じ情況をつくることだったはずだ。気が変わったのだろうか。真意が摑めないまま彼女の瞳を見つめていると、仲居がビールを持って部屋に戻ってきた。

桐子がグラスを持ったので、山本はすかさず、ビールを注いだ。こんなことは、桐子と上司にしかしない。ただし、意味合いはまったく違う。上司に対してのそれは、立場を考えたうえでの計算だ。けれども桐子の場合は、もっともおいしくビールを飲めるように注いであげたいとだけ本気で思った。

「仲居さん。この宿には家族風呂があるんでしょうか?」

桐子がそれまでの厳しい口調とはうってかわった穏やかな声音で言った。

「はい。とっても落ち着いた雰囲気の家族風呂がありますから、どうぞ、味わってみてください。予約制になっているので、フロントに確かめてみましょうか?」

「フロントに頼めばいいんですね。使うかどうかわかりませんから、今はけっこうです」

「それではお料理はこれですべてです。お食事が済みましたら、フロントにお電話をいただけますか」

仲居は部屋を出ていった。山本はあぐらをかいていた。仲居は勃起した陰茎に気づかなかったらしく、一度も視線を向けることはなかった。

見られるかもしれないという恐怖感が強い勃起につながっていた。桐子に見られる以上のスリルだった。散歩している時でも自分には露出癖など絶対にないと思っていた。しかし、今のこの強い勃起を見ると、自分でも気づかなかった性癖が潜《ひそ》んでいたのかという気になった。

「仲居さんがいる間に浴衣の裾をめくってみました」

「言われたことしかできないのね、あんたって人は」

「すみません……。桐子さんにそう言われて初めて気づきました。自分で露出の方法を考えればよかったんですね」

「快楽について、あんたは、勘違いしているわ」

「ぼくの?」

「あんたは自分の快楽のことしか考えていないのね」

「そんなこと、ありません。桐子さんが悦んでくれることが、ぼくの悦びですから」

「そう言うと思ったわ。だとしたら、言うこととやることが違っているんじゃない?」

「ぼくは最近、自分のことよりも先に、桐子さんのことを考えるようになっているんです。それは本当です」

「わたしが言っているのは、あんたの生き方よ」

桐子はさらりと言い、ビールを飲み、料理に箸をつけた。

彼女の言う「生き方の問題」とはどういう意味なのだろうか。無難にサラリーマン生活と結婚生活を送っていることへの非難なのか？　ほかに意味があるのか？　あまりにも唐突で、漠然とした言い方に、山本はどんなふうに考えていいのかわからなかった。二十歳も年下の女性に、生き方について諭《さと》されるとは思わなかった。

「裸で食事をしてみてほしいわ」

「わかりました……」

「不満そうね」

「ぼくも自分の望みを言ってみたくなりました」

「何？」

「桐子さんも一緒に、裸になってください。でもそれは、自分の欲望を満足させたいんじゃありません。ふたりが今以上に開放的になるために、そうしてほしいんです」

山本の本心だった。勃起はしているけれど、自分の性欲を満足させることは考えていなかった。それは箱根に旅行に来る前から覚悟していたことだ。桐子とセックスするのは無理だし、求めることさえできないと諦《あきら》めていた。

桐子は高らかに笑い声をあげた。糾弾《きゅうだん》してくるのかと思ったが、意外なことに、彼女は笑いながら浴衣を脱いだ。

奇妙な感じだ。

桐子は下着姿、山本は全裸で食事をはじめた。

性欲と食欲が入り交じって、どちらにも集中ができない。手の込んだ会席料理を味わっているつもりでいるけれど、彼女のちょっとしたしぐさや動きが視界に入るたびに、食事への集中力が途切れる。

紫《むらさき》色のブラジャーからは乳房が溢れ出るくらいに迫り上がっている。穏やかな息遣いにもかかわらず、乳房が大きく波打つ。時折、彼女がブラジャーのストラップを直す。

右手で持った箸が座卓の中央の小皿に向かう。ブラジャーを着けているからだろうか、山本から見て向かって左側の乳房が細かく揺れながらずり上がる。深い谷間が形を変える。腕の動きによって微妙に変化し、まるで谷間が蛇行《だこう》しているように見える。そこだけを見つめていると、別の生命体とさえ思えたりする。

「桐子さんは今までに、こういうことの経験があるんでしょうか」

「あんたはどう思う?」

「落ち着いているから、一度くらいは経験したことがあるような気がします」

「バカね、ないわよ。これでもわたし、ドキドキしているんだから」

「素敵です、桐子さん」

「あんたねえ、話の流れを考えたら、その言葉っておかしくない?」

「胸に浮かんだことを素直に言ったんです。いけなかったら謝ります」

「お世辞のつもりだろうけど、流れを無視した会話をされると不快になるのよ。あんたってさ、会社でもそんな身勝手な会話をするの？」

「しないですよ、そんなことは」

「わたしに対してだけ、身勝手になるわけか。そんなふざけた男なんて、バイバイだわ」

山本はゾッとした。関係が終わってしまうことなど考えたことがなかった。

永遠はないとは思っている。たとえ結婚していたとしても、永遠につづくとは考えていなかった。法律という強固なものによって結びついている関係でさえそうなのだから、桐子とのこの特殊な関係にも永遠がないことは受け入れていた。

でも、終わりを考えていなかった。つきあいがはじまったばかりだからではない。特殊な関係だからこそ、ふたりの結びつきが強固だという幻想を抱いていた。

しかし冷静にふたりのことを思うと、いつ別れがやってきたとしてもおかしくない。桐子は気まぐれだ。何の理由がなくても、別れを切り出すタイプだ。

そこまでわかっているのに、山本に不安はなかった。不安の芽も育っていなかった。何の根拠もなく、桐子を信頼していた。気まぐれなのは、ほかのことに関してであって、自分に対しては手厚い扱いをしていると考えていた。幻想だと思う。それがたとえ幻想だとしても、それに酔いたいとも思うのだ。

食事はあらかた終わった。雑談に終始していて、ふたりのこれからの関係だとか、この後にどんな命令をするのかといったことは話題にならなかった。

「仲居さんを呼んでちょうだい」

「浴衣を着ていいでしょうか？」

「そうね、仕方ないわね。わたしも羽織《はお》らせてもらうわ」

彼女は脱ぎ捨てた浴衣を摑むと、素早く身につけた。乱れた髪を指先で梳《す》き上げると、瞳からほのかに妖しい輝きが放たれた。

「家族風呂に入りましょうか。仲居さんを呼んだ時、予約しておいて」

「部屋についている露天風呂じゃまずいんですか？」

「家族風呂のほうが、エッチな気分になるの」

「初めてですね、桐子さんとお風呂に入るの。すごく愉しみです」

「いやらしい顔。エロ中年って感じね。そういう顔をしないでくれる？　わたしはね、そういう顔を見ると、ムカムカしてくるんだけど」

「普段と変わらない顔だと思います」

「あんたさあ、わたしに口答えするつもり？　何様なの？　あんたは自分の悦びが何なのか、わかっているの？」

「わかっているつもりです。桐子さんの悦びが、自分の悦びになるんです」

「奴隷ね」

心が震えた。背中がゾクゾクした。陰茎がびくんと大きく跳ねて、裸のまま羽織った浴衣の前身頃のあたりが膨らんだ。

彼女の言った奴隷とは人間として扱われることのない存在だ。それは歴史的な言葉としての奴隷ではない。性の奴隷。桐子のためだけに男の性と性欲がある存在だ。

「奴隷って、残酷な言葉ですよね」

胸の高鳴りを隠すかのように、山本は奴隷という言葉を否定した。その言葉の響きが、互いの心の通い合いを無視している気がしたからだ。その一方で、心など関係なく、蹂《じゅう》躙《りん》されることを望んでいた。

「残酷なのは、あんたにとってはいけないことなの？」

「わかりません。今初めて直面した概念ですから……」

「頭が固いんだから。つまんない人」

「すみません」

「あんたってさあ、わたしのことを信用していないんじゃないの？」

「どうしてそんなふうに思うんですか」

「だってね、普通だったら、頭に浮かんだ言葉をすぐに口にするもんでしょ？『初めて直面した概念ですから』だって。役所の人じゃあるまいし、そこまで警戒することないんじゃないの?」

「ごめんなさい、桐子さん」

「謝るということは、警戒していたと認めるわけね。わたしのことを信頼していなかったと表明するわけね」

桐子はまくしたてるように言った。山本はうなずくしかなかった。

SとMの関係と主人と奴隷の関係。どちらにも惹かれる。一歩踏み出す勇気がありさえすれば、どちらの関係にも進んでいけるはずだ。桐子はそれを許している。だからこそ、奴隷という言葉を口にしたのだ。未知の経験ができる。彼女の懐《ふところ》の深さがもたらしてくれた可能性だ。


家族風呂は、男女別の大浴場とは別の離れの棟《むね》にあった。午後十時から一時間の予約が取れた。今、ふたりで入っている。

総檜《そうひのき》のつくりで、いい香りが充満している。湯船は大人四人がゆったりと入れるくらいの広さだ。わずかに白濁《はくだく》した温泉。桐子が湯船に浸かり、山本は洗い場に出て彼女に背中を向けている。

一緒に入るのを提案したのは彼女なのに、顔をそむけて陰茎を目にするのをいやがったからだ。そんなことをするくらいなら一緒に入らなければいいのだが、彼女の不思議なところは、それでも望んで一緒に入ろうとすることだ。

「ラブホテルのお風呂場に一緒に入ったこと、覚えてる?」

「もちろんです。背中を流させてもらいましたけど、あの時のぼくは、服を着ていましたからね。今日とはまるきり情況が違います」

「そうだったかなあ」

「今夜は少し緊張しているんじゃないですか……」

「わたし?　まさか。あんたのことなんか眼中にないの。だから、気にならないのよ」

「ラブホテルの時も、眼中になかったということかあ……。だから、ぼくの目の前で自慰行為ができたんですね」

「あの時は逆。わかってないなあ、あんたって人は。ひとつの事実が見つかると、ほかのすべてをそれに当てはめようとする。やっぱり頭が固いとしか言えないわ」

「残念ながら、わかりません」

「あんたに見せたのよ、わざわざ。誰でもいいから、とにかく見せることで、わたしは興奮したかったのよ」

「誰でも、だなんて……」

「だって本当のことだもの。あんたに見せたかったとでも思っていたの?　ははっ、バカなんだから」

山本は振り返ることもなく、がくりと首を折った。残念だという姿を、彼女に見せたかった。とはいうものの、心は折れていなかった。ほかの誰でもいいわけがない。彼女はそんな女ではない。奔放《ほんぽう》だけれど、それは特定の相手に対してだけ見せる姿なのだ。

湯船に浸かった。思わず満足の吐息が洩れる。軀の芯までゆったりさせてくれるいい温泉だ。しっとりとした湯で、肌に馴染《なじ》む。

「わたしのオナニー、見たい？」

桐子が意地悪そうな眼差しを送ってきた。額には汗の粒《つぶ》が浮かんでいる。頰が紅潮した表情は艶めかしい。そこに意地悪な目つきが加わっている。陰茎は自然と反応する。

「はっきりしない人ねえ。どうなのよ、見たいの？　見たくないの？　こんなこと、滅多《めった》に言わないんだから、もっとありがたがるものだし、即答すべきことだと思うけどな。それが礼儀じゃないの？」

「すごく見たいです」

「そう言えばいいのよ」

桐子は白濁した湯から上がると、湯船を取り囲んでいる幅二十センチほどの檜の縁《ふち》に腰を下ろした。赤みがかった明かりは湯煙に遮《さえぎ》られているために、彼女の軀はぼんやりと霞《かす》んでいる。

艶やかな姿だ。しっとりとした肌が輝いている。張りのある乳房は豊かさを湛えている。深く息をするたびに前後にも上下にも揺れ、谷間が狭《せば》まったり広がったりを繰り返す。深い谷底には、胸元からつたっている湯の滴がキラキラと光りながら落ちていく。

　桐子が幅広の縁に横になった。足を広げる。右足は湯船に、左足は洗い場に投げ出す。陰部を晒す。右のてのひらが胸元から乳房に移り、下腹部を通り抜けて陰毛を覆う。

「エロティックです、すごく。ぼくはどうしたらいいんですか?」

「エッチなことをしようなんて考えているんじゃないでしょうね」

「ダメですか?」

「決まっているわ。あんたは見ることが役目なんだから」

「そんな……。我慢できません」

　彼女は答えなかった。顔を横にしたまま瞼を閉じると、陰毛を覆っている指先を動かしはじめた。薄情そうな薄いくちびるが開く。吐息がかすかに洩れる。かけ流しの温泉の流れる音が吐息をかき消す。左手が乳房に触れる。乳首を摘んでは離す。乳房全体を持ち上げるように揉む。

　彼女の足元のほうに移動しないと、もっとも見たいところが見えない。

「気持いいの、すごく、いいの」

「そんなせつない声を出されたら、ぼく、本当に襲っちゃいそうです」

「ダメだって、言っているでしょ?」

「だったら、もっとよく見える位置に移動してもいいですか」

「どこが見たいの?」

「桐子さんのもっとも大切な場所です。指がどんな動きをしているのか、間近で見たいんです」

「ああっ、恥ずかしい」

「ダメでしょうか?」

「絶対に見るだけ。わかっているでしょうね。それとわたしに、あんたの興奮している汚いものは見せないこと」

彼女の許しが出た。山本は胸板が湯船の縁に当たるところまで移動した。

美しい裸体だ。

快感に酔いしれた桐子の美しさは際立っている。

指の間から、割れ目を守っている厚い肉襞が垣間《かいま》見える。左右にめくれていて、湯とは別のうるみが溢れているのがわかる。指の腹は、彼女のもっとも敏感な芽を押しているようだ。克明《こくめい》に見てわかったのだが、指は芽を押しながら、小さな円を描くように動いてもいる。

かけ流しの湯の音と同じくらいの大きな喘《あえ》ぎ声があがりはじめた。乳房のあたりに浮かんでいた汗の粒が落ちていく。

「桐子さんのエッチな表情って、すごく素敵です。もっと気持よくなってください。もっともっと、ぼくにいやらしい顔を見せてください」

「あん、バカ」

「大切なところからも、おつゆが溢れています。ドロドロのうるみです。ああっ、舐め取ってあげたい」

「ああっ、ダメ」

彼女は呻き声をあげると、上体を痙攣させはじめた。

乳房が波打つ。動きが遅れがちだった硬く尖っている乳首が同調していく。下腹が上下に大きくうねる。白濁した湯につけている右足が動く。湯の面にかけ流しで生まれる波紋とは別の波が立つ。

指の動きが速くなった。敏感な芽を押し込んだり引いたりしている。男がそこを撫でる時とは明らかに違う愛撫をしている。

山本は我慢できなくなった。

でも、クリトリスへの愛撫はできない。彼女の指の動きの邪魔をしてはいけない。舌のほうが気持よくなると思うのは、男の思い込みだ。自分がオナニーをしていることを考えればすぐにわかる。もっとも気持よくなる場所を知っているのは自分の指なのだ。

乳首に顔を寄せた。そこまではおずおずとした動きだったが、あと五センチと迫ったところで、乳首をいっきにくわえ込んだ。

「あっ……」

桐子が驚いた声を放った。その声は天井の高い家族風呂の小さな空間に響き、その後すぐ、かけ流しの湯の音に紛《まぎ》れた。

乳首は温かかった。

山本は感動していた。涙がこぼれ落ちそうだった。

「ダメだって言っているのに、わたしの命令がきけないのね」

「ごめんなさい、桐子さん」

乳首を口にふくんだまま答えた。ここで離したら、二度とくちびると舌で味わうことができなくなる気がした。

「離して」

「いやです」

「何、それは？　もう一度、言うわよ。離しなさい」

「いやです。ぼくは桐子さんにもっともっと気持よくなってもらいたいんです。そのためにぼくを使ってください」

「ああっ、そんな……」

桐子が声を震わせながら、上体を大きく反らせた。乳房の下辺の張りが強くなるのがわかった。乳首が細かく揺れ、くちびるに鼓動が伝わってきた。

「気持よくなってください。それがぼくの悦びなんです」

「わたしはいや。あんたみたいな中年男に気持よくさせてもらいたくない……」

桐子の声はうわずっている。頰を染める赤みが、乳首をくわえた後は朱色に近い色合いに変わっていた。

いいんだ、これで。

ドキドキしながらも覚悟を決めた。小刻みに揺れている乳首をふくみ、舌先で先端を突っついた。山本は自分でも気づかないうちに、ごく普通の男になっていた。心も軀も考え方もだ。このまま愛撫をつづけていけば挿入につづくはずだ、と。

山本は乳首を離れると、乳房がつくる谷に向かった。

しんなりとした陰毛の茂みが視界に入る。時折、小さな呻き声とともに太ももの筋肉がひくついている。

「気持がいいんですね、桐子さん。ぼくもすごくいい気分です。軀がとろけそうです」

「やめなさいよ」

「桐子さんが悦んでくれることが、気持よさにつながるんです」

「やめなさいって命令しているのよ。奴隷になっているのに」

「どうして、自分の快楽に素直になってくれないんですか。ぼくの主《あるじ》としての威厳を保つために我慢しているなら、そんなものは取り払ってください」

「やめなさい」

「ぼくの前では本当の姿を見せたくないんですか。ぼくを信頼できないんですか」

「信頼していなければ、箱根までやってこないでしょ？　わかっているはず、あんただってそれくらいのことは」

「だったら、どうして……」

「わたしはいやなの。男の快楽に身をゆだねてしまうような弱い女になりたくないのよ。女々《めめ》しいわ、そんな女なんて」

山本は彼女を見つめた。

不思議だった。桐子を、女として見ていなかった。自分の意識からは、男という感覚がなくなっていた。彼女のしもべ。ただそれだけだった。

桐子は充実の源《みなもと》だ。これほどまで夢中になっているのに、この想《おも》いは伝わらないというのか。胸がかきむしられるようなせつなさが湧き上がる。

ひとつになりたい。そうすれば、信頼関係は強固になるはずだ。彼女はそれによって晒す勇気を得るだろうし、自分も彼女のしもべと認められるに違いない。

「つながりたいんです、桐子さんと」

「ちょっと待った。あんた、今何て言ったの。甘い顔をすると、まったく、あんたってい
う人は、すぐにつけあがるんだから……」
「つけあがっているわけではありません。桐子さんのために、つながりたいんです。それ
がふたりの関係を深めもします」
「恩着せがましい言い方。本当は自分が気持よくなりたいだけでしょう? 言っておくけ
ど、あんたの快楽のために、わたしの軀を利用させないから」
「もう少し、ぼくの言葉を真剣に聞いてください。男の欲望が言わせているんじゃないん
です。それとも、ぼくの言うことを理解したくないんですか?」
「寒いわ、わたし」
桐子は話の流れとは関係ない言葉を吐き出すと、視線を交わすことなく湯船に浸かっ
た。一分ほどで彼女は湯船を上がり、脱衣所に向かった。
山本はひとりで湯船に残った。
置き去りにされた気分だ。彼女と一緒の時にはかけ流しの湯の音がリズミカルに聞こえ
ていたのに、今は単調な音としてしか耳に入ってこない。彼女の姿が脱衣所から消える
と、陰茎は萎え、高ぶりも失せた。
桐子がいないとダメなのだ。
部屋に戻った。明かりが落とされていた。

山本はスイッチをつけずに、手探《てさぐ》りで入った。桐子は布団に潜り込んでいる。頭まですっぽりと布団をかけているので、どんな様子なのかうかがうことができない。

「大丈夫ですか。気分が悪いなら、我慢しないで言ってください」

返事はなかった。山本はそれでも慌てなかった。彼女が部屋にいることがわかって安心した。家族風呂から部屋に戻る間ずっと、桐子が帰り支度《じたく》をしていたらどうしようという不安に怯《おび》えていた。

桐子が掛け布団から顔を出した。髪がまだ濡れているところをみると、乾かさずに布団に入ったようだ。

「裸になりなさいよ」

彼女が命じたことは実行しなくてはいけない。山本は帯《おび》を解《と》き、浴衣を足元に落とした。パンツだけの恰好になったところで、間を置かずにそれも脱いだ。桐子が裸になれと言う意味は、下着姿の恰好ではない。裸といったら真っ裸なのだ。

正座した太ももの間から、縮んだ陰茎の先端が顔を出している。家族風呂での猛烈な欲情はすっかり影を潜めていた。滑稽《こっけい》な姿だと思いながらも、笑う気にはならない。

雲が途切れたらしい。

障子《しょうじ》が月光に染まり、ほのかに明るくなった。薄闇の中で、桐子の顔がはっきりと見えるようになった。ひと言も会話をしていない。それでも、彼女と心が向かい合っている気がしている。

「静かですね、桐子さん……。もう眠くなってしまいましたか？」

「いいわよ、話してあげても」

彼女の素直な返事に、山本はくすぐったいような気持になった。満足感が胸に拡がり、思わずクスクスッと笑い声を洩らした。

「何が可笑しいの？」

「人生って、不思議だなって思ったんです。ぼくは時々、桐子さんと出会った時のことを思い出すんですよ」

「変なこと言わないでよ。あれは偶然の出会いであって、運命なんかじゃないからね。わたし、運命とかって言葉、大嫌い……」

「無理矢理、桐子さんと自分をそんなふうに結びつけたりするつもりはありませんから、安心してください」

「何？　それじゃ」

「ぼくはあの頃、精神的にすごく不安定だったんです。まあ、老《お》い先のことを考えていたって言ったほうがいいかな。惑っていたんですよね。焦っていたと言い換《か》えてもいい。そんな時、桐子さんを見かけたんです」

「わたしは、あんたの癒しのためにいるんじゃないからね」

「急いで結論づけないでください」

「あんたさあ、わたしのこと、バカにしているの？」

「違いますよ。感謝しているんです、こんな中年男と時間をともにしてくれていることを……」

山本は正座したまま、顔をあげて深々とため息をついた。

今だけは、桐子の強い口調に負けてはいけないと思った。自分の素直な気持を明かすには、絶好のタイミングなのだ。この時を逃したら、いつまた、こんなに静かで濃密な時間を過ごせるかわからない。

「いいじゃないの、今がよければ。あんた、そういうことがわかっていないのね。先々《さきざき》のことばっかり気にして。あんたはいつの時代を生きたいの？　十年後？　それとも二十年後？　どっちでもないはず。あんたが生きたいのは、今、でしょ？」

「桐子さんの言うとおりです。今を、ぼくは生きたい。今この瞬間を、充実させたいし、満足させたい……。それを教えてくれたのが桐子さんなんです」

布団を首までかぶったまま、桐子は視線を投げかけてきた。黒目の輪郭《りんかく》がくっきりとした瞳からは、強い光が放たれていた。強い意志を秘めた光だ。でも、どういった意味を持つものなのかわからなかった。サディスティックな心が疼《うず》いたのか？　中年男に対する軽蔑《けいべつ》？　憐れみ？　いずれにしろ、その光に心は射ぬかれている。

「わたしはあんたのために生きているんじゃないの。奉仕しているつもりもないから、勘違いしないでよね」

「わかっています。ただ、ぼくの気持をわかってほしくて心の裡を正直に明かしているだけです」

「中学生？」

「中年男なのに、まるで中学生みたい」

「ぎこちない愛の告白ってところかしら」

山本は全身がカッと熱くなるのを感じた。これは愛の告白なのだ。

「あんたって、純粋なのね」

「そんなふうに誉められると、くすぐったいなあ……」

「つけあがっちゃダメだからね」

「純粋になれたのは、桐子さんと出会ったからです。もしもこの出会いがなかったら、ぼくは出世のことだけを考える、卑しい男だったと思います」

「ウブで純粋な中学生。本当はくたびれかけた肌と筋肉と脳味噌なのにね」

「桐子さんが、ぼくを変えてくれたんです。だから、本当に感謝しているんです。これからもずっと、そばにいさせてほしいと思っています」

「何言ってるの？　いさせてあげない、なんてことは言っていないわ。もちろん、先々の保証なんてないけどね」

彼女は掛け布団をわずかに剝《は》いだ。

「ひとつ、訊いてもいいですか。いや、ふたつ訊きたいことがあります」

「言ってごらんなさい」

「どうして、ぼくだったんでしょうか？　桐子さんほどの美貌と才気があれば、いくらでも男は言い寄ってくるはずです。それなのに、よりによって、中年のぼくを選んでくれたのか……」

「あんたさあ、それって、わたしに対する侮辱になるじゃないかな」

彼女の言うとおりだ。自分のことだからと思って口にしたけれど、そんな自分を選んだのは桐子なのだ。彼女まで貶《おとし》めてしまうことになる。

「あんたって、面白いんだもの」

「面白い。ですか？　意外です。面白みがある男だと思ったことがありません」

「普通に考えたら、つまらない中年男だと思うわよ。だって、何の取り柄もないでしょ？　大金持ちというわけでもないし、人が称賛するような特技を持っているわけでもない。かといって、それらを補うだけのルックスだとか体力もないんだからね」

「耳の痛い話ですけど、桐子さんのおっしゃるとおりです。でも、それがどうして、面白いってことになるんですか？」

「あんたが惑っていたからよ。男の惑いが伝わってきて、面白いなあって思ったんだ。惑っていない男なんてつまらない。だから若い男には興味がないの」

「若い男のほうが、惑っているんじゃないですか？」

「若い男の惑いは、卑しいの」

「夢とか希望とかに向かっているからこそ、若い人は惑うんですよ。それを卑しいとは言えないと思いますが……」

「夢？　希望？　若い男たちが抱いているそういうことって、つまり、自分の成功でしょう？　人生をじっくりと考えているとは、とても思えない」

　山本ばうなずいた。彼女の言ったことすべてに納得したわけではないが、卑しいという意味が漠然とではあるけれど理解できた。しかし、人生を考えているかどうかといったことで卑しいとか卑しくないと判断するのはおかしい。

「人生を考えることが高尚《こうしよう》だとは思えません……。それに、人生を考える人も、結局のところ、自分の成功、つまり、人生の成功を思い描いているわけです。だから、卑しさに変わりはないいんじゃないでしょうか」

「違うわ、それは」

　桐子はきっぱりと言った。あまりに断定的だったから、山本はその答えよりも、彼女の思い切りのよさにほれぼれした。

聡明な女性だ。どんな問いかけにも即座に答えてくる。しかもそれは理性的で理路整然としている。女にありがちな感情的な発想にはなっていない。

「違うんですか?」

「夢に向かっている男というのはものすごく身勝手なのよ。自分のことしか考えていないし、それでいいと思っている。周囲の人の迷惑なんか、どうでもいいとさえ思っている。卑しいわ、そんな人って。だからわたしは嫌いなの」

「若い人が嫌いという意味ではないんですね」

「わたしは卑しい人が大嫌い。卑しさは、人をいやな気持にさせるでしょ?」

桐子が若さや外見に惑わされずに卑しさを感じられるのは、清明《せいめい》な心を持っているからだ。この出会いは正しかった。あらためてそう思った。

「で、あんたのもうひとつ訊きたいことって何?」

「なぜ、サディスティックな性癖を持つようになったんですか?」

「あんたと同じ理由よ」

「ぼくと?」

「あんたは人生を充実させたいと思ったから、マゾヒスティックな男になろうと考えたんでしょ? 違う?」

「手短《てみじか》に言うと、そういうことになると思います」

「わたしは受け身の女でいることでは充実しないって気づいたからよ」

「変わっているんですね……。あっ、これは軽蔑の意味ではありません」

「変わり者と言われるのは、慣れっこになっているから、べつに何も感じないわ。わたしはね、男の言いなりになることで評価される女にはなりたくないの」

「意外です」

「どうして？」

「こういう性癖というのは、子どもの頃の経験が元になっていたり、つきあっていた男によって、自分が気づかなかったものを引き出されたりすると思っていました。自分の生き方を考えて、性癖を決定したなんて」

「わたしはそういう女なの」

「理性的なんですね」

「悪い？」

「ところで、桐子さんは、男が好きなんですか？」

「あのさあ、それってわたしのことをバカにして言っているの？」

「男を屈服させたいから、サディスティックな性癖を選んだのかなって考えたんです。男と触れ合うのは性欲を満足させるためだけであって、本質的には男があまり好きではないのかなって……。そうでなきゃ、触れ合うのを拒んだりしないでしょう？」

「わたしはね、男の欲望の捌《は》け口になりたくないだけ。愛しているから求めるとか、好きだから触れ合っていたいなんていう甘い言葉は信じない」

「それは不幸ですね」

「どうして？　男の言葉を拠《よ》り所にして幸せを感じないと決めてから、わたしはずっと幸せよ。強がりで言っているんじゃないってこと、あんたにはわかるでしょう？」

「はい、確かに伝わってきます」

口惜《くや》しいけれど、またしても彼女の言葉に納得してしまった。そういう女がいてもいいと思ったし、そういう女と出会った偶然に感謝したい気持にもなった。

軀が冷えてきた。寒けを感じたわけではないけれど、山本は大きなくしゃみをひとつした。その後すぐ、三回連続で小さなくしゃみをした。

桐子はクスクスッと笑い声をあげると、

「寒かった？　だったら、今夜は特別にわたしの布団に入れてあげる」

と囁いて、布団をめくった。

山本は驚いた。彼女は裸だった。パンティも穿いていなかった。

桐子に招かれるように、布団に潜り込んだ。

布団は温かかった。

寒けはすっかり遠のいた。

桐子の匂いが布団に充満している。肩が触れ合うために、意識がそこに集中してしまう。正座している時にはつくしのように突き出ていた陰茎が、今は植物の地下茎《ちかけい》のように下腹に沿って硬くなっている。

月は雲に隠れたようだ。部屋の闇が濃くなっている。時折、強い風が吹き抜けていく。木々のざわめきが静かな部屋まで響いてくる。

桐子は瞼を閉じている。緊張しているようだ。肩が時折震える。男との触れ合いに慣れていないからなのか、男を嫌っているからなのか。彼女のほうからは手を出してこない。しかし、愛撫を待ち受けているようにも感じられない。

そうかといって、自分のほうから先に手は出せない。そんなことをしたら、彼女を不快にさせるのは目に見えている。それがわかっていて、手を出すわけにはいかない。

「桐子さん……。さっきのつづきをしてもいいですか？」

「お風呂場でのこと？」

「自分の欲望を吐き出したいんじゃないんです。さっきも言ったように、桐子さんに悦んでもらいたいからです」

「わたし、何もしないわよ。それでもいいなら許すわ。あんたは奉仕するだけ。わたしにその見返りを求めないと誓えるなら、愉しませてもらうわ」

「よかった……」

山本は半身になって、桐子に寄り添った。そのまま向かって左側の乳房にくちびるを這わせると、右側の乳房にてのひらを覆うようにしてあてがい、右手でゆっくりと揉みあげた。

やわらかい乳房だ。肌はしっとりしていて、指に吸いついてくる。張りと弾力だけでなく、乳房の奥から押し返してくる筋肉の強さも感じられる。

舌先を滑らせる。指先で感じているしっとりした感触とは少しばかり違う。肌理《きめ》が細かいためか、舌が乾き気味になってもひっかかりがまったくない。

乳首が性感帯のようだ。口にふくんだまま、舌先でゆっくりと転がすように愛撫する。時折、強く吸う。それればかりしていると刺激が単調になるので、軽く嚙んだりする。

「ううっ……」

乳輪を圧迫しながら乳首を強く吸った時、桐子が呻いた。悦びをあらわにすることがなかったから、ほんの小さな呻き声であっても山本はうれしかった。

乳房にあてがっていた手を滑らせ、下腹部に向かわせた。

陰部は近い。ほんのりと生々しさの濃い甘い匂いが布団に拡がっている。それは彼女の高ぶりを表している証拠だ。山本は思い切って陰毛の茂みに指先を進めた。

桐子は自然に足を伸ばして横になっている恰好だ。そのおかげで、茂みを縦断し、割れ目の端に辿り着くことができた。指先が濡れる。割れ目から湧き上がっているうるみだ。

粘《ねば》り気《け》があって、指先に絡みついてくる。

「気持よくなったら、恥ずかしがらずに声をあげてくださいね」

「あんたに自分の乱れたところを見せるのは気が引けるのよ」

「ぼくはこんなに晒しているのに、どうして桐子さんは応えてくれないんですか？」

大いに不満だった。性癖をあらわにしているのだから、どうして、悦びも同じように晒け出さないのか。それができないのは矛盾《むじゅん》している。

「奴隷から男に変わっちゃうから……」

「ぼくは桐子さんがいるから存在できるんです。だから、かしずいているんです。男に変わるはずがない」

「わかっているけど、できないな。だって、そんなことをしたら、あんたは絶対にセックスのことしか考えないただの男に変わるはずだもの」

「信用がないんですね」

山本はがっかりしたことを伝えたくて、ため息を意識的に大きくついた。

「信用しているかどうかなんて関係ないわよ。自分を晒すなんてこと、わたしにはできないし、したくもないと思っているだけ」

「だったら、挑戦してみてください。ぼくにだけ挑戦を強《し》いずに……」

割れ目の端に辿り着いていた指を押し込むようにして愛撫した。敏感な芽の上のあたりだ。押し込んだ拍子に、硬く尖っている芽が突出した。

敏感な芽を撫でる。桐子はくちびるを閉じたままだ。しかめっ面《つら》に近い表情だ。

男の欲望を優先するなら、この後、フェラチオをしてもらうことになるだろう。しかし、それは我慢した。

敏感な芽の先端を、触れるかどうかの微妙なタッチで撫でる。円を描いて愛撫するのを基本にしながら、時折、押し込んだり摘んだりを繰り返す。

くちびるを乳首から離すと、陰毛の茂みに向かい、数本の陰毛を口にふくんだ。こよりをつくる要領で、陰毛を束《たば》ねてひとつにまとめていく。唾液を流しては濁った音をあげてすする。敏感な芽への愛撫もつづける。

「あっ、ううっ……」

呻き声に喘ぎ声が混じるようになった。

少しずつではあるけれど、彼女は悦びを晒す方向に向かっている。

山本は布団の中で体勢を変えた。彼女の太ももを胸板で押さえつけるようにした。

敏感な芽から指を離さない。陰毛を舐めながら、指に近づいていく。

くちびると指が重なった。さりげなく指を抜いた。すかさず尖らせた舌先が代わった。

甘さの濃い生々しい匂いが鼻孔《びこう》に入り込んだ。うるみに舌が濡れる。口の中にも濃い味が拡がる。敏感な芽に唾液を送り込む。彼女は指なのか舌なのかわかっていないようだ。

「ああっ、いい……」

悦びの囁き声が洩れた。

舌先はいくらか疲れていたが、彼女のそれを聞いた途端に元気になった。

「もう少し、足を開いてくれませんか」

「何をするつもり?」

「奴隷に軀をゆだねてください……。女王様に悦んでもらえることをするんです。だから、ほら、もう少し開いて」

「あんた、初めて自分のことを奴隷と言ったわね」

「言葉にしたのは初めてかもしれませんけど、心の中ではずっとそう思っていました。あなたのために存在しているつもりです。そんな男のために、足を開いて……」

「自分の気持よさのためにするんじゃないでしょうね」

「はい、そんなことはしません。奴隷の欲望など後回しです」

「それで安心したわ」

「あなたの奴隷は裏切りません」

割れ目に息を吹きかけるつもりで答えた。温泉に浸かってしんなりとしていた陰毛はいつの間にか立ち上がりはじめていて、息遣いとともにかすかに揺れた。

彼女の足の間に入った。四つん這いの恰好で割れ目にくちびるをあてがった。

厚い肉襞は、ざっくりと左右に開いていた。甘い匂いはそこが源だ。胸の奥までそれを吸い込む。軀のすみずみまでいっきに濃い匂いが伝わっていくようだ。細胞のひとつひとつに、桐子が染み込んでいく。

敏感な芽をくちびるで覆った。舌先を割れ目に押し込んだ。その瞬間、桐子が上体をのけ反らせた。敏感な芽が突出し、厚い肉襞が尻のほうから痙攣しながらうねった。

「軀の奥のほうがジンジンしてきたわ。

「我慢する必要なんてありません。桐子さんの好きなように、ぼくを使ってください。快楽の道具にしてください」

「奥に突き入れてほしいけど、あんたにはさせたくない。ううっ、どうしよう……」

「ぼくはあなたの道具です。快楽のために存在している奴隷なんです。たとえ挿入したとしても、男としてではありません。女王様を悦ばせるために働くだけです」

「それで、あんたは本当に満足なの？　途中で男を剝き出しにしたりしない？」

「まだそんなことを言うんですか？　信頼関係はもうできあがっているはずじゃありませんか」

「わたしがいきたくなった時は？」

「桐子さんだけでいってください。ぼくは我慢します」

「我慢できるの？」

「普通の男なら、我慢できないでしょう。ぼくだって以前はそうだった。でも、今は違います。桐子さんの悦びや安寧《あんねい》のための我慢なら、我慢であっても悦びになるはずです」

「ああっ、素敵」

桐子が痙攣をはじめた。太ももが硬直する。陰茎に時折当たる足の指が曲がったり伸びたりを繰り返す。くちびるから力が抜けている。弛緩しているのかというとそうではなく、顔全体は緊張感に包まれている。

「あんたを信用するから、ねえ、入れてみて。わたし、やっぱり、入れてもらうのが好きみたいだから……」

「わかりました、桐子さん」

山本は彼女にのしかかった。胸板で乳房を押し潰した。太もも同士を重ねた。陰茎の先端を割れ目にあてがった。そこでようやく、彼女と視線を交わした。

「初めてつながります……」

「こんなことがあったからって、あんたとの関係は変わらないのよ。わかっているでしょうね。あんたはバイブレーターの代わりみたいなものなんだから」

「わかっています。桐子さんの悦びのために仕《つか》えるバイブレーターです」

「さあ、きて」

彼女の誘惑の言葉とともに、山本は太ももに力を込め、足先でシーツを摑むと、腰をゆっくりと突き込んだ。

　初めての交わりだ。割れ目は窮屈だ。厚い肉襞が陰茎の幹にへばりついてくる。彼女の表情は険しい。セックスの悦びの顔ではない。痛みを我慢しているのかもしれない。

「痛くありませんか？」

「ちょっと痛いかな。でも、これくらいの我慢はしないとね」

「痛みの後に、大きな快感が押し寄せてくるものです。でも、本当に痛かったら遠慮しないで言ってください」

　桐子は答えなかった。その代わりに、腰を突き上げた。陰茎を自ら奥深くまで導くような動きだった。

　いきたい。まだ一分ほどしか経っていないのに、山本は絶頂の兆《きざ》しを感じた。奴隷としての悦びと、男の肉体から生まれている純粋な快感のためだった。

　しかし、我慢した。くちびるを嚙みしめた。痛みをつくり出すことで、快感に流されるのを拒んだ。桐子が絶頂に昇っていくまで、彼女のために腰を動かしつづけた。

第六章　仕舞《しま》う覚悟

山本は静かに飲める新橋《しんばし》の店を選んだ。

バーではなく、割烹《かっぽう》料理屋だ。今夜はそういう気分だった。

隣に坐っている川口は神妙な顔をして、熱燗《あつかん》を飲んでいる。話が弾まないのではない。軽口を叩けないのだ。

山本は今日、新宿に出かけたついでに、入院している梶山を見舞った。あまりよくない病状だということは、梶山の顔を見てすぐにわかった。病院にいたのは五分ほどだった。明日は我が身、という気になった。山本はやるせない気持を抱《かか》えきれなくなって、川口を誘ったのだ。

「それで、梶山は元気だったか?」

山本が黙ってうなずくと、川口は言葉をつづけた。

「おれが見舞った時は痩せているといっても、まだまだ活力が感じられたけど、正直、どうだった?」

「よくないみたいだ。頬がこけていて驚いた。両方の頬がくっつきそうなくらいだった」

「奥さんとは話したのか？」

「一緒に遊んでいた頃の昔話をな。病状についてはしなかった」

「そういえば、おまえたちはゴルフによく行っていたな」

「ゴルフをやって、その後は銀座のクラブだ。普通はそれでおしまいだけど、新宿に車を走らせてマージャンをやったりもしていたな。無茶をやっていた頃の思い出話をさせてもらったよ」

「病気のことは訊いたのか？」

「頬のこけ方を見れば、誰だって訊けないと思うよ。きっと、最後になるんだな、今日梶山と会ったのが……」

「縁起《えんぎ》でもないこと言うなって……。言霊《ことだま》っていう言葉を知らないわけでもなかろうに。そんなことを言っていたら、あいつ、本当にダメになっちまうぞ」

「そうだな。言い直したほうがよさそうだ。あいつなら元気になって戻ってくる。間違いないと思うよ」

空《むな》しい思いが胸に満ちた。山本の脳裡には、今日のお見舞いの一部始終がよぎっていた。

梶山は頬だけでなく、全身が痩せ細っていた。起き上がるだけの体力もなかった。奥さんによると、十日ほど前から固形物は食べられなくなっていて、点滴によって命をつないでいる状態ということだった。

お見舞いのために新宿西口の高層ビル群にほど近い病院に入ったのは、日没が迫っている時間だった。光の中にオレンジとも赤ともつかない色が混じっていた。ロウソクが燃え尽きる寸前に赤々とした炎をあげるのに似ていた。不吉なことは考えないようにしようと自分を戒《いまし》めながら玄関に入った。

オフィスビルと見間違うくらいきれいな病院だった。面会のための記帳をし、バッジを胸元に付けてから十五階の病室に向かった。エレベーターに乗っても、明るくて清潔感が漂っていた。それでも病院に変わりはない。壁の隅とか廊下の端とかに、死というものがひそかに横たわっている気がして、逃げ出したい衝動に駆られた。

エレベーターを降りると、正面に広いスタッフステーションがあり、そこで梶山の病室を教えてもらった。

六人部屋だった。奥さんが付き添っていた。簡単に挨拶を済ませると、梶山が奥さんに文庫本を買ってきてほしいと頼んだ。ふたりきりになるためのようだったが、それがどういう意味の人払いなのか、山本はわからないままにパイプ椅子に坐った。

「元気そうで、よかったよ。見舞いに来たいと何度も頼んだのに、どうしてオーケーを出してくれなかったんだ？　おれとおまえの仲なのに、ずいぶんと水臭いじゃないか」

「ひどい姿を見せちゃって、恰好悪いよな。最近、腕には点滴の針が刺さらないんだ。それで足の甲に入れているんだ」

「そういう方法があるんだな」

「腕なんかとは比べられないくらい、足の甲って痛いぞ。マージャンに喩《たと》えるなら、箱テンになったうえに、役満《やくまん》を振り込んじまった時みたいだ」

「そりゃ、痛いな」

「だろ？」

梶山がにっこりと微笑んだ。頰がこけているせいで、笑っているとわかるのに数秒かかった。山本は彼の笑顔を見てようやくホッとした。癌に冒《おか》される前の、はつらつとしていた頃の面影《おもかげ》がうっすらと浮かび上がったようだった。

「昔、そんなことがあったな」

「それって、おれが九連宝燈《ちゆうれんぽうとう》をやった時だ。山本、覚えてるか？」

「忘れるわけがない。あの晩、口惜しくて寝られなかった」

「そうか……」

「いろいろと遊んだよな」

山本は意識的に、その話題を変えようとした。九連宝燈であがった人は死ぬ。そんな迷信があるからだった。九連宝燈というのは、一を表す牌《はい》を三牌、二から八までを一牌ずつ、そして九を三牌並べ、そのどれかをつもるか、振り込みがあればあがれる役だ。滅多にできるものではないから、点数はダブル役満になっている。

山本は立ち上がって窓から外を眺めた。太陽はいつの間にか夕陽に変わっていて、遠くにうっすらと富士山の輪郭が浮かんでいた。

「九連宝燈をやったから、おれ、こんなことになったのかな……」

梶山の声は細くて弱々しかった。山本は聞こえなかったフリをして、赤く染まる新宿の街並みを眺めた。返す言葉が見つからなかった。

「聞いているのか？」

「まあな」

「お見舞いに来てくれたんだから、おれの話をすべて聞くのが筋じゃないか？」

「そうだけど、後ろ向きの話はしたくないな。頑張っているおまえの気持に水を差したくないからな」

「どんな話だとしても、この病気に勝つという気持は揺らがないさ」

「それだったら安心だ」

山本は吐息をつき、振り向いた。その時、心が凍ってしまうのではないかと思うくらいの衝撃を覚えた。

死神が宿っている顔だった。そんなものは一度も見たことはないし、どういう顔が死神が宿っている顔かも想像したことはない。それでも、梶山の顔には確かに死神がいた。

彼が咳込んだ。十秒ほどだったけれど、永遠につづくのではないかと不安になるくらいに重苦しい咳だった。

「ひとつ、頼みがあるんだ」

「ここでマージャンはできないぞ」

「茶化すな。これから頼むことは真剣なんだからな」

「わかった」

「おれが死んだら、妻のことを気にかけてやってほしいんだ」

「わかった、約束する」

「おまえも知っているとおり、おれたちに子どもはいない。そうなったら、あいつはひとりぼっちになっちまうんだ。それだけが心残りだ」

「縁起でもないことを言うな。おまえが元気になって、今までやってきたように、奥さん孝行をすればいいじゃないか」

何の根拠もない言葉は空しく響くだけだった。

死が目前に迫っている男の言葉は重い。死を意識している男に嘘はつけない。奥さんのことはずっと気にかけていくと心の底で誓った。

「梶山は奥さん一筋だったからな」

「そうだ。ずっと愛してきた」

「浮気はしたことはないのか?」

「あるさ、一度や二度くらいはな。でも、そのどれも遊びだった。やっぱり、どんな時でも、妻がいちばんだった」

「奥さんにそのこと、話したか?」

「いや、ない。言うつもりもないよ。おれが死んだら、そんなことを言っていたと伝えてほしいな……」

「自分で言ったほうがいいんじゃないか。おれが言っても、信用してもらえないかもしれないからな」

　重苦しくなった空気を払うように、山本はにっこりと微笑んだ。自分の表情に救われる思いがした。微笑や笑い声には生きるエネルギーが満ちていると実感できた。そういうことは頭では理解していたが、心で感じたのは初めてだった。

「今度は、おれが訊いてもいいか?」

　山本はずっと訊きたかったことがあった。梶山と面会が果たせるなら、絶対に、彼から答えを聞こうと思っていた。

「奥さん一筋のおまえに訊いていいものかどうか迷うんだけどな」

「ということは、女関係のことか？」

梶山が笑顔をつくった後、手の甲にも刺された点滴のチューブを揺らしながら、小指を一本だけ立てた。

「図星だ。相変わらず、読みが鋭いな。早く復帰してほしいよ」

「そういう戯《ざ》れ言《ごと》はいいから、女の何について知りたいんだ？　でも、おれなんかよりも、おまえのほうがずっと経験豊富だと思うけどな」

「悔いは残っていないか？」

「それが質問か」

「うん、そうだ」

「悔いはあるさ。正直言ってすごくある」

「奥さん一筋でもか？」

「欲望から何からすべてが満足できていたわけじゃないからな。おまえを見習って、もっと徹底的に遊んでおくべきだったと後悔しているよ」

「今からだって遅くないさ」

「できると思うか？」

「できるかどうかは、おまえ自身の問題だからな。できるよな」

言葉がまた空しく響いた。梶山は二度、首を横に振った後、自嘲気味とわかる笑みを口元にわずかに湛えた。

「人生の充実というものが、何によって構成されているのか、ベッドで横になって長いこと考えていたんだ」

「哲学者だな」

「たっぷりと時間はあった。でも、その時間も残り少ないけどな」

梶山の言葉を無視して、山本は答えを待ち受けた。

「で、人生の充実って？」

「仕事と女、それに金だ」

「哲学者が考えだした答えとは思えないくらい、即物的な構成要素だな」

「究極の三元素ってところだ。そのどれかひとつが欠けても、ひとつが極端に多くても少なくてもダメなんだ」

山本は桐子の顔を思い浮かべていた。彼女は自分の人生の充実にとって必要不可欠の存在なのだという想いがあらためて胸に響いた。梶山を見舞っているはずなのに、自分のことばかり考えていた。

梶山は掠れた咳を五秒ほどつづけた。苦しそうだったが、助けられない。山本はそれがおさまるのを待った。

「悪いな、こんな姿を見せるつもりはなかったんだ」

「長居しすぎたかな。疲れたんじゃないか?」

「いや、いいんだ。ずっとお見舞いを断っていたから、うれしいんだよ。ところで、おれからの質問だ。おれが妻と仲良くやっているから充実しているように思えるか?」

「違うのか?」

「まあな……。妻には満足はしているし、精神的に安定を与えてもらっているから感謝もしている。でも、男としての充実ということになると、違う気がしているんだな」

「奥さんは女ではないってことか?」

「そうかもしれない。妻以外の女性と親密になることができたら、性的な悦びをもっともっと味わえたと思うんだ」

「欲張りだな、梶山は」

「女ひとりで満足する男なんて、滅多にいないんじゃないかな。おれは道徳的な観念が強かったから浮気はしなかったけど、できることなら、おまえみたいに、愛人を持って性というものを愉しんでみたかったよ」

山本は彼を見つめながら、こんなふうに、悔いを残したまま死を待ちたくないという思いを募らせた。

川口は黙って酒を飲んでいる。物思いに耽《ふけ》っているのを邪魔しないようにしてくれていたようだった。山本が顔を上げると、見計らったように声をかけてきた。

「で、お見舞いにいった時、梶山ときちんと話はできたのか？」

「奥さんのことを頼まれた」

「そうか」

「川口も親しいんだから、いざとなったら頼むぞ。おれだけではどうにもならないことがあるかもしれないしな」

「わかってる」

川口はぼそりと呟くように言うと、女将《おかみ》に向かってお銚子《ちょうし》をもう一本頼んだ。

山本は梶山を想った。今この瞬間も病気と闘っている、と。悲しいようなせつないような気持になる。

「飲みたい気分がますます募ってきたぞ。山本、つきあえよ」

「まあな」

「いやか？　誘ったのはおまえのほうなんだから、責任取れよな」

彼は言うと、赤い顔で深いため息を洩らした。せつない思いに駆られているのは自分だけでない。川口も同じように、梶山を想っているのだ。

「あいつのところは子どもがいないから、奥さんのことが心配だろうな」

「愛妻家でも、悔いがあると言っていた。たぶん、セックスへの想いだろうな。究極の快感や陶酔といったものへのあこがれが、胸の奥のほうでくすぶっていたみたいだ」

「そんなことまで話したのか。中年男なんて多かれ少なかれ、全員がそういうくすぶりを抱えているもんだ」

人はそれぞれの境遇の中で自分の人生を一生懸命に生きている。くすぶりを解消してこそ、人生が豊かになるのだと思う。それをしないのは、自分の人生に対する背信行為ではないか。死期が迫ってから後悔しても遅い。

妻を裏切らずにくすぶりを抱えたまま死ぬ男のことを、立派な男と讃《たた》えることはできる。でも、それはあくまでも他人の評価でしかない。そんなことは気にせずに、自分の生き方を充実させることを考えるべきだ。そのほうがいいに決まっている。

「ところで、山本は若い子に夢中になって追いかけていたけど、その子とは、どうにかなったのか？」

「珍しい子だったよ」

「つまり、親しくなれたってことか……」

「まあな。彼女はおれの人生にとって不可欠の存在だとわかったんだ」

「すごいことを言うんだな。自分が何を言ったのか、わかっているのか？　それって重大発言じゃないか」

「男として生きていられる時間はもう、残り少ないからな。マラソンでいったら、折り返し地点を過ぎている。三十キロから三十五キロの間くらいだろ?」

「たぶん、そうだろうな」

「ちょうど苦しくなる頃合いだ。ずるずると後退していって先頭集団から落ちていくかどうかっていう勝負どころでもある」

「何が言いたいんだ?」

「苦しさに負けてレースや勝負を諦めることだけはしたくないってことだよ。ゴールした後で、後悔したくないしな」

「梶山を批判しているのか?」

「他人の生き方を批判なんてできないよ。でも、反面教師にはなる。だから、梶山の後悔を聞いて、あらためて彼女の大切さに気づいたんだ」

「奥さんとの関係はどうなるんだ」

「心配はしていない。浮気は彼女が初めてというわけじゃない。これまでだって、何人もの女性とつきあってきたんだ。バレるようなヘマはしなかったし、これからもヘマをするつもりはないからな」

千加子の顔が胸を掠めた。しかし次の瞬間には彼女の顔は消え、桐子のきつめの顔が大きく浮かび上がった。

桐子に会いたい。心の底から、会いたい。

でも、と躊躇《ちゆうちよ》してしまう。会っていいものかどうか。今のこの落ち込んだ気持ではダメな気がする。桐子に会うには、それなりの心の準備が必要だ。充実した気持でいないと、彼女に対抗できない。

それでいいのか？　自省《じせい》をうながす厳しい声が、胸の裡で響いた。人生を充実させるために必要な存在なのに、どうして、気力が充実している時でなければ会えないのか。

「川口、河岸《かし》を変えるか」

「今夜はどこへだってつきあうぞ」

「銀座だ。千加子のところにでも行かないか？　おれのほうの経費で落としてやるからさ」

「それなら、行こう」

川口はにこやかな表情で言った。この店ではずっと、鬱々とした気分で語り合ってきた。それももうおしまいだ。山本は飲み代を支払い、川口とともに銀座に向かった。

「あら、おふたりさん、珍しいのね」

千加子は席につくなり、笑顔を浮かべながらも皮肉を込めた言葉を投げてきた。彼女がそう言うのも仕方なかった。なにしろ、部屋を訪ねたのが三週間近く前だし、この店に来たのは一カ月も前のことだ。川口も似たようなものだった。いつ以来なんだと訊くと、二カ月近くなるかな、という返事だった。

店が変わると気分も変わる。梶山を見舞った時の心の震えも、川口と新橋で飲んでいる時に覚えた焦りのような感覚も、銀座の華やかなクラブに身を置くと忘れることができた。しかし、ひとつだけ忘れられないことがあった。桐子のことだ。

千加子がほかの席に移った。ミホという名の若いホステスひとりになったところで、川口が軀を寄せてきて小声で言った。

「おまえはさっき、浮気は絶対にバレないって言っていただろう？　もしもだよ、仮に、バレたらどうするつもりだ」

「どうって」

「浮気相手の子は、おまえの人生に不可欠な女なんだろう？　奥さんにバレたら、どういうケリをつけるつもりなのか……。考えているはずだよな？　考えていないとしたら、おめでたい奴だと誉めてやるよ」

「どっちが大切かなんてことを比較したくないから、考えていない。バレたら、それはもう、成り行きに任せるしかない。そう思わないか？」

「いい加減な男だなあ」

川口は呆れたように言うと、その勢いで、隣に坐っているホステスのミホの肩に触れた。ミホは黙ったまま身をよじって逃げた。

相変わらず、川口の触り方はさりげない。銀座のクラブで触るのはその程度が限度だということがわかっている。遊び慣れている。

山本はミホに声をかけた。

「君の名前は、確か、ミホちゃんだったね。初めてこの席につくけど、入ってどのくらい経つのかな」

「まだ一カ月ちょっとです」

「この店の前は、どこにいたんだい？」

「初めてなんです、夜のお仕事」

「へえ、そりゃすごいや」

山本は場を盛り上げるために、意味のない言葉を吐き出して笑った。川口は興味を示したらしく、彼女が渡した名刺をじっくりと見た。

「さっき、このおじさんが触ろうとしたけど、いやじゃなかった？」

「最初は戸惑いましたけど、ようやく慣れてきました」

「慣れた？　触られるのに？」

「ごめんなさい。ちょっと違っていました。触られるのには今も慣れていません。慣れたと思ったのは、お客さんを不快にさせずにどうすればかわせるかが、ようやくわかってきたからだと思います」

「こっそりと触られるのと、堂々と触られるのでは、どっちがいや？」

「堂々としていてくれれば、笑ってかわせるんですけど、こっそり触られる時っていうのは難しいですね」

ミホの答えを横で聞いていた川口が、話に割り込んできた。テーブルに置いたタバコを取ると、

「ミホちゃん、可愛いねえ。そのおじさんは危険だから近づいちゃだめだよ」

と囁きながら、ドレスの裾がわずかにめくれて中ほどまであらわになった太もものあたりにさっと触れた。

「ミホちゃんはいやだよね、こういう小狡《こずる》い触り方のおじさんって」

ミホは肯定することも否定することもできずに曖昧な笑みを浮かべた。その話題から逃れるように、水割りをつくりはじめた。川口が、珍しく突っかかってきた。「小狡い」という言葉をやり過ごさなかった。

「小狡い男だなんて、聞き捨てならん。友だちだとしても、言っていいことと悪いことがあるんだからな」

「触り方が、小狡くて小賢しかったからだよ」

「おまえだって小賢しくて小狡いじゃないか。おれ以上かもしれないな」

「どうしてだ？」

「奥方にバレないように小器用に浮気しているだけなのに、つきあっている子のことを、人生でもっとも大切な女性のように言っていたじゃないか」

「大切だよ。その言葉に嘘はない」

「でも、それは浮気の範疇《はんちゅう》でのことだ。矛盾していないか？　浮気ごときで人生が充実するわけない。でも、おまえはそう考えている。いや、無理にそう考えるようにして、空虚さや不安から逃れようとしているんだ。とにかく、自分の人生に対して誠実じゃない。だから、小狡いし、小賢しいって言ったんだ」

川口は抑揚《よくよう》のない口調で言いきった。腹に据《す》えかねて言ったというより、胸の裡に芽生えていた疑問をぶつけたという感じだ。ここまではっきり言ってくれる人は川口しかいない。不愉快だけど、ありがたいことだ。だから山本は彼の言葉を悪意とは感じなかった。

「久しぶりに厳しい意見を聞いたな。おれの覚悟が足らないということか？　はっきり言うよ。おれは覚悟した。彼女とおれの人生が終わるまでつきあうつもりだ」

「浮気ではなかったのか？」

「そんなつもりで言ったんじゃないんだけどな。いや、深層心理では浮気と思っているのかもしれない」

「どっちなんだよ」

「覚悟は決めたつもりだ。でも正直、戸惑ってもいる」

山本は自分の言葉に酔っているのを感じた。覚悟という言葉は、美しい響きがある。でも、何の覚悟なのかよくわからない。桐子とともに生きる覚悟なのか？　彼女を愛人として囲う覚悟か？　マゾという自分の性癖に正直になるという覚悟か？　すべてが当てはまっているように思えるけれど、同時にすべてが自分を偽《いつわ》る言葉とも感じられる。

桐子に会いたい。心が疼《うず》く。迷いを断ち切るためにも彼女が必要だ。

「話はおしまいだ。長く話しすぎた。これからはミホちゃんと愉しく飲むぞ」

川口は大げさに笑い声をあげると、さりげなくミホの肩と太ももに触れた。話はそれで終わった。タイミング良く千加子も席に戻ってきた。

「離れたところから見させてもらっていたわよ。おふたりさん、珍しく真剣に話し込んでいたわね。お仕事のお話だったの？」

「人生についてさ」

山本はすかさず答えた。千加子はにこやかに笑顔でうなずいたものの、まったく信じていない表情をしている。

「今がいちばん充実している時なのに、振り返ってなんていられないでしょ？」

「違うんだよ、千加子。これから先の人生のことさ」

「あなたたちには、あと十五年はお店に通ってもらわなくちゃいけないんだから、たそがれたことは考えないの。わかった？　全速力で走り抜けなさい。疲れたら、ここに帰ってくればいいんだから」

「疲れた時だけでいいのかい？」

「来ないよりはマシよ」

千加子のその言葉に、山本も川口も笑い声をあげた。銀座で長くホステスをやっているだけのことはある。さすがにソツのない会話をするものだ。

桐子とつきあい、千加子とも関係をつづけたいと思う。やはり、小賢しいのだろうか。


不機嫌さというのは、時間とともに薄らいでいくものである。それなのに、今のこの不機嫌な気分は、一週間前からずっとつづいている。

桐子に会いさえすれば解決できると思って何度もケータイに電話していたが、彼女の声を聞くことはできなかった。メッセージを残しても、コールバックはない。

山本は早めに仕事を終え、五時半には会社を出た。

平社員の時のように、やることがないのに、ダラダラと居残ることは極力避けていた。自分もかつてそうだったが、部長が遅くまで残っていると、部下は帰りにくい。部下のためにも早くオフィスを出るのだ。

桐子がアルバイトをしている本屋に立ち寄る。それが日課になっていた。しかし、一度も彼女の姿を見かけたことはなかった。

文庫本を買い、駅に向かう。桐子がいた時といなくなってからでは、心の充実度がまるきり違う。生活に張りがなくなった。何を目標に生きていっていいのかわからなくなりそうだった。

妻と子どもを養うために働くのは当然である。しかし、それしかないとなると、あまりに空しい。生きる糧《かて》がほしかった。桐子がそれを自分に与える存在だったのだと、連絡が取れなくなったことではっきりと自覚した。

地下鉄の入り口の階段の手前まで来た時、山本は立ち止まった。ここで桐子に声をかけられたのだと思い出し、同じことが今日この瞬間に起こらないかと期待した。もちろん、そんな都合のいいことは起こらない。自分でもその可能性は限りなくゼロだと思いながら、期待が裏切られて落胆する。そんなことを、一週間もつづけている。

山本は桐子とお茶を飲んだ駅前の喫茶店に入った。駅の階段が見渡せる窓際の席だ。三十分間、下り口を見つづける。それもここのところの日課になっている。

水と交互にコーヒーを飲む。三十分かけてなくなるようにちびちびとだ。

会社の同僚たちが何十人も地下鉄に吸い込まれていく。川口もその中のひとりだ。だが、桐子の姿だけは見当たらない。

午後六時十分。

腕時計と店の壁にかかっている時計の両方で時刻を確かめてから、テーブルの伝票を摑んだ。その時だ。

背中を軽く突っつかれた。何も考えずに振り返った。

「久しぶりね……」

桐子だった。山本は声を出せなかった。黙ってうなずいただけで、椅子に腰を落とした。膝が震えた。背中にも腕にも鳥肌が立つのを感じた。

彼女はジーンズに厚手のセーターを着ている。アルバイトしている時と変わらない姿だが、彼女は店にいなかった。遅番なのだろうか。そうでなければ、わざわざこんな夕方の時間に都心に来る理由はない。

美しい顔立ちが懐かしい。いくらか吊り上がった目尻、鋭い光を放つ瞳。彼女に見つめられると、すべてを忘れてうっとりしてしまう。箱根の夜の部屋での交わりや家族風呂での自慰行為が脳裡に浮かんでは消えていく。桐子は正面に坐った。

「どうしてそんなに驚くのよ。まずいタイミングで声をかけちゃった?」

「どこに行っていたんですか。何度も電話したんです。留守録にも残していました。電話してくれてもよかったんじゃないですか」

「あのねえ、久しぶりに会ったっていうのにどうして、いきなり、人のことを非難するわけ? うれしいんじゃないの?」

「うれしくて、涙が出そうですよ」

「だったら、それを表しなさいよ。おかしいんじゃないかな、最初の感情表現が怒りだなんて……。そんなことだろうと思ったから、わたし、電話しなかったんだよ」

「ごめんなさい、桐子さん。本当に会いたかったんです。それが叶わなくて、ついつい、不満が出ちゃったんです」

涙が出そうだ。瞳を覆っている潤みが波立っている。四十歳を過ぎたあたりから、涙もろくなっていた。感激すると、堪《こら》えようとしても涙がこぼれ落ちてしまうのだ。

「あんた、泣きそうよ。変な人」

「桐子さんには、ぼくのことが何でもわかるんですね」

「そりゃ、そうでしょう。あんたは、わたしのために生きているんでしょう?」

「はい、そうです」

「だから、それなりに責任がわたしにもあるってこと。あんたのことを理解することは、責任を持つことだって思っているんだから。あんたの奥さん以上にあんたをわかっているかもしれないわ」

「たぶん、そうです。いや、たぶんではありません。桐子さんがぼくのことを世界中でいちばんよく知っています」

「大げさね、世界中だなんて」

桐子はケラケラと笑い声をあげた。屈託のない声に、山本もつられてにっこりと微笑《ほほえ》んだ。連絡が来なかったことなど、どうでもよくなった。目の前に彼女がいるのだ。その事実に感謝しよう。

笑い声が消えると、桐子の表情がいきなり険しいものになった。一瞬の変わり様に、山本はうれしい反面、押し潰されそうなくらいの緊張感に包まれた。

「ほんとのことを言うと、わたしはあんたの前から、姿を消したの」

「なぜ……。ぼくが何かいけないことをした罰ですか？」

「そのとおり。あんたは気づかなかったでしょうけどね」

山本は何度も胸の裡に問いかけて、彼女を不愉快にさせたことはないという結論を出した。それだけに、彼女の言葉をにわかには信じられなかった。

「わかってなかったんだ、やっぱり」

「はっきりと言ってください、桐子さん」

「あんたって、どうしてそんなに楽をしたがるの？　それって狡くない？　わたしを悩ませるだけ悩ませて、自分だけはいつも楽なところに逃げ込むんだから」

「楽なとこになんて逃げていません。それに、悩んでもいました」

「へえ、そうなんだ」

「ぼくの悩みなんかより、桐子さんのことのほうが大事です。だから、言ってください。助けになれることなら、手を差し出します」

「そう願いたいわね」

山本は深々とうなずいた。二十歳も年下の女性に振り回されている自分がおかしい。それでも真剣でありつづけたいと思う。彼女のためであるのは当然だけれど、それは自分のためでもある。

正念場《しょうねんば》のような気がした。自分の心の裡を明かさないと、彼女との関係は終わってしまう。四十五歳の男の直感だった。


西新宿のシティホテルに部屋を取った。

正念場に立っているという意識がその場所を選ばせた。

部屋に入った。

午後七時を過ぎたところだ。

妻には連絡をしていない。そんなことは考えつかなかった。桐子とふたりきりになることだけで頭の中がいっぱいだった。

ソファに坐る。互いに半身になって向かい合う。ラフな恰好の若い女性とスーツ姿の中年男が、窓ガラスに映し出される。誰が見たってこれは不倫関係の男女だ。そんな雰囲気がガラスにまで映り込むものかと思う。

「あんた、連絡した?」

「どこにですか」

「バカね、家に決まっているでしょう。奥さん、心配するんじゃないの?」

「そんなことは、桐子さんが気にしなくても大丈夫です」

「いやな感じだな。つまりは、信頼されているってことを言いたいわけね」

「違いますよ」

山本は不吉な予感がして、慌てて首を横に振った。

彼女の言葉の端々《はしばし》から、妻のことを意識している気配が感じられた。桐子だから不倫関係に悩むことはない、と考えていた。男の身勝手な解釈だ。S的な性癖を持っていても、普通の女性と同じ感性だということを忘れていた。いや、気づかないようにしていたようにも思う。

「あんたに訊きたいんだけど……」

「はい、桐子さん」

「どういうつもりで、わたしと会っているのか教えてほしいんだよ。あんたは自分のマゾの性癖を満足させたいから? それともセックスの快感を得たいから? 家庭がうまくいかないストレスを解消させるため? 仕事の責任の重さから逃れるため?」

桐子の眼差しは真剣な光を帯びていた。ゾクゾクする強い光だ。嘘をついたら間違いなく見抜かれる。彼女の迫力は、Sの女王としてのものではない。不倫という不安定な関係に悩む女性のそれだった。

「ぼくは真剣ですよ」

山本は言いながら、彼女の問いに正確に答えていないと思った。そうとしか言えなかった。肚《はら》をくくっていたものの、今の情況では不倫関係を否定できなかった。それに、挑発にも似た彼女の言葉を肯定してしまうと、ふたりの関係は終わる気がしたからだ。

「真剣って、どういう意味？　あんた、狡いなあ。言葉をたくさん持っているからって、いい加減な言葉で煙《けむ》に巻かないでよ」

「そんなつもりじゃありません」

「もっと単刀直入に言えないの？　部下がそんな言い方したら、あんた、絶対に怒っちゃうわよ。それなのに、わたしには言えるんだから……」

「すみません、気をつけます」

「そうか、わかった。あんたは、わたしのことをバカにしているんだ。だから、いい加減なことを言っても大丈夫だとタカをくくっているんでしょう。違う？」

「それだけは、絶対に違います」

山本は語気を強めた。桐子を愛おしいと思うことはあっても、これまで一度も、見下したことはない。自分にとって必要な存在なのだ。崇《あが》めこそすれ、バカにするわけがない。

なぜ桐子はそんなことを言うのか。

「もっとそばに寄ってもいいですか?」

山本は甘えた口調で囁いた。話題を変えるつもりではなかった。男と女の関係を強めたかった。なのに、桐子は首を横に振った。あからさまに不快な表情をつくると、蔑むような眼差しを投げつけてきた。

「あんたさあ、男の欲望の処理が目的で、わたしに近づいたの? そうじゃないでしょ?」

「はい、違います」

「だったら、今そんなことを言うなんて、おかしいわよ。やっぱり、中年男って狡い。うん、違う。あんたが狡いのよね」

桐子は視線を逸《そ》らしながら言った。

彼女が初めて弱気な表情を見せていた。せつなかった。こんな表情をさせてしまうのが悲しかった。

どう言えば、彼女は喜ぶのだろう。

妻も子どもも捨てて、桐子とともに生きていく覚悟をしたと言えばいいのか?

山本はしかし、言えなかった。狡い男だ。

「ぼくの人生にとって、桐子さんがもっとも大切な人なんです。それだけはわかってください……」

「だったら、わたしを大切にしなさい。悩ませたりしないでよ」

「はい、そうします」

「返事だけはいつもいいんだから、あんたって人は。それだけで世の中渡ってきたんじゃないの？　わたしはね、もっと実《じつ》のある言葉を期待しているんだから……」

「ごめんなさい、桐子さん」

「謝る前に、言いなさいよ。それがスジでしょ？　それとも、言えないの？　わたしのこと、性欲の捌《は》け口《ぐち》として見ていたの？　そんなことじゃないでしょう？　確かなものを求めているんでしょう？」

「桐子さんとの絆《きずな》です。つながっているという実感です」

山本は桐子の目を見つめながら言った。耳ざわりのいい言葉だった。しかし、それはやはり漠然《ばくぜん》としていて、自分の真の想いを伝えていない気がした。

「絆？」

山本は彼女と視線をわずかに合わせた後、天井を見遣った。

絆がほしいから、桐子に執着しているのか？　そうじゃない。それは彼女を納得させるための方便《ほうべん》だ。では、いったい何だ。ほしいのは、性癖を満足させるための相手なのか？

自分の欲望にぴったり合った相手がたまたま、彼女だったのか？

「あんたさあ、黙っていないで答えなさいよ。わたしが訊いているんだよ？」

「ちょっと待ってください。桐子さんにはわからないでしょうけど、この齢になると、正直に自分の気持を明かすのは、簡単ではないんです」

「そんな言い訳、聞きたくないんだよ……。わたしはあんたの齢なんて関係ないと思っていたのに」

「すみません。そういうつもりで言ったんではないんです」

「じゃ、どういうつもり？」

桐子の追及は厳しい。山本はすぐには答えられない。

今に限ったことではないが、彼女に強い口調で言われると軀がこわばってしまう。これを身が縮む思いというのだろう。自分の軀と心が少しずつ不自由になっていくのがわかる。そしてその感覚によって、さらにこわばりが強まっていくのだ。

しかし、いやではなかった。

彼女に厳しく詰問《きつもん》されるたびに、被虐《ひぎゃく》感が強まり、彼女に従属しているという思いが深まっていくのだ。それが充実につながっていた。自分が確かに生きているという実感をもたらしてくれた。

桐子を失いたくない。彼女を失ったら、生きる喜びがなくなってしまう。それは妻子によって得られるものとはまったく別のものだ。サディスティックな女性を探せばいいのかもしれないけれど、そんな性癖を持っている女性を見つけるのは難しい。いや、そうじゃない。桐子の代わりになる女などいない。彼女はかけがえのない女性だ。

「黙ってやり過ごそうっていう魂胆《こんたん》？　狡いなあ。あんたの部下がそんなことしたら、はらわた煮えくりかえしながら怒るんじゃない？」

「そうですね、確かに」

「あんたさあ、絆っていう言葉でごまかしたつもりでいるだろうけど、さっきわたしが訊いた『性欲の捌け口として見ていたの？』っていうことには答えていないんだよ」

「答えたつもりでいました。そういうふうに聞こえなかったのなら、謝ります」

「で？」

「自分勝手な気持でおつきあいをさせてもらっていたわけではありません」

「だったら、何よ」

「桐子さんと一緒にいると、生きている実感が得られるんです。正直言って、妻子といる時では得られないものです……」

　山本はそこで言葉を切った。

　妻子のことを口にした自分の軽率《けいそつ》さを後悔した。それは桐子が不機嫌になったからではない。彼女にまつわるすべてを、妻子と切り離して考えているつもりだったからだ。

「すごいことを、あんた、言うんだなあ」

「えっ……」

「いつもわたしのことを、奥さんや子どもと比較していたんだ」

「違います。妻子のことを持ち出したのは、言葉のアヤっていうか……。とにかく、桐子さんが大切だということをわかってもらいたかったからです」

「奥さんやお子さんがかわいそうだし、わたしもかわいそう。両方とも常に比較されていたなんて」

山本は答えなかった。今は何を言っても、真意を汲《く》み取ってもらえそうにない。いや、悪く受け取られるいっぽうだ。こういう時は、彼女の高ぶりが鎮《しず》まるのを待つしかない。これまでの彼女とのつきあいの中で、そんな知恵を身に付けていた。

彼女は常に不満を抱えているようだけれど、それは過去の出来事についての不満ではない。目の前にある不満、現在進行形の不満だ。それを解消するために不満をあからさまに表すけれど、たとえ解消されなくても引きずることはない。形を変え、パワーアップした新たな不満となるのだ。過去のことをほじくり返して、ネチネチと嫌味を言いつづける根に持つタイプとは違う。

彼女が醸《かも》し出しているエネルギッシュな雰囲気は、たとえ負のエネルギーであったとしても、常に新しいものを放っている。それが彼女の魅力でもある。

「自分の人生を生きたいんです。妻や子どものためでない自分の人生を……。これまではずっと、妻子のために生きてきました。いけないことじゃない。それは真っ当な生き方だと思います。でも、ぼくにはもうできない。気づいたんです、自分の人生を生きなければ充実がないってことを……」

「奥さんや子どものために生きるっていうことが、あんたの人生なんじゃない？　その覚悟をしたから結婚したんだし、お子さんもつくったんでしょ？」

「そこまでの自覚はありませんでした。バカな男だったんです」

「自分が変わったってこと？」

「結婚した当初は感じなかったことですけど、いつの間にか、何かが足りないと思うようになったんです。部長に昇進してからはその思いが強くなって……」

「そんな時に、わたしと出会ったのか。あんたさあ、わたしを利用しているのかな」

「絶対にそれはありません」

「だって、わたしはあんたにとって都合のいい女になっているじゃない」

「そんなふうに悪くとらないでください。桐子さんと一緒にいたいんです。それがぼくの願いなんです」

　山本は自分の思いが伝わらないもどかしさに身悶《みもだ》えしそうになった。自分が遣う言葉のつたなさに、涙が溢れそうだ。こんな気持になったのは、生まれて初めてだ。初恋の相手にも、初体験をした同級生にも、気持がここまでうわずることはなかった。

　桐子を失いたくないのだ。今ここで彼女を納得させないと、ぷいっとどこかに消えてしまいそうだ。そして、二度と会うことができないまま、空しさを抱えて生きていくことになるような気がする。

「ともに生きたいんです」

山本は溢れる高ぶりを抑《おさ》えられずに言った。

彼女の目を見た。瞳は強い光を放っていて、動揺している様子はなかった。

「どういうこと、それって。あんたさあ、いい加減なことを言わないでよ。まさか、奥さんや子どもを悲しませるようなことを本気で考えているの?」

「というと」

「離婚に決まってるじゃない」

「わかりません。そこまで具体的なことは……。ただ、ぼくの気持は、桐子さんとともに生きたいという思いでいっぱいなんです」

「妄想なんだ、あんたの言っていることって……。時間を無駄にしちゃった。中年男の焦りにつきあわされるなんて、まっぴら」

桐子が呆れたように言い放った。ぷいっと頰を膨らませて、背中を向けた。

その時だ。

ポケットに入れていたケータイが震えた。出ていいものか迷っていると、桐子が視線をポケットに送ってきて、何を遠慮しているのよ、電話に出なさいよ、と吐き捨てるように言って洗面所に入った。

川口だった。

山本は通話ボタンを押した。電波状況が悪かったけれど、「もしもし」というたったそれだけでも彼の声が沈んでいるのがわかった。

「川口、どうした？」

「まいったよ」

「おい、何があったんだ」

「梶山が、死んだ」

山本は声を出せなかった。後頭部を殴られたような衝撃を受けた。もったいない。そのくらいしか考えが浮かばなかった。

見舞いにいった時、彼に死神が宿っているのを感じた。死相が表れているとも思った。が、それでも死は遠いものだった。同期入社の男だ。齢も同じ。四十五歳という若さだ。

「奥さんから連絡が来た」

「そうか」

「これから駆けつけようと思うんだ。おまえも、来られるか？」

「もちろん、行くさ。病院か？」

「そうだ。それじゃ、後でな」

電話はそこで切れた。

梶山が入院していた病院は、このホテルから目と鼻の先にある。山本は窓際まで歩いていき、病院のある方角を見遣った。桐子と言い合いをしているさなかに、梶山は死んだ。

胸が詰まった。

第七章　大切な時間

　桐子と新宿のホテルで会ってから五日が経った。通夜、葬儀と慌ただしく時間は過ぎていった。

　山本は今、川口とともにあまりなじみのない銀座のクラブにいる。梶山がキープしていた酒を飲み干そうということになったのだ。

「献杯……」

　川口が小声で言い、梶山が残した焼酎《しょうちゅう》でつくった水割りのグラスをぶつけあった。

　山本はひと口飲んだところで、ため息をついて黙った。川口も深々と吐息を洩らし、くちびるを閉じた。同年代の知り合いの死を、川口とともに沈黙の中で共有する。そばにいるホステスも、ただならぬ雰囲気を感じとり、話題を持ち出せないまま黙っていた。

　山本はふいに大学時代のことを想い出した。

　大学三年生の夏休み中に、同級生がバイク事故であっけなく旅立った。東京から北海道へのひとり旅のさなかに、対向車線にはみ出してきた乗用車と正面衝突したということだった。

彼とは一年生の頃からマージャンをしたり、パチンコ店の新規オープンに朝から一緒に並んだりした。アパートに泊まりにいったことも何度もある。

事故の報《しら》せを聞いたのは、夏休みが終わってからだ。九月下旬。台風が接近している時だった。彼と同じ高校を卒業したクラスメートから、函館《はこだて》から札幌《さっぽろ》に向かう途中で事故に遭ったと知らされたのだ。

衝撃は強かった。今にして思うと、その時の衝撃は親しい友人が亡くなったというショックだった。それだけが心を占めた。死というものを自分の身に置き換えたりはしなかった。二十一歳。死を身近に思えるはずもなかった。

今はずいぶんと死に対する感じ方が違っている。

知人の死を知らされても、衝撃は若い時ほどではない。ひとつ言えることは、いくつもの死を受け入れてきたことで、心の痛みをやわらげる方策を生み出したということだ。その結果として、死の報せを冷静に受け止められるようになった。

その一方で、自分の死というものが、実はとても身近にあるものだという想いが強くなっていた。だから、死に対する恐怖心は以前と比《くら》べようもないくらいに膨らんでいる。

「あっけないものだよな」

川口が沈黙を破ると、山本も同じ言葉を繰り返した。「あっけないものだよな」。言い終わった時、もっと何か言いたい気になりながらも、その言葉だけで今の気分を言い尽くしたような気にもなっていた。

「年々辛くなっていくよな。山本もそうじゃないか？」

「自分がこれから、どういう生き方をしていけばいいのか。そういう問いかけをされている気がするな」

「いいことを言うんだな、おまえもたまには……」

「いいきっかけになった気がするよ」

「何がだ？」

「お棺《かん》に入った梶山の痩せた顔を見て、おれは誓った。自分のために生きようってな。だからそれは、梶山が教えてくれたんだと思っている」

「例の子と、まだ、つづいているのか？」

川口は淡々とした声音で言った。

彼がもし、うらやましそうな響きを込めていたり、呆れたような意味合いを混ぜて言っていたら答えなかった。素直な問いかけだったために答えたのだ。

「つづいている。深みにはまっているといっていいかもしれないな」

「大丈夫か？」

「どうなってもいいさ。でもな、絶対に悪い方向にはいかない。その自信だけはあるんだ。おれは自分に正しいことをしているからな」

「断言できるのか?」

「もちろん、できるとも。悔いがないように生きたい。それが判断の基準になっているからな」

「おいおい、色ボケでもしたんじゃないか? 妻子を悲しませちゃいけないぞ」

「わかっている。だからこそ、惑っているんだ。妻子に対する責任を果たしながら、自分の人生を充実させることができるのかって……」

「わからんことを言う奴だな。普通の男の場合は、妻子を幸せにすることが人生の目的になっているんだぞ。それをふたつに分ける男なんて、いないんじゃないか。いてもたぶん、離婚すると思うな」

「両立は無理か」

「断っておくけど、おまえに離婚を勧《すす》めているわけじゃないからな」

「そんなこと、あらためて言わなくてもわかっているさ」

「何かきっかけでもあったのか?」

「焦っているのかもしれない。梶山の死に顔を見て、このままの生き方じゃいけないって本気で思った」

山本は胸の裡を明かすと、焼酎の水割りを半分ほどまで飲んだ。

惑いの原因は、今となっては桐子の存在そのものにある。妻と不仲になったわけではない。長く一緒に暮らしていれば、多かれ少なかれ、不満があるものだ。でも、そんなものは取るに足らない。妻への不満が理由で、桐子に夢中になったのではない。心の奥底にくすぶっていた自分の生き方への焦燥《しょうそう》感が噴き出したことがきっかけなのだ。

「五十歳が近いっていうのに、おまえは自分のことがわからな過ぎじゃないか？」

川口は声音をいくらか荒らげて言った。

山本は曖昧な笑みを浮かべ、小首を傾げた。そうかもしれない。自分がまさかこんなふうになるとは思わなかった。人生とはわからないことだらけだ。今までとは比べようもないくらいスリリングな生き方になった気がする。でも、それが面白い。桐子と出会ったことによって、わからないことが面白いと思えるようになった。

「おれはずっと真面目にやってきて、それが正しい生き方だと思っていた。でも、どうやらおれは、今までの生き方をつづけていたらだめだと思うようになったんだ」

「真面目な生き方はつまらないか？」

「空しかったんだ」

「そうか……」

「六十歳の定年まで働くだろう。健康だったらその後も、どこかの会社で働くはずだ。ブラブラしていられないからな。子どもが成長し、結婚する。妻とはさほど会話もせずに、日々淡々と暮らす。そのうちに病気になり、死を迎える」

「たぶん、間違っていないな」

「そうだろう？　そんな将来の絵図面のどこに生き甲斐を見出せばいいんだ？　おれはわからなかった」

「で、女に走ったわけか」

「女ではない。気が強くて、おれのことを『中年男』と平気でののしり、『あんた』と乱暴に呼ぶ桐子という女性に走ったんだ」

桐子という名を、川口の前で初めて口にした。

新鮮だった。初めてつきあった女性を、友だちに紹介した時のような緊張を覚えた。気恥ずかしくなり、頬が火照り、血が頭頂部に向かって逆流していった。

「地道に生きている中年サラリーマンを敵にするようなことをしているんだな」

川口は微笑んだ。焼酎の水割りのお代わりを頼むと、彼はつづけた。

「桐子さんというのか」

「育ちはいいんだ。乱暴な言葉遣いをするけどな」

「愛人か」

「素敵な響きだけど、違う。おれは彼女に生活費を渡していない。それに、渡したくてもそんな金はないしな。給料は振り込みだ。女房にすべて握られていて自由になる金がないことくらい、川口だってわかっているだろう」

「今どき、四十五歳の男に、金に関係なくつきあう女がいるなんてなあ。そんな殊勝《しゅしょう》な女がいるのが不思議だ」

「桐子さんは独立しているんだよ、金だけでなくて、すべての面において。それが彼女の自信の源になっているようにも思う」

「金のかからない女か……。それだけでも十分にいい女だな」

「金が目当てだったら、おれなんかには目もくれないと思うよ。金持ちなら、東京にはウヨウヨいるはずだからな」

「若いんだろ、桐子さんは？　部長という役職の男に自由になる金がないってことまで、想像できないんじゃないか？」

「とにかく、現金を渡したことはないな」

「本当にいい女のようだな」

山本はまたしても曖昧な笑みを湛えた。桐子は一般的に言ういい女とは言い難い。言葉遣いはぞんざいだし、男社会に生きる女ならば気をつけているはずの、男に払うべき敬意といったものにも頓着《とんちゃく》していない。一般論として、そんな女をいい女とは言わないし、川口がイメージしているいい女にもほど遠いはずだ。

「残念ながら、一般的ないい女ではない。千加子のような女がいい女なんだ」

「千加子さんか。山本の言うとおりだ。ああいう女が、いい女だな」

山本はまたしても新鮮な気持を感じた。

桐子と出会った時、彼女のことをいい女かどうか判断しなかった。連れて歩いたら見栄《みば》えがいいだろうとか、男としての自尊心が満たされるだろうといったことは考えなかった。彼女になら、自分を晒せるかもしれないと期待しただけだ。

「とにかく、おれは梶山から学んだんだ。後悔しない生き方をすべきだとな」

「それで女に走ったわけか……。そこが解《げ》せないんだよなあ。腑《ふ》に落ちない。女に夢中になることだけが、後悔しない生き方になるとは思えないんだ」

「その言葉が女好きの川口から出るとは驚きだな」

「五十歳が近くなって、おれも欲張りになったわけさ」

「川口は、女以外のことで充実があると思っているのか?」

「女房と別れてからは、仕事も充実の源だ。それに、酒と競馬だな」

川口が言うように、仕事で成功することが充実につながるのは間違いない。しかしそれは、サラリーマンとしての充実であって、ひとりの男としての充実ではない。

女から得られる充実を諦めた男が、ほかの充実を求めるのだ。

山本の脳裡に桐子のきつい顔が浮かんだ。

会いたい。

　桐子への恋情が全身に満ちた。

　ホステスたちの顔を見ていてもつまらない。美人揃いだけれど、緊張感のない茫洋《ぼうよう》とした顔ばかりだ。愛想笑いと無難な会話。梶山のキープしたボトルを空けることが目的でなかったら、今すぐにも店を出たいくらいだ。

　ふたりはその後、ホステスを交えてとりとめのない会話で時間を潰した。ボトルにはあと三センチくらいを残すだけになった。

「川口、飲み干《ほ》さずにこのくらいにしておこうか。梶山のボトルは永久キープだ」

「うん、そうだな」

「おい、どうする？　もう一軒行くか」

「帰るか？」

「そうだな。葬儀の後だし、お互い、疲れているだろうからな」

　川口が気だるそうに腰を浮かした。疲れた顔をした彼を支えるようにしながら店を出た。

　川口と銀座で別れた山本はすぐさま、桐子のケータイに電話をかけた。

　このまますんなりと自宅に帰りたくなかった。妻と向かい合うのがいやというのではないが、梶山を見送ったという寂寥《せきりよう》感や悲しみを癒してくれるのは、妻ではなく桐子だとという思いがあったのだ。

幸運なことに、桐子の声が三度目のコールで耳に届いた。

「桐子さん？　会いたいよう。あなたの顔を見させてほしいよう」

山本は自分の声が間延《まの》びしているのに気づいて、酔っているなと思った。が、今はこんなふうに甘えた口調で言いたかった。川口と一緒にいる時の張り詰めていた心が、桐子につながった瞬間、緩んでしまったようだった。

「あんた、酔ってる？」

「酔わずにはいられませんから。桐子さんの迷惑になるのを承知で、会いたいと言わせてもらっています」

「大企業の部長が、みっともない弱音《よわね》を吐いているもんだね。部下に聞かせたいよ」

「会えませんか。出かけるのが大変なら、ぼくのほうから桐子さんの自宅近くまで出向きますから」

「強引すぎない？　あんたさあ、わたしにも都合っていうものがあること、本当にわかっているの？」

「すべてわかったうえで、言わせてもらっているんです。ダメでしょうか。今夜のぼくは、桐子さんに拒まれても、無理しちゃいそうです」

「会いたくないね」

「そんな……」

「あんたさあ、わたしがどこに住んでいるのか知らないでしょ？　それなのに、家に来るだなんて……。そういういい加減なところに、あんたの狡さが出ているの」

「教えてもらえませんか」

「わたしは暇ではないし、あんたの甘えを受け止める気もないし、あんたの事情を聞く気もないからね。それでもいいなら、教えてあげてもいいけど……」

「かまいません。桐子さんの顔を見られれば、それで十分です」

「だったら教えるわ。一度しか言わないから、覚えなさいよ、いいこと？」

山本は車の排気音に邪魔されないように脇道に素早く入り、耳を澄ませた。彼女はまず住所を口にした。渋谷《しぶや》区初台《はつだい》という声の後、マンション名と１２０１号室と言う面倒くさそうな声がつづいた。コンビニ、布団店というキーワードを覚えて電話を切った。

今夜は遅くなりそうだ。

山本はタクシーに乗る前に、妻に電話を入れた。怪しまれないためと、今日の葬儀のことを伝えるためにだ。

「裕子、遅くなりそうだ」

「飲んでいるのね。銀座ですか？」

「梶山がキープしていたボトルを飲み干そうということになっているんだ。あいつ、六、七軒のクラブに入れていたみたいだな」

「あなた、全部に回るつもり？」

「無理だよ、そんなの。とりあえず、今夜はすごく遅くなるってことだけは確かだ」

「気をつけてくれないと……。あなたの順番になったりしたら困りますからね」

妻はあっさり言うと、それじゃ、わたしは先に休ませてもらいますから、あなた、酔っていてもお清《きよ》めは必ずやってから入ってきてくださいよ、とつづけた。

山本は電話を切った。家にさっさと帰らなくて本当によかったと思った。梶山のことは、これまでに何度となく会話に登場した。それなのに、妻は葬儀についてまったく触れなかった。

タクシーで初台に向かった。駅前で降りた。キーワードを思い出しながら歩くと、彼女の言ったとおりに、レンガ張りのマンションを見つけることができた。

オートロックになっている。部屋番号を押す。１２０１。返事がないまま、ガラスドアが開いた。

十二階。部屋のドアの前に立った。チャイムを押す。五秒待った。ドアは開かなかった。二度目のチャイム。それからまた五秒。もったいをつけているのかと思ったくらいだ。ドアが開いたのは、一分近く経ってからだった。

「こらえ性《しょう》がない人ねえ。何度も鳴らさなくても、わかっているんだから。あんたはオートロックを解除してもらって入ってきたのよ」

「放置プレイでもされている気分でした」

「バカじゃない？　ここは自宅なの。そんなことするはずないでしょ」

山本は玄関に入ったところで、廊下とその先のガラスドアに透けて見えるリビングルームに目を遣った。

広い部屋だったので驚いた。本屋でアルバイトをするくらいだから、狭いワンルームくらいだろうとタカをくくっていたのだ。これも桐子の魅力だ。こちらの想像をやすやすと裏切ってくれる。しかも、いいほうにだ。

「そんなところに突っ立っていないで、入りなさいよ。手間のかかる人ねえ。あんたさあ、わたしが言わないと、何もできないの？」

「すみません……。そうだ、もうひとつ、謝らないと。初めて招いてくれたのに、手土産《てみやげ》を忘れてしまいました」

「そんなこと、どうでもいいわ」

桐子はあっさりと言い、リビングルームに入った。

ゆったりとした長めの丈《たけ》のスカートだ。Tシャツを着ている。ラフな恰好だけれど、隙がなかった。どんな洋服でも彼女は似合う。そのことを確認し、山本は自分のことのようにうれしくなった。

彼女には常に敬意を抱いていたい。だからこそ、服装も似合ってほしいし、広い部屋に住んでいてほしかった。見事なくらい、桐子は自分の想いに叶う女性だった。

リビングルームは、二十畳ほどの広さだ。アジアンテイストでコーディネートされている。家具はソファひとつとローテーブル、ダイニングテーブルと小さなテレビだけだった。二十代の女性の部屋にしてはモノが少ない。簡素と言ってもいいくらいだ。

ソファに坐っていいものかどうか、山本は迷っていた。勝手に坐ってしまうのは図々しい気がしてならない。

桐子がソファに腰を下ろした。何も言わずに、新聞を広げた。静まり返っている部屋に、紙の擦《こす》れる音が響く。立っていると酔いがまわりそうだ。沈黙が長くなるほどに、重い空気がのしかかってくる。

無視されているとは思わない。これも桐子なりの歓迎に違いない。

「あの……」

山本は短く声をあげた。新聞から目を離した桐子が視線を送ってきた。

「何？」

「横に坐ってもいいでしょうか」

「いちいち面倒ね。それくらいのこと、勝手にやってよ。わたしも好きにさせてもらうから。あんたがいることで、自分のやりたいことができなくなるなんて、絶対にいやなの」

「そうしてください。桐子さんの迷惑になることは、ぼくの本意ではありません」

「だったら、わたしの顔色をうかがうようなことはしないでよ」

「桐子さんに悦んでほしくて、ついつい気を回してしまうんです。それがいけないことと言われると、少し辛いな」

「辛ければ、出て行ってもいいんだから。ここにいてなんて、頼んでいないのよ」

「そうですけど……」

山本は口ごもった。出て行けという意味なのか、それとも、桐子ならではのきつい言葉のひとつなのか。とにかく部屋に入った時から、彼女はずっと不機嫌だ。

思い切って、ソファに坐った。

彼女の表情を盗み見る。気づかれないように。そうでないと間違いなく、うざったいから見ないで、といった言葉を投げつけられてしまう。

美しい横顔だ。

長い睫毛《まつげ》が輝いている。瞼を閉じるたびに、反り返った睫毛の震えがくっきりと浮かび上がる。そしてそのたびに、瞳を覆う潤みが波打つのだ。すっと伸びた鼻筋、くちびるの形、尖った顎……。それらすべてが、オーラを放っている。

「あんたねえ、いつまで見ているのよ」

「すみません。そのために、部屋にうかがわせてもらったんです」

「そうだった？　それなら仕方ないか。でも、見られているだけじゃつまらないから、あんた、服を脱ぎなよ」

「えっ？」

「聞こえなかったのかな、わたしの言葉が。裸になったら、わたしの顔を見てもいいって言ったのよ」

「えっ……、はい」

唐突だったけれど、山本は反射的に従順な言葉を返した。でも、ソファから立ち上がらなかった。彼女の言葉に矛盾を感じたのだ。

「好きにしていいと、桐子さんは言ってくれましたよね。洋服のままでいたいんです。理由はもちろんあります。集中して桐子さんを見つめるためにです」

「わかっていないわね、あんたは。やっぱり中年男って、自分勝手で狡いな」

「狡いでしょうか？」

「好きにしていいって、確かに言ったよ。でもね、それはあなたのレベルでのこと。わたしのほうが高いレベルで、好きにできるってことがわからないのかな」

山本はまたしても心の裡で唸った。桐子は本当に素晴らしい。頭の回転が猛烈に速いからこそできる切り返しだ。そんなふうに言われたら、納得するしかない。

自分の好きにすることよりも、桐子の好きにすることのほうが上ということだ。口答えは絶対にしてはいけない。だからたとえば、自分では黒と思っている犬がいたとしても、彼女が白と言ったら白と言わなければならない。

山本は立ち上がった。

洋服を脱ぐ。桐子は相変わらず、新聞を読んでいる。無視している。男が一メートルと離れていないところで裸になろうとしているのに、関心がないかのようだ。

パンツだけの恰好になった。こんな恥ずかしい姿だからこそ、ソファに坐ってはいけない気がした。裸になったことで、主従の形がはっきりとしたように思えた。

桐子の足元に坐った。

新聞に邪魔されて、彼女の顔を見ることができない。彼女も新聞を除けたりはしない。足をぶらつかせているだけだ。それを眺めているうち、彼女のメッセージのように思えてくる。

顔を見るつもりで足を見ろ。そういうことなのか？　それとも、顔を見るのは百年早い、足から。足が最初。そんな意味を込めているのかもしれない。

足を見つめる。肌が透けるかのように薄い。形もきれいだ。日本人には甲高《こうだか》の女性が多いが、彼女のそれは目立たない。爪には薄いピンクのペディキュアを塗っている。

「理由、何だったの？」

新聞紙越しに、いきなり、桐子が声をかけてきた。

裸の背中に鳥肌が立った。武者震《むしゃぶる》いが全身を走り抜けた。

桐子は思いやりのある女性だ。聞きたくないというひと言で、ばっさりと切り捨てられたと思っていたが、違ったらしい。

彼女はタイミングを計っていたのだ。主従の関係がはっきりするまで。素敵な計算といっていい。彼女には心の裡のすべてを明かしてしまおう。受け止めてくれるはずだ。それだけの器《うつわ》が、桐子にはある。

「同期入社の男が亡くなったんです。今日が葬式でした」

「ああ、あの時の人……。そうか、それで落ち込んでいたんだ。わたしから元気をもらいたくなったということ?」

「そういうわけじゃありません」

「あんたさあ、ひどくない? 死をこの部屋に持ち込んできて。わたしはね、ここを生きるエネルギーだけで満たしておきたいのに」

桐子は新聞を畳むと、勢いよく立ち上がってキッチンに入った。山本は正座したまま、彼女の後ろ姿を見送っていると、すぐに戻ってきて、

「玄関に出なさいよ」

と、命じた。

ひと摘みの塩を手にしている。お清めをしてくれるらしい。言葉はきつかったが、これ

も彼女なりのやさしさかと思った。山本は立ち上がり、素直に玄関に向かった。

胸元に塩をかけられた。わずかに汗ばんでいて、いく粒かが肌に張り付いた。

「死は必ずやってくるものよ。あんた、いい齢して、死に打ちのめされちゃって……。知人の死を受け入れるために、わたしに頼るなんて、だらしないんじゃない？」

「受け入れています。桐子さんを頼ったわけではありません」

「そう？　自分の不安な気持を落ち着かせるために、わたしを頼ったんでしょ？　顔を見たかった。そんな甘い言葉でごまかそうとしたってお見通しよ」

「ショックでした。それは事実です。ぼくは桐子さんと会うことで、癒されたいと考えました。それが正直なところです」

「やっぱり、頼ったんじゃない。死を受け入れられない弱い心の男なんて、嫌いよ」

「親しかった同僚です。四十五歳です。逝《い》くには早すぎます。本当にショックでした。明日は我が身という気持にもなりました」

「それで？」

「自分の人生を悔いなく生きよう。心にそう誓ったんです」

「そのために、わたしの顔が見たかったということ？」

「桐子さんの前で、自分らしくしていたいと考えました」

「あんたらしいって、どういうことよ」

「裸に近い恰好のまま、恥ずかしさに耐えることです」

「それを受け入れることで悦びを得るというのが、あんたらしさなのね。だったら、パンツも脱ぎなさいよ」

「はい、そうします。自分らしく生きられそうです。それが結果的に、桐子さんの生き方も充実させられれば、このうえない幸せです」

山本は心が悦びで震えるのを感じた。これでいいんだ。もっと厳しいことでも受け入れよう。いや、厳しいとかやさしいといったことは関係ない。すべてを受け入れよう。それが自分の充実になるのだ。

パンツを脱いだ。陰茎は硬く尖っている。斜め六十度の角度を保ったまま、何度もひくつく。笠の端の細い切れ込みからは、透明な粘液が滴となって溜まった。


山本は全裸でソファに腰を下ろした。でも気持はどうにも落ち着かない。いっそのこと、床に正座したほうがよっぽどいい。

桐子はダイニングテーブルに移ってビールを飲んでいる。チラチラと視線を送ってくるけれど、何も言わないし、目で何かを命じることもない。

陰茎はパンツを脱いだ時のまま硬く尖っている。でも、さすがに五分以上何の刺激もないと、芯が緩《ゆる》みはじめてきている。

「どうして黙っているんですか?」

山本は我慢できずに、不満げな声を投げた。その直後のわずかな沈黙。心がこわばる。彼女の表情を見つめると、口元にかすかに笑みを浮かべるのがわかった。

「耐えられなくなったの?」

「えっ」

「だから、耐えられなくなったのかって訊いているのよ」

「何を、でしょうか」

「わからない人ねえ、あんたって。恥ずかしさに耐えることが、あんたの言う『自分らしさ』なんでしょう?」

「そうですけど、ひとりきりにされるのは辛いものがあります」

「ここにわたしがいるだけじゃ、不満だっていうの?」

「満足しています。だけど、もっと感じたいんです、桐子さんを」

「あんたさあ、自分が何を求めているか、本当にわかっているのかな」

「どういうことでしょうか」

「わたしを求めているのか、それとも自分の性癖の満足を願っているのか、どっち? それに、わたしを本当に必要としているのかどうか……。たまたまわたしと出会って、きついことを言われて、マゾっぽいことに気づいたんでしょ? だったら、きついことを言う女であれば、わたしでなくてもいいわけじゃない」

「断じて、そんなことはありません」

「ほんとかな」

「わたしが求めているのは桐子さんなんです。信じてください」

「あんた、ちょっと、ベランダに出なさい。あんたが言う『絆』を見せてもらうわ」

桐子は立ち上がってベランダに通じる窓を開けた。山本は彼女についていった。

角部屋のベランダに立った。南に大きく開いているが、東の方角にも一メートルほど臨んでいる。端に二台、エアコンの室外機が据《す》えてある。マンションの十二階。新宿の高層ビル群の夜景が見える。

羞恥プレイでもするのだろうか。期待感がみなぎり軀が火照る。寒さは感じない。風が吹き抜けていくが、心地いいくらいだ。

「夜景がきれいですね」

「裸でベランダに立ったことなんて、ないでしょう。感想は?」

「桐子さんが一緒にいてくれるから、心細くはありません。恥ずかしいですけど、すごく興奮しています」

「ここに立てる?」

彼女はベランダの柵《さく》を指さしながら言った。

まさか、柵の上に立てというのか？　幅十センチくらいしかない。いくら桐子の命令であっても、そんなところには立てない。へたをすれば落下してしまう。

「あんた、聞こえたの？」

「意味がわかりません。立つって……」

「だから、立つのよ」

桐子が苛《いら》ついた声をあげた。隣のベランダに誰かいたら聞こえるだろう。彼女はそんなことを気にせずに、同じ言葉をさらに大きい声で繰り返した。

「危険だとわかっていて、言っているんですか？」

「当然じゃない」

「それをすることが、桐子さんを求めているかどうかの証《あかし》になるというんですね」

「バカな男。証になんてなるわけないでしょう？　単純な話じゃないのに……。あんたって、どうしてそんなふうに、物事を単純化するのかな。信じられない」

「真意を教えてください」

「見てみたいだけ。それじゃ、だめなの？　あんたは、わたしが願うことをするのが喜びになるんじゃなかった？」

「そうですけど……」

「怖いのね。危険なことは避けたいのね」

「勘違いしないでください。足を滑らせたら、怪我程度じゃ済まないんですから」

「わたし、できるわよ」

桐子は高ぶった声をあげた。瞳の放つ光が怒気を帯びていた。いや、狂気だ。彼女は洋服をその場で脱ぎはじめた。ブラジャーとパンティだけの恰好になったが、それで終わりではなかった。彼女は大胆だった。ブラジャーのホックをはずすと、ためらわずにパンティに手をかけた。

迫力に満ちていた。

女の覚悟といっていい。怒りにまかせた行動ではない。桐子は狂気をはらんだ強い意志を持って裸になったのだ。

風が足元から吹き上がっていく。桐子の髪がそよぐ。透き通るような白い肌が月明かりを浴びて、青白く見える。

彼女のほうから近づいてきた。抱きとめると、山本は腕に力を込めながら囁いた。

「無茶なことはしないでください。必要な人なんですから。感情に流されて危険なことをするなんて、桐子さんらしくありません」

「わたしは、あんたとゲームをしているわけじゃないの」

「真剣ですよ、ぼくだって」

「本気？　わたしだって本気。それが伝わらないのかな、あんたには」

「ベランダで裸になることが、ですか？」

「バカな人ね」

「部屋に入りましょう。風邪をひいちゃいますよ」

山本は踵《きびす》を返して部屋のほうに顔を向けた。

その時だ。

彼女が信じられない行動に出た。物音に気づいた時には、室外機を足がかりにしてベランダの角の柵に登っていた。

彼女は危《あや》うい恰好で立った。

お尻を引き気味にして、前屈みになっている。風にあおられただけでも、バランスを崩しそうだ。柵はたった十センチの幅しかない。しかも、アルミ製だ。夜露《よつゆ》に濡れているようでもある。ちょっとの弾《はず》みで、足を滑らせかねない。

「無茶しないで、降りてください」

ゆっくりと五歩進むと、彼女に向かって右手を差し出した。

桐子のほうから手を握ってきた。山本はホッとした。これでもう、彼女のバランスが崩れても落ちることはない。

だが、降りてこない。かといって、手を離す気配もない。彼女を自分のほうに引き寄せようとして、腕を引いた。

「それ以上引いたら、わたし、本当に怒るからね」

桐子は厳しい口調で言った。太ももとふくらはぎの筋肉が同時に引き締まった。軀が抵抗していた。どういうつもりなんだ？　降りたくないということか？　落ちてもいいつもりなのか？　これが彼女の本気を表すことだったのか？

「どういうことですか。落ちたいわけじゃないんですよね」

「当たり前じゃない」

「よかった。さあ、桐子さんの気持はわかったから……」

「何がわかったっていうのよ。いい加減なこと言わないで」

「さっき、桐子さんが立っているそこに、ぼくに登れって言いましたよね。代わりに体現しているんですか？　ぼくのふがいなさを見せつけるつもりで……」

「違うわ」

桐子は首を大きく左右に振った。手を握っていても、バランスは崩れた。豊かな乳房が大きく揺れる。下腹部は凹《くぼ》んでいるが、それは腹筋に力を入れているからだ。

山本はもう一方の手も差し出した。両手で握り合った。

「本当はあんたにここに登ってほしかったわ。覚悟を見せてほしかった。命がけだっていうところを……。遊びじゃないのはわかっている。でも、それ以上でもないのよね」

「それ以上です」

「口ばっかり。この部屋を出たら、あんたは奥さんのいる家に帰る。それを責めているわけじゃない。奥さんとの平和な時間を求めて帰るわけよね」

「妻と別れろということですか?」

「そんなことは言っていないじゃない。奥さんではなくて、わたしに命がけになれるかどうかってことよ」

「できます、それなら」

「わたしだって……」

桐子は言うと、にっこりと微笑んだ。乳房が小刻みに揺れた。ふくらはぎの筋肉が緩んだ。そう思った次の瞬間、彼女の足が柵から離れた。

ベランダに降りたのではない。

彼女は右足を柵から外したのだ。ここは十二階だ。落ちたら命はない。

悪い冗談かと思った。心配させた後、ベランダに降りる。そんなことを予想した直後、
彼女は左足まで柵から離した。

桐子は一瞬にして落ちていった。

両手に彼女の全体重がかかった。

桐子は美しい顔を上げて、悲痛な眼差しで見つめてきた。

「絶対に離しちゃだめです」

「本気だから、わたしは。あんたの本気に応えるためにこうしているの」

「わかりました。わかったから、上がって。自分で上がるために力を使ってください。ぼくだけの力じゃ、引き上げられません」

まだ十数秒しか経っていないけれど、彼女の重みで腕が痺れていた。頭の芯も痺れていた。山本は柵にへばりついて腕を引いていく。彼女の軀を上げていく。美しい瞳が月光を浴びて輝く。涙が溢れ出ている。目尻に滴が溜まり、頰を伝って流れていく。

「わたしはこのまま、あんたと一緒に落ちていってもいいと思っているの」

「そうしたいんですか?」

「わからない。でも、できることは間違いない。ひとりじゃできないけど、あんたが一緒だったらできる」

「ぼくも、かな」

断言する気はなかったが、言葉にしてみると断言したのと同じ気持になっていた。桐子となら落ちることができる。残り少ない命を桐子とともに使い果たせるなら本望だ。

「その言葉を聞きたかったの」

桐子は言うと、ようやく腕に力を入れはじめた。足を上げて柵の下側の隙間に乗せ、よじ登るようにして上がってきた。

桐子を抱きしめた。

大切な命を取り戻せたと思った。

全身で彼女を包み込むつもりで腕に力を入れた。ひんやりしていた肌にぬくもりも戻ってきた。乳房のやわらかみが感じられるようになる。その豊かさを実感する。

あの情況で、もし手を離していたら、彼女は今ここにはいない。冷や汗がてのひらにも胸板にも額にも滲む。この人はいつも突飛《とっぴ》なことをして、おれをきりきり舞いさせる。でもそれがいいんだ。そんな桐子が好きなんだ。

「もう二度と、無茶をしないでください。もしあの時、ぼくが力を抜いたら、今ごろ、道路に転がっていますよ」

「あんたがそうしたかったなら、仕方ないと思って受け入れたわ」

「わかっています。もうそれ以上、言わないでください」

「どうして？」

「行動するほうよりも、受け止めることしかできない側のほうが深刻です」

「どういうこと？」

「何も表明していない気がするから……。桐子さんの言ったとおり、ぼくが柵に登ればよかったと思います」

「そうね」

「やっとわかりました。桐子さんの言わんとしたことが……」

山本はやっとそこまで言えた。胸いっぱいに彼女への愛しさが込み上げてきていた。幸せな感動と求められているという実感と必要としている女だという想いが絡み合って胸に満ちていった。

涙が溢れ出る。生温かい滴が頬を落ちていく。

久しぶりに泣いた。結婚した時も子どもが生まれた時も、こんな高ぶりはなかった。桐子がいかに自分にとって必要な女性なのかを思い知らされた。

「必要なんです、桐子さんが」

「うれしいな、そう言ってもらえて。必要とされる女になるって、幸せなんだな」

「ずっと言ってきたことです」

「遊びかと思っていたんだもの。中年男って狡いから。奥さんとセックスレスになって、その欲求不満を解消するために必要としているんだなって……」

「正直、最初はそうだった気がします。狡かった。でも、それが少しずつ変わっていった。いや、違うな。変わったんじゃない。自分の心がどこにあるのか、少しずつわかってきたんです」

「わたしと生きると？」

「覚悟ができたと思いますよ。桐子さんを必要としているんですから」

山本は桐子のくちびるに軽くキスをした。覚悟が必要なんだ。妻を捨てられない代わりに、桐子に自分の覚悟を見せないといけない。

桐子と舌を絡めながら、どんな覚悟を見せるべきなのかを考えていた。

彼女と同じように、ベランダの柵の上に乗るか。ここで土下座して、桐子さんの男にしてくださいと乞《こ》うか。妻子を捨てると約束するか……。

どれも違う気がした。最初のそれは覚悟というよりも度胸試しに近い。ふたつ目は、覚悟として甘さが残る。最後のそれは、妻子を不幸にしてしまうからできない。

眼下の街灯にチラと目を遣る。桐子はよくもこのベランダの柵に立てたものだ。感動にも似た想いが胸に拡がる。アルミの柵。足を滑らせたら、命はないだろう。

覚悟したからといって、命を捨てることはできない。充実した人生のために桐子が必要なのだ。死んでしまっては意味がないし、桐子も悦ぶはずがない。生きて覚悟を見せるには、どうすればいいのか。考えが浮かばない。

山本は腰を落とした。目の前であらわになっている桐子の陰部に顔を寄せようとした。しかし、思いとどまった。

「桐子さんが必要です。ぼくのために存在してください、お願いします」

「もう一度訊くけど、あんたはわたしと生きる覚悟をしたっていうことね」

「はい、そうです」

山本は正座をしてから答えた。彼女を見上げた後、屈み込んで、彼女の足にくちびるをつけた。

ペディキュアを塗った爪の感触が口いっぱいに拡がる。コーティングされたそれと同じくらいに、足の指の肌もすべすべしている。指の股に舌を差し入れて舐める。絶対服従の印だと胸に刻みながら。

「足の裏も忘れちゃだめよ」

「はい、桐子さん」

「わたしはね、そういう素直な返事があっても、本当は少し不満なのよ、あんたにわかるかな」

「えっ……」

「それがあんたの覚悟なわけでしょ?」

「そのつもりです」

「あんたの覚悟って、いつも、性的なものじゃない。セックスでしか結びついていないってことの表れだと思うんだけど……」

「違います。自分のすべてを晒して、投げ出していることを、わかりやすく表しているつもりなんです」

「投げ出しているの? 単に前戯みたいだけど」

「ほかに方法があるなら、教えてください。桐子さんが満足することをしたいと心の底から思っているんですから」

「そうね、わかった。考えておくから、今はあんたのやり方でやってみて」

彼女にもやはり覚悟の示し方がわかっていないらしい。それならば、自分ができるやり方をするしかない。

足の指を舐めきる。五本の指、四つの股。足の裏、土踏まず。すべてに唾液を塗り込むと、もう一方の足にも顔を寄せた。それらすべてが終わる頃には舌が痺れ、くちびるの感覚も鈍くなっていた。

山本は愛撫を止めない。桐子に止めなさいと言われるまで止める気はなかった。足も痺れている。膝も向こう脛《ずね》も痛みが激しい。それでも正座をつづけた。

アキレス腱《けん》にも舌を這わす。細い足首。シャープな輪郭《りんかく》。ふくらはぎに向かって舌を移していく。膝、そして太ももの裏側を這いながら、お尻に辿り着く。

お尻のふたつの丘を舐める。桐子はベランダの柵に両手を突いてお尻を突き出す。アヌスと割れ目を避けて、唾液を塗る。焦らすためではない。大切なところは最後にとっておきたいからだ。

唾液をいくら塗り込んでも、ひんやりとした夜風に消えていく。彼女の火照りも加わっているせいか。残るのは肌の感触。それがなぜか悲しい。自分が残したものが、跡形《あとかた》もなく失せているように感じてしまう。

舌を広げてアヌスに、べたりと這わせた。

彼女のお尻がぴくっと震え、引き締まった。夜空にかすかに響く桐子の喘ぎ声。割れ目から滲み出るうるみ。太ももの内側のやわらかい肉の震え。快感の拡がりが伝わってきて、満足感と充足感がみなぎる。

「ちょっとごめんなさい。わたし、部屋に戻りたいんだけど……」

「ぼくの舐め方では、満足できないんでしょうか？」

「トイレよ、トイレ」

「はい、桐子さん」

山本は言ったものの、舌を離さなかった。

ここはベランダだ。彼女さえよければ、ここをトイレ代わりに使ってもいい。自分はトイレにだってなる覚悟がある。そんな考えがチラと浮かび、同時に、猛烈な高ぶりが下腹部の奥底から湧き上がった。

トイレだ、ぼくは。舌の動きが鈍くなった。興奮が極まると呂律《ろれつ》が怪しくなることがあったが、まさか、舌の動きが鈍くなるとは。

「桐子さん、ここで……」

「どいてちょうだい。我慢できなくなりそうなんだから」

「ここで、してください」

「何言ってるの。用を足せっていうの？」

「はい、そうです」

「SとMを逆転させたいの？　わたしを羞恥《しゅうち》にまみれさせたいの？」

「違います。ぼくの覚悟を見せたいからこそ、言っているんです」

「どういうことよ」

「ぼくが受け止めます……」

「トイレになるっていうのね。面白いじゃない。わたしの専属トイレ。ふふっ、いいわ。それも覚悟のひとつね」

桐子の瞳が残忍な色合いを帯びていた。蔑むような眼差しが、心に突き刺さる。それを受け止めることが、覚悟の度合いを深める材料になっていく。

山本は仰向けになった。両方の腋《わき》の下に、彼女が足を入れてきた。

ベランダのコンクリートの冷たさが背中の表面だけでなく、内臓にまで響いてくる。立ったままの桐子の下腹部が前後に動く。腹筋に力を入れているのがわかる。出そうとしているけれど出ないらしい。

「いざとなると、軀ってすんなりとは反応しないものね」

「ぼくのことを男だと思っているからじゃないですか。トイレだと思ってください、桐子さんの専属トイレだと……」

「人間性を穢《けが》すとか、悪いかなとかってことは考えなくていいのよね。あんたはわたしのトイレ。わたしの専属トイレ」

「はい、そうです、桐子さん」

彼女は閉じたくちびるを引き締めた。腹筋にわずかに瘤《こぶ》が生まれた。力を入れているようだ。数本の陰毛が立ち上がって、夜風に揺れる。割れ目の厚い肉襞は閉じたまま、微妙なうねりを見せる。

桐子が小さく呻いた。膝をわずかに落として腰を突き出した。

「もうすぐよ、覚悟しなさいね」

「すっかり出してください」

「出はじめたら、止まらないから。終わりまで、口と顔で受け止めなさい」

「桐子さん。さあ、して……」

彼女は瞼を閉じた。嚙みしめているくちびるをわずかに開き、肩の力を抜いた。

雲に隠れていた月が現われた。

桐子の白い裸体が青白い色に染まった。陰毛の茂みがうねった。敏感な芽に近い厚い肉襞の端が盛り上がった。

彼女の股間から、透明な太い線が流れはじめた。放物線を描く水柱が顔にかかる。口に入る。滴が胸板や肩口にかかる。顔中が濡れる。髪も肩も胸も。みぞおちから下腹部までも濡れていく。

生温かい。冷たかった背中が温められていく。うれしかった。この温かさが、桐子の愛情に思えた。すべてを晒してくれている桐子。それをトイレとなって受け止めている。覚悟の表し方のひとつだ。

口に溜まった彼女のものを呑み込む。生温かいからだろうか、呑みにくかった。それでも、口に入ってくるものすべてを呑み込んだ。山本はひとつの大きなことを成し遂《と》げた達成感に酔いしれた。

「呑んだのね、わたしのものを」

「トイレになりきりました。桐子さんのものになっていました、ぼくは」

「単なるモノになっていたのね」

「桐子さんのモノ。ああっ、そうです。所有物になっていました。ぼくは呑み込むこと以外、ほかには何も考えませんでした」

「素敵、わたしのトイレさん」

桐子のすっきりとした表情の中には、まだ残忍さが色濃く残っていた。

「わたし、部屋に戻るわね」

「風邪をひいたら大変ですから、そうしてください」

「あんたは、このまま、わたしの出したモノに浸《ひた》っていなさいね」

「桐子さんの言うとおりにします」

満足感がもたらす脱力感。山本はぐったりとしたまま、部屋に入る桐子を見送った。

月が雲に隠れ、星が瞬《またた》いている。

桐子は戻ってこない。

温かさは失せ、背中が冷たくなった。しかし、数分後にはそれすら感じられなくなった。それでも起き上がらずに、彼女を待ちつづけた。浸っていろと言われたのだ。そうするのが、今の自分の使命だ。

濡れた軀はいつの間にか乾いていた。腋の下や髪にはまだいくらか名残《なごり》があったが、先ほどの狂乱は鎮まっていた。

確かに自分はモノになっていた。それが快感になっていた。情況によってモノになり、ハードなMになり、そして部長の顔にも戻るのだ。スリリングで面白い。これぞ人生の充実だ。桐子と出会ってよかった。手放したくない。桐子も、この充実も。新鮮な感動だ。誰しもが経験できることではない。妻子のためでない人生を生きようとした者だけに与えられる特権だ。

桐子が戻ってきた。

シャワーを浴びたらしい。

乳房を隠してバスタオルを巻いている。頬が赤く火照っている。ベランダの床から見上げる彼女の表情は、自信と威厳に満ちていた。付き従うにふさわしい女王だ。

「トイレになった感想は？」

「ぼくの覚悟を見せることができた気がしました」

「モノになったことで？」

「はい、そうです」

「おかしいんじゃないかな。そんな程度のことで……」

思いがけない彼女の言葉に、山本は答えられなかった。彼女の満足は、中年男のMの覚悟を見たからではないか？　なのに、なぜ不満があるというのか。

「モノになるなんてことは、命がけの覚悟からすると、ほど遠いものだと思わない？」

「そうですけど、覚悟に変わりはないと思います」

「自分が気持よくなることが、あんたにとっての覚悟ということ？　だとしたら、チャチな覚悟だな」

「気持よくなれるとわかってやったことではありません。結果的にそうなっただけです。桐子さんのモノになる。さっきのことは、その覚悟の表明でした」

「モノになることが、覚悟の表明とは。やっぱり、チャチね」

癪《しやく》に触った。チャチ。もっとも嫌いな言葉のひとつだ。男としての心根《こころね》を侮蔑《ぶべつ》されている気がする。チャチに似ている言葉があるとすれば、セコイか。自分だけではない。男ならば絶対に嫌いなはずだ。その言葉を敢えて彼女は口にした。不満だという意味を込めているのだ。表情にもそれが滲んでいる。

「わたしが見せた覚悟とは、別の類《たぐい》のものだわ」

「同じ種類の覚悟が必要なんですね」

「そうは言わない。柵に立てとは言えないから……」

「桐子さんの本心が望んでいるなら、そう言ってください。ぼくはそれを実行することが悦びになるんです。それだけじゃない。人生の充実にもなるんですから」

「だったら……」

「ためらうなんて、桐子さんらしくない。望んでいることを言って」

「だったら、柵に立ちなさい」

桐子はベランダに出てきた。バスタオルを剝ぎ取り、全裸になった。

山本は立ち上がった。

腋の下から、先ほどの名残の滴が脇腹にまで伝ってきた。陰茎は硬く尖り、鋭い屹立を保ったままひくつく。勃起したまま、柵の上に立つのだ。もしも足を滑らせたらと、ふっと思う。恐怖と不安を抑えながら柵に手をかける。

十二階のベランダは、やはり高い。

遠くの風景を眺めることはできても、真下を見ることはできない。そういえば、桐子が落ちそうになっている時も見なかった。十二階という高さの恐怖が、視線を真下に向けさせなかったのだろう。

柵に登った。

風が意外と強い。裸に突き刺さってくるようだ。裸足のおかげでアルミの柵でも滑らない。もう二度と、桐子にチャチなどという言葉は言わせない。

桐子が手を差しのべてくれた。

ふたりの手が重なる。大げさではなく、彼女の手は命綱《いのちづな》だ。てのひらがすぐに汗ばんだ。桐子も汗をかいている。それが事の重大さを物語っている。

「足を踏み外さないように、あんた、気をつけなさいよ。こんなところで落ちたら、みっともないからね」

「裸で死ぬわけにはいきません」

「そのとおり。わたし、絶対にこの手はどんなことがあっても離さないから」

「つながっているんですね。実感できます、確かに」

「浮かれていると、危ないわ」

山本は立ち上がる前に、もう一度、気を引き締めた。右手は桐子とつながっているけれど、左手はまだ柵につけている。立ち上がってこそ、覚悟を示せるのだ。しかし、そこまではまだできない。腰を落とし、バランスを保った状態だ。

桐子が寄ってきた。まさか、突き落とすつもりではないだろうなと思いながら見守っていると、股間に顔を寄せてきた。

陰茎は恐怖のために萎《しぼ》んでいた。そこにくちびるをつけてくる。太ももに彼女の頬から伝わるぬくもりを感じる。皮を吸い、くちびるで萎《な》えた幹を圧迫してくる。

快感よりも恐怖のほうが勝っている。

陰茎は萎えたままだ。快感に反応しない。当然といえば当然だ。のけ反ったりしたら、地上に向かって真っ逆さまに落ちていくのだ。

ふぐりも縮こまっている。それが快感によるものでないことはわかっている。恐怖がそれを収縮させている。情けないけれど、これが自分なのだ。覚悟のうえで柵に登っているのに、軀は恐怖におののいている。

「おっきくならないのね」

「怖いんです、すごく」

「気持よくなってほしいのよ、わたしは。それでこそ、覚悟したという証明になると思わない？　縮んだままじゃ、だめ。勇気の証明をしてほしいわけじゃないんだから」

「わかっています。でも、軀が言うことをききません」

「やっぱり、だめな、中年男」

「もう一度、くわえてください、お願いします」

「図々しいわね。萎えたちんこのくせに」

「もっとぼくを叱ってください」

「役立たずのちんこしかないくせに、Mになろうなんて……」

「ごめんなさい、桐子さん」

「わたしのために生きるんでしょう？　だったら、勃起させなさい。それが今のあなたに与えられた使命よ」

「頑張ってみます」

「口ばっかりじゃなくて、やりなさいよ、早く」

彼女の蔑んだ言葉に、陰茎が反応した。じわじわと力が入った。幹が膨らみはじめ、笠が硬くなっていく。

半勃ちにまでなった。山本は誇らしい気分になった。完璧な勃起ではないにしろ、覚悟の証明には十分だろう。

股間を強調するように、背筋を伸ばした。

その時だ。

バランスが崩れた。

左手がちょうど柵から離れた時だった。しかも間が悪いことに、桐子とつないでいる手の力も緩めていた。

「あっ、だめだ」

軀がふっと浮いた。

まさか……。

落ちていく。桐子の顔が遠ざかる。亡くなった祖母の顔が走馬灯《そうまとう》のように浮かぶ。頑固で怖かった祖父の怒った顔がつづく。

落ちていく。

背中に突き刺さる冷たい風。頭のほうが重いはずなのに、お尻から落ちていく。足をばたつかせる。声は出ない。叫んでいるはずなのに、夜の闇は静まり返っている。

桐子もまた叫んではいなかった。見つめていた。落ちていく男を。悲しげな表情。強い眼差し。怒っているのか、落胆しているのか。恐怖に彩られている光なのかもしれない。彼女をそんな表情にさせているのは、自分だ。悪いのは自分。すべてが自分の責任。落ちていくのも、死ぬのも。

長い時間だった。十二階からの落下。ものの数秒のはずなのに、ずいぶんと長い。すべてがスローモーションのように流れていく。現実の景色も、走馬灯も。

縮こまった陰茎が目に入る。これを使い切るところまではいかなかった。名残惜しいけれど、お終いだ。さようなら。

妻子の顔が走馬灯の最後に現われた。裕子、康一。さようなら。おれの人生は、中途半端だった。残念だ。君たちには、おれのような人生を送ってほしくない。

山本は瞼を閉じた。

怖いけれど、恐怖は感じなかった。瞼の裏に、笑っている桐子の顔が浮かんだ。さようなら。彼女のくちびるの動きが、そう言っていた。さようなら。もしも命があるなら、今度こそ、桐子とともに生きよう。誰のためでもなく、自分の充実した人生のために。

落ちている。

地上にたたきつけられる前に、意識を失った。桐子の叫び声が聞こえた気がしたけれど、たぶんそれは幻聴だ。

第八章　男の欠片《かけら》

山本は体中に痛みを感じて目を覚ました。

目に映るのは、白い壁、白いカーテン、そして窓からわずかに見える木々のこずえ。

ベッドに横になっていた。病院とわかるのに三十秒ほどかかった。その後で、ベランダから落ちたことを思い出した。両足に太い包帯《ほうたい》が巻かれていた。ギプスだと気づくのに、やはり、数十秒かかった。

助かったのだ。

十二階から落ちたのに。運がよかった。足の骨は折れているようだけれど、それだけで済んだのだから幸運だ。でも、猛烈に痛い。

「あっ、あなた……」

妻の裕子の声だった。首が痛くて思いどおりに動かない。目だけで妻の姿を追った。

「よかった、本当によかった。あなた、わかる？　わたし、裕子よ」

「どうしてここに……」

山本は瞼を閉じた。頭の中が混乱している。脳がパチパチと音を立てる。

桐子の部屋のベランダから落ちた。はっきりと覚えている。

ベランダの柵が遠ざかる光景が甦《よみがえ》った。あの時、恐怖は感じなかった。なのに今は、恐ろしい。それにしても、なぜ、桐子でなくて妻がいるのか。妻に連絡したのは桐子なのだろうか。彼女は自宅の電話番号を知らないはずだ。

「あなた、気分はどうですか？」

やさしさに満ちたいたわりの声だ。腫《は》れ物《もの》に触るといった緊張感が伝わってくる。

「心配かけたね」

「わたし、気づきませんでした。あなたが悩んでいたなんて……」

妻は勘違いしていた。ベランダから落ちた理由を、自殺するつもりだったと。

生きる証としてベランダの柵に登ったのだ。死のうとしたのではない。足が滑っただけだ。ちょっとしたミス。でも命取りになりかねないミスだった。思い出すとゾッとする。

真実を明かす必要はないと思う。自殺未遂の男ということになるが、それさえ気にしなければあれこれ説明する面倒はなくなる。

「ここ、どこ？」

「病院ですよ、わかりませんか？」

「わかっている。どこの病院かって……」

「初台です。看護師さんに聞いたんですけど、このあたりではいちばん大きな病院だそうです。それにしても、どうして初台のマンションだったんですか?」

「どうしてって」

「わたし、あなたが眠っている間に、そこに行ってみたんです。そこでなければならない理由があったの?」

「ないよ、べつに」

「発作的だったということ?」

「どうかな、わからないな。とにかく、今はまだ話したくないんだ」

「そうよね、きっと。話してもいいなと思う時が来たら、話してください」

「康一は知っているのか?」

「いいえ、教えていません。だから今日もいつもと変わらずに学校に行きました」

「朝ぼくの姿がないことを変だと言わなかったのか?」

「病院で検査するために入院したと伝えておきました。あの子、多感な年頃ですから、詳しく教えないほうがいいと思って……」

「今、何時かな」

「午後三時過ぎです。わたし、そろそろ帰らないと……。康一が帰ってきますから」

「会社には何と言ってあるんだ。連絡したんだろう?」

「はい……。でもまさか、本当のことは言えませんから」

「よかった、ありがとう。ところで、おれの状態はどうなっているのかな。医者から聞いているだろ？」

「骨折だけで済んだようですから、安心してください」

妻は視線を絡ませずに言った。状態はかなり悪いようだ。見た目には、両足にギプスを嵌《は》めているだけなのに。山本は足の指先に力を入れてみた。指の感覚はある。どちらの足も。

「退院はいつになりそうとか、医者は言っていたか？」

「何を言うんですか。今しがたまで眠っていたのに」

「それはそうだな……。さあ、帰っていいよ。康一が心配する」

「はい、それじゃや。また明日、来ますから。ここ、面会時間が二時からなんです」

妻は言うと、軽く会釈《えしゃく》をしてベッドを離れた。小さな背中だった。やつれた中年女。そこには女としての色気も艶も滲んではいない。

妻が病室を出てから夕方までの間に、若い女性看護師が二度やってきた。検温している時に短い会話を交わしたが、彼女も妻同様、怪我の状態も退院のメドについても教えてくれなかった。

窓の外が夕闇に包まれる。

白い壁とカーテンを照らしている蛍光灯の明かりは寒々しい。外の光が刻一刻《こくいっこく》と変わっているのに、この空間にはまったく変化がなかった。

寝ているだけで何もすることがない。退屈だ。文庫本でも買ってきてもらえばよかったが、妻と話している時には、そんなことまで頭がまわらなかった。

足音が聞こえた。看護師かなと思って待ち受けた。思いがけない女性が顔を出した。

桐子だ。

意外だった。まさか彼女が見舞いにやってくるとは。言ってみれば、この事故の張本人なのだ。どの面《つら》下げて来たというのか。まあ、いい。それもまた桐子だ。ジーンズにジャンパー姿。手ぶら。買い物のついでに寄ったといった雰囲気だ。

「目を覚ましたって、さっき、看護師さんから聞いたのよ。元気そうじゃない」

「ひどい目に遭ったたな」

「何、言ってるの？　それはわたしのセリフ。もう、とんでもなかったんだから。警察からはしつこく事情聴取されたのよ。どういう関係か、痴情のもつれの末の自殺未遂じゃないかとか……」

強圧的な桐子の声音。一日経っていないのに、ひどく懐かしい。こんなことがあったというのに、彼女の態度がまったく変わっていないことに不思議な感慨を覚える。

「まさか、落ちるとは思わなかったわ」

桐子は腕組みをして睨みつけてきた。彼女は真実を知っている。

「自殺未遂っていうことになっているみたいだけどな」

「情況だけ見たら、当然、そう考えるんじゃないかしら。誰が見たって」

「自分でもおかしいよ。冗談みたいだな、足を滑らせたのが真相だなんて」

「九死に一生を得たってことね。元気になったら、それなりに償《つぐな》ってもらうから、覚悟しておきなさいよ」

「どうして助かったのかな。十二階から落ちたんだよな。おれって、運のいい男だな」

「違うわよ。単におっちょこちょいなだけの男」

「ベッドに横になって唸っている男に、あんまりな言い草じゃないか。おれは、十二階から落ちて生還したんだぞ」

「あんたが落ちたのは、二階分だけ」

「え？　どういうこと？」

「夜中だったから無理もないけど、あの下ってね、つまり十階だけど、そこの部屋って、広いルーフバルコニーがあるの。そこに落ちたのよ」

「そんなの、あった？」

「十階の住人にとっては大迷惑な話よ。今朝、菓子折り持っていったんだから。あんたは、二メートルずれて落ちていたら、今のような軽口は叩けなかったはず」

「そうだったのか」

山本は全身に鳥肌が立つのを感じた。恐怖を覚えて、吐きそうになった。あと二メートルずれていたら自殺ということになっていた。

「ぼくの怪我、どうなっているか、桐子さんは知っているんですか?」

恐怖は遠のいていないが、口調はこれまでの桐子と話す時のものに戻った。彼女は女王だ。怪我をしたからといって、それを変えるのはおかしい。

「両足の大腿骨《だいたいこつ》を折っただけ。どっちの骨もボルトで止めたらしいわ」

「どうりで、太ももが疼くと思いましたよ。それにしても、自分のことなのに、聞いているだけで痛くなってきます」

「それはこっちのセリフ。痛くもないのに、痛い気がしてくるんだから」

「でも、それで、ぼくは桐子さんに覚悟を見せられたんですよね」

「覚悟?」

「そう、覚悟。落ちたからって、記憶まで欠落させてはいませんよ。あの時、ぼくは覚悟を見せるために柵に登ったんです」

「落ちたことは余計だったんじゃない? 人様の迷惑も考えずに」

「足が滑ったんです。ぼくだって、好きで落ちたんではありません。で、桐子さんは覚悟を受け止めてくれましたか？」

　桐子は曖昧な笑みを浮かべると、カーテンを閉じた。

たった一枚の布きれが、四人の相部屋に狭い密室をつくりだした。といっても、上と下七十センチほどが開いているが。

　ふたりだけだ。

　濃密な空気が漂う。彼女が何を意図して密室をつくったのかわからない。寝たきりの情況で、できることはないはずだ。

　桐子が声をひそめて言う。

「覚悟は受け止めたわ。どんなことでもできるってことね」

「はい、そのつもりです」

「あんたは本気で自分の人生を満足いくものにしたいんだね。それがどういう情況でも、どういう情況になるかわからなくても、わたしのために生きるということね」

「たぶん、そうです」

「たぶん？」

「ごめんなさい。でも、今はまだ頭がボーッとしていて、複雑な言い回しをさっと理解できないんです」

　桐子の顔から笑みが消えた。睨みつけてきた。本気の怒りだ。山本はそれを見て、彼女に甘えていたことに気づいた。

「バカな中年男。図々しさも相変わらず。二階分と言わず、十階分くらい落ちたほうがよかったかもしれないわ」

「そんな……」

「躯が自由に動かなくなっていたら、わたしの大切なところを舐めるペットにしてあげたのに……。残念ね」

「残酷なんですね。まだ、元どおりになるかどうかわからない時に」

「バカだからよ、あんたが」

彼女は吐き捨てるように言うと、シングルサイズの狭いベッドに腰を下ろした。

ギプスをつけた両足を意図的に押してくる。鈍痛《どんつう》が拡がる。それを承知で彼女はなおもお尻を押しつけてくる。

「あんたの覚悟は、どこにいても変わらないってことよね。それを見せてほしいわ」

「できることはします」

彼女はうなずくと、ベッドに上がった。上体を挟み込むようにまたがった。大胆だ。看護師がいつ来るかわからないのに。

「わたしが今、どんなふうになっているか、教えてあげるわ」

「どんなふうって……」

桐子は答えなかった。その代わりに、ジーンズのファスナーを摘んだ。パンティと一緒にジーンズを膝まで下ろすと、壁に両手をついた。

割れ目が剝き出しになった。彼女も覚悟していると表明するつもりなのか。

陰茎に力が入った。勃起するところまではいかないが、とにかく安心した。不能になっていたらどうしようかという不安は消えた。

桐子が腰を落としはじめる。胸板の前のあたりで。陰毛の茂みが目の前に広がる。すごい。うるみが溢れ、陰毛を濡らしている。それが蛍光灯の光を反射している。味気ない光だったのに、今は艶やかさと妖しさに満ちた輝きに変わっている。

「どう、わかった?」

「すごく濡れています。どうして……」

「あんたの覚悟を見たからじゃない。それにね、身動きできずに横になっているあんたを見ていたら、欲情しちゃったのよ」

「寝たきりの男を見て欲情?」

「おかしいと思われてもかまわない。これがわたしだから。あんただって、こんなわたしがいいんでしょ? こんな女でも、覚悟を持ちつづけるんでしょ?」

「はい、そうです」

「いい答え。満足よ」

桐子は艶やかな声で囁くと、お尻全体を前方に動かした。

顔が陰部に覆われる。身動きできない情況なのに。濃密な甘い匂い。くちびるを割れ目の襞で塞《ふさ》がれる。苦しい。でも、気持がいい。ここが病室だということも、隣のベッドとの仕切りが、カーテン一枚ということも忘れてしまいそうだ。

「舌を遣いなさい」

「今、ですか」

「今じゃないなら、いつよ。バカじゃない、あんた。いやなら止めるわ」

「やります、桐子さん」

「素直にそう言えばいいのに。どうしていちいち、突っかかるようなことを言うのかな」

「桐子さんが信じられないことを言うから……」

「ほんと、つまらない返答。もうちょっと気の利いたことを言えないかな。頭も打ったほうがよかったんじゃない?」

桐子はお尻を左右に動かしながら押しつけてきた。

割れ目の肉襞が口に入った。呼吸が苦しいけれど、舌を遣う。

熱いうるみだ。すぐに口いっぱいになる。喉を鳴らさないようにして呑み込む。敏感な芽を舌先で突っつく。それは愛撫を待ち受けていたかのように硬く尖っていた。

「わたしが許すまで、ずっと舐めつづけなさい。わかった?」

「はい、そうします」

「それでいいの。そういう素直な返事を待っていたのよ」

桐子は壁から手を離した。山本は彼女の体重を顔だけで受け止めた。

割れ目を舐める。彼女に命じられたとおりに。舌先を突き立てながら、厚い肉襞を弾くように愛撫する。ねっとりとしたうるみをすする。割れ目の奥に侵入する。

内側の細かい襞が小刻みに震えている。それはすぐにうねりとなって、奥のほうに引き込む動きになっていく。舌をねじこむと、桐子がさらに体重をかけてくる。快感をほしがっているのか、息ができない苦しみを与えようとしているのか。

山本は顎を上げ下げして、呼吸を楽にしようと努める。当然ながら、舐めることへの集中が途切れる。桐子はそれを察して、お尻を振りながら声を投げてくる。

「ずっと舐めていなさいって命じたばかりじゃないの。あんた、忘れたの？」

「いえ、忘れていません。ただ、苦しくて」

「苦しい？　何言ってるの？　うれしいんじゃないの？　その苦しさが。わたしの大切なところが与える苦しみなんだから」

「うれしいです、とっても」

「だったら、舐めつづけなさいよ。まったく、自分のことばっかり考えちゃって。覚悟をしたなんて、嘘だったの？」

囁き声だったけれど、桐子の厳しい言葉が胸に響いた。覚悟はしている。でも、苦しい。息ができない苦しさというより、死に至りそうで怖いのだ。それはベランダから落ちていく時と同じくらいの恐怖だ。ギプスを嵌めた足から生まれる鈍痛が、あの時の恐怖を甦らせている。

お尻が浮いた。三センチ程度。それだけの隙間があれば楽に呼吸ができる。

すぐ目の前で、めくれた肉襞がうねっているのが見える。そこにまばらに生えた数本の陰毛がかすかに揺れている。粘っこいうるみが糸をひくようにして顎に落ちてくる。

桐子が動いた。

ベッドから下りるのかと思ったが、体勢を変えて軀の向きを反対にしただけだった。病院の狭いベッドが軋む。仕切っているカーテンが揺れる。

「あんたのモノが元気かどうか、確かめなくちゃ。役立たずだったら、用無しだから」

「ひどいこと、言わないでください」

「だめになった?」

「大丈夫です」

「中途半端でも、用無しよ」

「ひどいですよ、それって」

「男と女の関係は、甘くないの。そう思わない? あんたがわたしの立場になったとしても、同じことをするはずよ」

「ぼくはいったん覚悟を決めたら、とことんまで行きます。できなくなったとしても、それが理由で別れたりはしません」

「もっともらしいことを言うのね。いやな感じ、偽善的で」

「心がつながっている実感が得られている限り、ぼくは変わらないと思います」

「耳に心地いい言葉。でもね、わたしは信じない。軀のつながりがなくなった男女が永遠にその関係を変えずにつづけられるなんて……。そんなのって、都合のいい幻想よ」

桐子は囁いた。淡々とした抑揚のない口調だっただけに、真実を語っているように思えた。山本はゾクゾクッとした。彼女の言葉の迫力に興奮した。

彼女がお尻を落としてきた。

割れ目は先ほどとは逆になっている。鼻先がお尻に当たりそうだ。今度のほうが敏感な芽を舐めたり突っついたりしやすい。

桐子の手がパジャマの中に入ってきた。

陰茎は硬くなっている。鈍痛のせいで弱い勃起ではあるが、確かに尖っている。

パンツの中に指先が侵入してきた。幹をてのひらで包まれた。ひんやりとした指の感触が気持ちいい。爪が幹に当たった。いや、彼女は意識的に爪を立てていた。

「まったくの役立たずっていうわけではないみたいね」

「だから、大丈夫と言ったんです」

「でも、芯から硬くなっていないわよ。わかるんだから、わたしには」

「そこまでは今のところ、無理です。骨折が治ったら、間違いなく、元に戻ります」

「それはどうかしら……」

桐子は意地悪く言うと、パジャマとパンツを下ろし、陰茎を剝き出しにした。

いきなり、くちびるで覆ってきた。笠をくわえ込んで、敏感な細い切れ込みに沿って舌を入れてきた。チロチロと動いたり、べたりと舌全体を這わせたりする。

鈍痛のことを忘れそうな快感が生まれる。しかし、ベランダから落ちていく時の映像が浮かび、快感が途切れそうになる。

「心配していたよりは、元気そうじゃない。よかったわ。これで、あんたとの関係はつづけられそうよ」

「ほんとに、怖いことを平気で言うんですね。怪我人なんですから、もう少し、いたわってもらいたいですよ」

「くわえているんだから、これが、いたわりになるんじゃない？」

「ええ、そうですね」

「本心とは思えない口ぶり。あんた、素直じゃないね。正直に言いなさいよ」

「いいんですか？」

「わたしに仕える覚悟をした男なんだから、いいわよ、言っても」

「だったら……」

山本は大きく息を吐き出した。厚い肉襞全体にその息が吹きかかった。陰毛がそよいだ。甘く生々しい匂いが拡がった。二十五歳の肉体の香りを、胸の奥まで吸い込む。男としてエネルギーが活性化されていく気がする。それはすぐに陰茎にも伝わり、幹の芯に響いていく。

「さっきは、試されている気がすると言うつもりでいましたが、そんなことは、どうでもいいなって思い直しました」

「どういうこと?」

「桐子さんに触れられることが、ぼくのもっとも大きな悦びだからです」

「そうよ、それでいいのよ。あんたは、そんな当然のことを、忘れていたの?」

「舐めてもらえますか」

「わたしに頼むなんて、生意気ね……。でも、今日だけは許してあげる。怪我人なんだから、いたわってあげないとね」

「ありがとうございます」

これほどまでに、感謝の言葉を素直に吐露《とろ》したことは初めてだった。涙が出そうだ。桐子のやさしさだとか、桐子に対する自分の思いの強さが胸に響いた。

陰茎をくわえられる。深々とつけ根まで。幹の裏側の盛り上がった嶺《みね》に沿って舌が這っていく。舌先が嶺の両脇を弾く。溢れた唾液が幹をつたってふぐりを濡らす。深くくわえ、さらにふぐりにまで舌を伸ばして舐める。

「いかせたいわ、今、ここで。口で受け止めてあげるから、いきなさい」

「はい、頑張ります」

「昨日、いかせられなかったからね。あんたが落ちなければ、あの時、やってあげるつもりだったんだから」

彼女の頭が上下する。垂れた長い髪に、パジャマの隙間から出ている腹が撫でられる。くちびるをすぼめて圧迫してくる。舌を緊張させて、幹の裏側の性感帯を刺激する。潤滑剤の代わりをしている粘り気の強い唾液が、快感を強める役割をしている。

硬くなっている陰茎の付け根の奥がざわつく。絶頂の兆しだ。腹筋に力を入れて、その兆しを確かなものにしていく。桐子の口の中でいける。望外の悦びだ。想像しただけで、性感が刺激される。

「さあ、いくのよ」

「もう少しです。ううっ、気持がいいです。こんなにも上手だったなんて……」

「まだそんなことを言うの？　上手とか下手なんて関係ないでしょ？」

「そうです、そのとおりです。桐子さんがくわえてくれているから、うれしいんです。それだけで十分です」

「そう言うのが正しいの。わかっているのに、なぜ、変なことを言うのかな」

「ごめんなさい、桐子さん」

「ちょっと謝っただけで、あんたのモノ、力が抜けてきたわ」

「ダメな男なんです。もっともっと叱ってください。叱ってくれるから成長できるんです。桐子さん好みの男になれるように、頑張ります」

「あんたって、ほんとにダメな中年男ね。自分の意志で頑張るのよ。わたしが言わなくちゃダメだなんて……。ほら、いきなさいよ」

彼女はもう一度、陰茎をくわえなおした。わずかに歯が当たった。偶然かと思ったが、そうではない。意図的に、歯を立てていた。

痛みを加えながら、頭を上下させる。快感と痛みが混在する。歯が当たるために、幹に浮き上がっている血管や節《ふし》を感じる。ゴツゴツした感触。笠や外周にまで歯を当ててくる。それが気持いい。桐子が与える痛みだからこそ、耐えることが悦びとなる。耐えることが、桐子との一体感を呼び起こす。

「ああっ、すごい。いきそうです、もうすぐ、いきそうです」

山本は腰を突き上げた。ギプスをしているために数センチしか上がらない。それでも、彼女の口の最深部に笠が当たる。

「あっ、あっ、いきます」

全身に力を込めた。太ももの筋肉も硬くなった。骨折したところからジンジンとした痛みが拡がる。いきそうだ。あと少し。

その時だ。

桐子のくちびるからの圧迫感が失せた。歯と舌とくちびるの感触が消えた。

あれっ？

「桐子さん、どうしたんですか」

「どうって、わかるでしょう？　やめたの。あんたをいかせる気がなくなったの。だから、もうおしまい」

「そんな殺生《せっしょう》な」

山本は普段遣わない言葉を、弱々しい声で言った。自分が遣《つか》っている頭の中の辞書には、今のこの気持を表す言葉はなかった。どうにもできない落胆。こんなにがっかりしたことはない。

「あんたが退院したら、あんたが望むことをしてあげる。それまでの辛抱《しんぼう》よ。せいぜい、リハビリに励《はげ》むのね」

「最初から、こうすることが目的だったんですね」

「わたしなりのお見舞いということ。本当の励ましになったはず。違う？」

「この気持を、どこにぶつけていいか、わかりません。欲求不満のままで、入院生活を送るなんてこと、ぼくにはとてもできません」

「それなら、どうするつもり？　看護師の女の人でも誘惑する？　それとも、奥さんとここでやる？　やってくれるはずないわよね。だったら、我慢するしかないでしょ？　あんたが選べる道はひとつしかないの」

　桐子の言ったとおり、道はひとつしかなさそうだった。ほかにあるとすれば、自分の手を使って欲望を消すことだろう。しかしそれは選択肢には入っていない。

　桐子がベッドから下りた。カーテンが揺れ、同時に、甘さの濃い匂いが拡散した。

彼女に見下ろされる。妖しい眼差しだ。仰向けになったまま、山本は視線を交わす。芯から硬くなったままの陰茎がひくつく。名残惜しかったけれど、自分でパンツとパジャマを引き上げる。

「次に会うのは、あんたが退院した後になるかな。わかっているでしょうけど、しっかりとリハビリすること」

「残念です、すごく」

「わたしの言ったこと、聞こえなかった？　それとも、それが返事？」

「すみません。桐子さんの言うとおり、頑張ってリハビリします。退院したら、絶対に会ってくださいね。これまでのように、何度電話してもつながらないなんてことがないように、お願いします」

「電話に出られるかどうかなんて、約束できないわ。あんたのことだけを考えて生きているんじゃないんだから……。まあ、とにかく退院までの辛抱だと思ってね」

桐子は意地悪なままだった。それでこそ桐子だ。

踵《きびす》を返した後ろ姿は、凛々《りり》しかった。どんな情況であっても、男のためだけには生きないという意志が見えるようだった。山本はそんな彼女を認めていた。


退院の日を迎えた。

桐子がお見舞いに来てくれてから、約一カ月半が過ぎていた。

リハビリは十分にこなした。最初の頃は筋肉が弱っていて、立つこともままならなかった。痛みはなかったが、いつ何かの拍子で、ポキリと折れるかわからない恐怖が常につきまとっていた。そのために、歩行訓練は進まなかった。が、立って歩けるようになれば桐子にくわえてもらえるという、その一心で頑張った。

妻が迎えに来てくれた。入院費などの精算を済ませる間、山本は出入り口近くの屋外の喫煙スペースで待った。

午後の穏やかな陽射しに包まれ、タバコを吸った。桐子に会える。その想いが募った。学校に行っている康一と会えることより、桐子のほうに気持が向かっていた。父親失格だろう。でも、ひとりの男としては正しいと思う。それでいい。自分の生きたいように生きるのだ。あらためて、その気持を胸に刻む。ベランダから落ちたのは、それを軀に刻むために必要なことだったのかもしれない。

「あなた、お待ちどおさま。さっ、家に帰りましょう。ほんとに、よかったわね。後遺症もなくて……」

妻の裕子は朗らかな顔で言った。素直に退院を喜んでいる。服装もよそ行き。でも、彼女の心の裡は、何も変わっていないのだろう。夫が自殺未遂をおこし、恢復《かいふく》した。きっと、それだけでしかないのだ。この一カ月半の間に、夫の心がどのように変わったのかまで考えが及んでいない……。

タクシーに乗る。妻が先に。当然の気遣い。山本は松葉杖《まつばづえ》を入れてからシートに腰を下ろした。そんなものは必要がないまでに恢復していたが、用心のためということで、医師に勧められたのだ。

タクシーが動きはじめた。病院が車窓から消えていく。ここは、ベランダから落ちなければ来ることがなかった場所。無駄な一カ月半と思ったり、自分の人生にとって大切な時間だったと考えたりする。

「康一は元気か？」

「あなたの退院、心待ちにしています」

「今日がその日だってこと、知ってるのか？」

「もちろん知ってるわ。だからね、今日は学校を休むって言ったくらいなの。可愛い子でしょう?」

「待ってくれている人がいるっていうのは、うれしいもんだな」

「何言ってるの。康一だけじゃないわ。わたしだって、心待ちにしていたんだから」

「その割には、お見舞い、少なかった気がするな」

「わたしだって忙しいのよ。あなた、何をひがんでいるの? 以前と変わらない姿で退院したんだから、いいじゃないの」

「何か変わったことはあったか?」

「べつに何も」

「康一も裕子も元気ということか。つまり、心身ともに健《すこ》やかに暮らしていたわけだ」

「棘《とげ》のある言い方に聞こえるけど……。あなた、どうしたの? 退院できたことが、うれしくないの?」

「うれしいさ、すごく」

「それじゃ、どうしてそんなに、攻撃的な言い方をするのよ」

「欲求不満なんだな、きっと」

「何、それ」

「健康な男が、一カ月半もの間、性的なことから遠ざかっていたんだ。欲求不満になるのは当然だと思うけどな」

「ねえ、こんなに明るい陽が射し込んでいる時に、そんな話はしないで。せっかくのうれしさが消えちゃうわ」

山本はそれきり黙った。妻に何を言っても無駄だ。男のことがわかっていない。いや、たとえ男のことがわからなくても、夫のことだけはわかってほしいのだ。それも無理だというのは、あまりにもせつない。

「今夜、久しぶりに銀座に出たいな」

「飲みたい気持はわかりますけど。今日でなくたっていいでしょう?」

「馴染みのママやホステスたちからケータイにお見舞いの伝言やらメールが、たくさん入っていたんだ」

「そういう人たちってね、あなたのことを心配しているんじゃないの。あなたがこれからもお金を落としてくれるかどうかを心配しているんだから……」

「わかっているって」

山本は窓の外を眺めながら答えた。千加子の顔が脳裡をよぎったが、今日敢えて無理することもないかと思った。銀座に出るのは諦めよう。でも、今夜、桐子にだけはどうしても会いたい。この日のために、自分で欲望を解消するのを我慢してきたのだ。

夕方になって、山本は家を出た。

裕子に強く反対されたけれど、退院した日だからこそ銀座で飲みたいんだ、という口実で押しきった。夕方からやっている店などないが、妻はそれを知らない。

駅までの道をゆっくりとステッキをついて歩く。一歩ずつ足元を確かめながら。筋肉は元どおりになっていない。怪我は完治していると頭では理解しているけれど、痛むような気がする。そのせいで、今まで当たり前のようにしてきた歩く速度を自在に操るということができない。

タクシーをつかまえようと何度も思った。でも、そうしなかった。どんなに時間がかかろうが、駅までの道を自分の足で歩きたかった。リハビリのためではない。世田谷《せたがや》の自宅から桐子の住む初台までなら、タクシーに乗ってもそれほどの額にはならない。金の問題ではない。自分の足で、桐子の部屋に辿り着くことが重要だった。

普通ならば七分ほどで駅に着くのに、二十分以上もかかった。改札を通り抜けると、さらに速度は遅くなった。ステッキをついているのに、ぶつかってくる人がいかに多いか。倒されるかもしれないという不安から、普段なら絶対に使わない手すりを頼りに通路を進み、階段を上がった。

電車の中では立ちつづけた。

ステッキを持っていることを気にして席を代わってくれる人などいなかった。でも、非難する気にはならない。自分だって、ステッキを握っている人に席を代わってあげたことなどない。いくら不自由であっても、自分がやったことのないことを他人に求めるだけの図々しさはなかった。

　駅から桐子の部屋までは十五分ほどかかった。エントランスの前に立ったところで初めて、山本はケータイを取り出した。

　退院したことは、まだ伝えていない。家を出る時から、退院の報告は直接会ってすると決めていた。

　十二階を見上げた。

　部屋には明かりはついていないようだった。その時、ふっと、視線が宙をさまよった。緊張して、息苦しくなった。落下していく時の感覚がありありと甦った。これがトラウマというものなのか。

　ケータイを握っている指が震える。膝が落ちそうになる。立っているのがやっとだ。めまいさえ感じる。必死の思いで、桐子の番号を液晶画面に呼び出す。

「あんた、どうしたの？」

　桐子の懐かしい声が心地よく耳に響いた。全身の細胞に染《し》み入っていくようだ。返事をしなくてはいけないのに、細胞が喜んでいる感動に浸る。

「病院からなの？」

もう一度、彼女の声が耳に飛び込む。今度はわずかに苛ついた響きがある。この声だ。この声が聞きたかったのだ。入院中にずっと求めていた声だ。

「今日やっと退院しました」

「よかったじゃないの。あまりにも電話がないから、わたしのことなんて、忘れちゃったのかと思っていたわ」

「そんなことありません」

山本は口ごもりながら答えた。本当は、退院したばかりなんですからやさしくしてください、という言葉が口をついて出そうになったのだ。でも、そんなものを彼女に望んでここまでやってきたのではない。やさしさだけを求めるなら、今ごろは自宅で安静にしていただろう。

桐子そのものを感じたい。彼女の怒りだとか気まぐれだとか、叱責だとか非難を受け止めたい。彼女を感じることで、自分が生きているという実感を摑みたい。

「今、マンションの前にいるんです。桐子さんはどちらですか？」

「わたしのマンションの？」

「会いたいんです。もし外出中なら、帰りを待っています。夜中になっても、待っています。ぼくはこの日が来ることをずっと願っていたんです」

「あんたってさあ、ストーカーみたいで気味が悪いわ。今日は友だちの家にでも泊めてもらおうかな」

「意地悪言わないでください。一分でいいんです、時間をください。直接、退院の報告をさせてください。今、どこですか。家にはいないんですか」

「情けない声。中年男のそういう声って、気持悪いんだから。あんたは気持いいかもしれないけど、そんな声を聞くわたしの身になってみてよ」

「ごめんなさい、桐子さん」

「いつだって簡単に謝るのよね、あんたって。イライラするなあ。謝れば済むと思っているから、すぐにその言葉が出るのよね。でも、本心ではぜんぜん反省していない。どう、図星でしょう?」

「違います。本心から謝っています。桐子さんには、そんなふうには聞こえないんですね。どうしろっていうんですか」

「謝って済まないとなると、今度は、開き直るんだ。長く入院して俗世間から離れていたはずなのに、心根は卑しくなったみたいね」

「桐子さんへの想いが、今まで以上に純粋になったんです」

山本は必死だった。だからこそ、普通ならば恥ずかしくて口にできない言葉もすんなりと言えた。桐子とこんな会話をしているだけでも、退院してよかったと思う。生きている実感がみなぎる。生きていてよかった。桐子と出会ってよかった。

そこまで考えて、ふいに閃いた。

そうか、そうだったのか。彼女の言葉のすべてに合点《がてん》がいった。

　全身に鳥肌が立った。背中にも太ももの内側にも。ケータイを持つ指にさえも。彼女は意地悪な言葉を吐きつづけることで、退院を祝ってくれている。

　やさしい言葉だとしたら、それはしばらく会わなかったことによる心の距離が離れた証拠となるところだった。でも、彼女は厳しかった。それこそ、心の距離は変わっていないという証だ。彼女はそれを意地悪な言葉によって伝えている。

　目が潤む。うれしさで涙が出そうだ。洟《はな》をすすると、じわりと視界が滲んだ。トラウマの怯えが薄れる。桐子への熱い想いだけが胸に満ちていく。

「お帰りにならないんでしょうか?」

「どうしようかな。気味の悪い中年がマンションの前にいるからねえ。杖をついている姿なんて、ジジイよ」

「えっ?」

　驚いてあたりを見回した。

　杖をついているとは、一度も言っていない。彼女はこちらの姿を見ている。

　人は行き交っているけれど、見える範囲では彼女の姿はない。

　山本は顔を上げて、十二階の部屋を見遣った。

桐子だ。桐子がいた。小さく手を振っていた。リビングルームに明かりを点けていないらしい。彼女の背後に光はない。ぼんやりと黒い塊となって見える。でも、桐子だ。

「もしかしたら、桐子さんはぼくが見えると思ってベランダに出てきてくれたんですか？」

「相変わらず、図々しいわねえ。そんなこと考えなかったわ」

「そうでしたか」

「あんたが落ちたベランダの柵を眺めていたの。それに飽《あ》きちゃって通りを見下ろしただけ。そしたらあんたがいたの。びっくりしたわ」

「部屋を訪ねてもいいでしょうか？」

「いいけど、すぐに帰ってよ。わたし、今日はひとりでのんびりしたいと思って、寄り道しないで帰ってきたんだから」

「帰れと言われたらすぐに帰ります」

「そんなの当然よ」

山本は短く挨拶をしてケータイを切った。エントランスに入り、オートロックを解いてもらった。十二階に上がった。胸が痛いくらいドキドキした。深呼吸をして呼吸を整えてから部屋のチャイムを押した。

ドアが開いた。

桐子だ。入院中、ずっと夢想していた桐子本人だ。頭の芯が痺れる。緊張が解け、膝が震える。うれしさと感動で顔が火照り、涙が自然と垂《た》れていく。

「みっともない顔」

彼女は吐き捨てるように言うと、迎え入れる前にドアを支えている手を離し、踵を返してリビングルームに向かった。ここまでの冷たい態度を桐子以外の女性にとられたら、捨てぜりふを吐いて帰っているだろう。桐子だからそんなことはしない。山本は彼女の態度から愛情をすくい取っていた。

ドアロックをして勝手に部屋に上がる。杖をつくべきかどうか迷った。杖の助けがあったほうが、楽に歩行できる。でも、外で使ったものを部屋の中で使うのは慎《つつし》むべきだと思って、杖は玄関に置いた。壁に手をつきながら、リビングルームに入った。

桐子はソファに坐っていた。

しかも、スカートをたくし上げ、足を広げたままでだ。

退院祝いのつもりで見せてくれているのか。彼女は意地悪そうな目をして、顎を小さく上下させた。

そばに来いという意味だ。

ゆっくりと歩く。それを見た彼女は、うんざりした表情をつくる。演技ではない。本気でうんざりしている顔だ。

命じられたところに立つのに、十秒近くかかってしまった。怒りに満ちた表情をしていた。くちびるを曲げると、鼻を鳴らしながら声を飛ばしてきた。

「ったく、とろいんだから」

「すみません。今日退院したばかりで、速く歩けないんです」

「言い訳しないでよ。そんなことなら、入院していればよかったんじゃない？　こんなところでウロウロしていないで……」

「歩けるんです、本当は。心の不安が歩けなくさせているんです。自分でわかっているんですけど、今日はまだ克服できません」

「そっ。せいぜい頑張るのね、わたしが苛つかなくなるくらいまではね」

「そう言ってもらえると、明日からはじめるリハビリのための散歩に精が出ます」

「その前に、やるべきことがあるでしょ？」

桐子は足を広げたまま、ソファの座面の端までお尻を滑らせた。

太もものつけ根まで剝き出しだ。ストッキングもパンティも穿いていなかった。スカートの陰になっている陰毛の茂みは黒々としている。

やるべきことといったら、彼女の割れ目を舐めることだ。彼女なりに、退院するのを待ち焦《こ》がれていたのかもしれない。

山本は恐る恐る膝をついた。痛みがあるような気がする。それを我慢して、前屈みになる。彼女は腰を突き出し、舐めやすい体勢をとってくれる。

甘い香りが漂ってくる。懐かしい匂いだ。それは陰部からも太ももの肌からも湧き上がっている。彼女のやわらかい下腹部がうねる。そのたびに陰毛の茂みが上下する。割れ目の厚い肉襞が茂みから垣間見える。うるみが溢れていて、そこだけがオレンジ色の明かりを反射している。

「どうしたの？　舐めるんでしょう？　わたしを焦らしているんじゃないでしょうね。まさか、そんなことはしないわよね」

「うれしくって、見つめていました。この甘い匂いが大好きです」

「自分ばっかり気持よくなっていたってことね。死んでもおかしくない情況から生還したのに、あんたは変わっていないみたいね」

「変わりましたよ、桐子さん。間違いなく変わったと思います」

「何が？　聞きたいわね」

「桐子さんが絶対に必要だということがわかりました。死ななくて本当によかったと思いました。あのまま死んでいたら、迷惑をかけることになったはずですから……」

「落ちただけでも十分、すごい迷惑だったんだけど……」

「すみません」

「警察から事情聴取されて、一時は、わたしが突き落としたんじゃないかってことになりかけたんだから」

「悪かったのは、ぼくです。すべての原因はぼくにありますから」

「当然よ、そんなことは」

山本は納得してうなずくと、桐子の股間に顔を寄せた。

太ももに顔を挟み込まれる。苦しみを与えようというのではない。離さないための圧迫だ。それが心地いい。

陰毛の茂みをくちびるで撫でる。かすかではあるけれど、陰毛からごつごつした感触が伝わってくる。節があるのだ。それさえも愛おしい。彼女のすべてが愛おしい。すべてを今、この瞬間に味わいたい。

くちびるを遣いつづける。舌はまだ遣わない。味わいたいからだ。舌だけでなく、くちびるでも口の中の粘膜でも。太ももの内側のやわらかい肉の感触も気持いい。見た目ではわからない細い産毛《うぶげ》もはっきりと感じ取れる。

「そんな愛撫の仕方ってある？　くすぐったいだけじゃないの」

「くすぐったいのには、桐子さんは弱かったんですよね」

「知らなかったなんて言わせないよ。気配でそれくらいのことはわかるでしょう？」

「はい、そのとおりです」

山本はようやく、舌を遣いはじめた。

陰毛の茂みをついばみながら、口に含んだ。こよりをつくる要領で陰毛を束ねる。それによってあらわになる地肌を、唾液を塗り込むようにして舐める。甘い香りが鼻腔からも口からも入り込む。それは舐めるたびに濃さを増し、むせそうになる。

敏感な芽を舐めた。

円錐《えんすい》の形のそれはすっかりあらわになっていた。ねっとりとしたうるみに包まれている。舌ですくうとすぐに新たなうるみが芽を濡らしていく。

陰毛が時折、キラキラと輝く。陰毛さえも美しい。自分の感覚が研《と》ぎ澄まされているのがうれしい。たぶん、これから先、桐子の美しさに何度も感動するだろう。今がその第一歩だ。

割れ目の厚い肉襞はめくれている。うるみが濃い。何度舐め取っても、うるみは溢れ出てくる。桐子は舌の動きに興奮してくれている。本望だ。止めろと言われるまで、彼女のためにこの舌を遣いつづけよう。

「あんたの気持が、伝わってくるよ」

後頭部をてのひらで撫でながら、桐子がやさしい声をかけてきた。それでも舌を休めるわけにはいかない。彼女は止めろとは言っていない。

「わたしのことが好きなのね」

山本はそこで舌の動きを止めた。

「大好きです。ぼくの人生の中で、桐子さんがいちばん好きになった女性です」

「あんたの舐め方、いいわよとっても。初めてじゃない？　無心に舐めたのって」

「いつも無心のつもりでしたけど、桐子さんにはそうは思えなかったんですね」

「最初の頃は年上の男っていう意識があったわ。その後は、社会的な地位があるという自尊心が見え隠れしていたし、妻子がいることに後ろめたさを感じながら舌を遣っていることもあったかな」

「信じられません。そんなことまで、感じ取っていたなんて……」

「あんた、わたしのこと、気持よさに浸っているだけの間抜けな女とでもタカをくっていたの？」

「桐子さんを信奉《しんぽう》しているんです、ぼくは。バカになんて、絶対にしません」

「当然よ」

「命まで捨てかけたんです。残りの命がある限り、ぼくはそばにあるつもりです」

「そばにある？」

「はい、そうです」

山本は言い間違いをしたのではない。意識的に「ある」を遣ったのだ。「いる」と「ある」では大きな違いがある。桐子のそばにいられるなら、モノとして存在するだけでも十分だと思うからだ。「いる」では彼女と同格になってしまう。そうなると、人間的な不満や欲が目覚めてしまう。彼女に従っている時にそんな感情は必要ない。

「モノになりたいのね」

「桐子さんの愛玩具《あいがんぐ》になりたいんです。ずっとそばに置いてください」

山本はきっぱりと言った。

頭の中でずっとモヤモヤしていたことが、今初めて整理され、言葉として表れたと思った。そうだ、そうなのだ。残りの人生を彼女とともに歩むのだ。しかも、モノとして。彼女の愛玩具として。

桐子がいきなりソファから立ち上がった。

ベッドルームに向かっている。山本は彼女を追う。でも、自分の思ったスピードでは歩けない。もどかしい。五歩ほど歩いたところで、四つん這いのほうが速いということに気づいて跪《ひざまず》いた。そのほうが愛玩具らしいではないか。

部屋に入ると、桐子はすでにベッドに横になっていた。

「黙っていてもついてくると思った……。それでこそ、愛玩具というものだわ」

「当然です。桐子さんがそんなことを気にしていたんですか？　自分らしく存在するために、ぼくは桐子さんのそばにいる必要があるんです」

「モノでありたいのよね」

「そのとおりです」

「でも、今は犬みたいよ」

「桐子さんの言いなりになる犬です」

「モノって意思がないけど、それについてあんたはどう考えているの？　モノと言ったからには、いろいろと考えたうえでしょう？」

「意思のあるモノと言ったら、都合が良すぎますか？　まったく意思がないまま言いなりになっているだけじゃ、桐子さんは面白くないはずです」

「そんなのは当然。わたしを気持よくさせたり、愉しませることが、あんたの役割なの。そうでなかったら、わたしが中年男に時間を費《つい》やすはずがないわ」

「感謝しています」

「だったら、その感謝の気持を行動で表してみなさいよ」

桐子は意味深《しん》な笑みを浮かべながら、ゆっくりと足を開いた。

舐めてほしいという意味だ。いや、違う。舐めろという命令だ。ソファでやっていたのと同じことをベッドで繰り返せと。それくらいのことを理解できなければ、愛玩具にはなれない。

彼女の足の間に入って正座する。

スカートの裾を丁寧にずり上げながら、太ももの内側を覗き込むようにして上体を折る。もわりとした湿った空気を胸いっぱいに吸い込んで、全身に染み渡らせる。陰茎の芯が硬くなる。正座した窮屈な恰好が刺激になって、幹の膨脹が強まる。でも、それを彼女には見せられない。気づかれるのは仕方ないが、桐子に向かって誇るようなことはしない。自分のことよりも、まずは彼女に快感に浸ってもらうことが先決だ。

剝き出しの股間に顔を寄せた。縦長の陰毛が鼻先を掠める。桐子はゆっくりと仰向けになっていく。それにつれて、割れ目がはっきりと見えてくる。

美しい形だ。男の愛撫など受け付けないような気高さが漂っている。それでも厚い肉襞を舐める。うるみと唾液が混じり合い、陰部全体がすぐにぬるぬるになっていく。女王として存在している彼女がごく普通の女性と同じように高ぶっていく。当たり前のことなのに、それが不思議だ。

彼女は崇高《すうこう》な存在でありながら、低俗で下卑た存在なのだ。崇高さだけだったら、興味を抱かなかっただろう。低俗な女だけだとしても敬意を払うことはなかっただろう。その両方がバランスよく絡み合っているのだ。

太ももの内側を舐める。次に割れ目全体に舌を押しつける。敏感な芽を探り、舌先を硬くしてそれを突っつく。

肌から伝わってくる体温や興奮に、男としての欲望が搔き立てられる。でも、モノであることを忘れてはいない。欲求が湧き起こっても、自分からは求めない。存在していることが重要であり、それ以上を求めたら、モノとしての存在理由が曖昧になってしまう。

彼女に膝を立てさせた。

両手で割れ目の両側でめくれている厚い肉襞を押さえた。敏感な芽が現われてくる。鮮やかな桜色。明かりを浴びて、うるみに濡れたそれが艶やかに光る。女王として存在している女性にふさわしい色合いだ。自分だけがそれを舐めたり触れたりすることができるという思いが、深い満足感を生み出していく。

「あんたさあ、昔っからこんなに舐めるのが好きだったの？」

「正直言って、あんまりしたことがないんです」

「質問には端的《たんてき》に答えなさいよ。わたしが訊いたのは、好きだったかどうかってことじゃないの。せっかくいい気持になっているのに、イライラさせるんじゃないよ」

「すみません、桐子さん」

「さっさと言って」

「好きではありませんでした。奉仕することよりも、してもらうことのほうを優先的に考えていましたから」

「だったら、あんた今、つまらないんじゃない？」

「今は桐子さんのものなら、ずっと舐めていても苦になりません。舐めるのが愉しいし、舐めていると興奮してくるんです」

「そんなに簡単に嗜好が変わるかな。あんたさあ、わたしを悦ばせようと思って、話をつくっているんじゃないの？」

「桐子さん、不安なんでしょうか」

「どういう意味よ」

「ぼくのことなんて気にしないでください。舐めろと言われたら、ずっと舐めつづける覚悟があるし、一生舐めるなと命じられたら、舐めない覚悟もします。どんなことでも、桐子さんに従うつもりでいるんです。ぼくの感情なんて考えてほしくないんです」

「覚悟かあ……。素敵な言葉だわ」

「そこまでの覚悟がなくちゃ、桐子さんに対して失礼になります。何度も言われていますけど、ぼくは単なる中年男ですから」

「やめてくれない？　その言い方。わたしが言うのはいいけど、あんたが自分のことを卑《ひ》下《げ》するのは許さないわ」

「ごめんなさい、そうでした。自分を卑下することは、桐子さんを侮辱することにつながってしまいますからね」

「面倒くさいなあ。わかっていることを、わざわざ言わないでよ。そういうのを何て言うか知ってる？」

「何ですか」

「興ざめって言うのよ」

彼女はあからさまに不快そうな吐息を洩らして目を閉じた。

こんなことでめげてはいけない。モノはめげない。何も考えずに舌を動かせ。それこそが、彼女についていくための極意《ごくい》だ。

山本は気を取り直して、もう一度、割れ目を舐めはじめた。彼女はなぜか、それが気に入らなかったらしい。膝を閉じて、頭の動きを封じてきた。

「ひとつ訊いておきたいんだけどさ」

「何でしょうか。その前に、呼吸ができないので緩めてくれませんか」

「やだね。わたしはこの状態がいいんだから。あんたの言いなりにはならないよ」

「そのとおりです。ぼくがバカでした。桐子さんの好きなようにしてください」

「訊きたいことがあったのに、あまりにもバカだから、訊く気が失せちゃったじゃない」

「すみませんでした。訊いてください、お願いします。もう二度と、話の腰を折るようなことはしません」

「だったら訊くけど、あんた、わたしがこういう性格だからいいんだよね」

「たぶん、そうだと思います」

山本は曖昧に答えた。どういう意味を込めた質問なのか核心が摑めない。モノとして、奴隷として生きる覚悟をした男を、返事いかんでは見捨てようというのか？　桐子の少し弱い声が返ってきた。

「わたしは生身の女だっていうことが、あんたにわかっているのかな」

「知っています。だからこそ、感情の起伏があるんです」

「わたしは女王様なんだよね、あんたにとっては。でも、それだけ？」

「というと……」

「そうだとしたら、わたしが女っぽさを出したり、弱音を吐いたりしたらダメってことになるわけでしょう？」

山本は彼女が何を意図しているのかわかった気がした。

ごく普通の女の部分を晒していいのかどうかということなのだ。女王様というひとつのイメージだけにとらわれるのは窮屈だからいやだという、桐子なりの意思表示だ。

彼女のその想いは、部長職に就いたからこそわかることだった。

部長には部長の顔がある。それ以外の、たとえば弱気な顔だとか不安な顔を部下に見せるのは、上司として失格だと思っている。部長であっても甘えたい時もあるし、弱音を吐きたい時もある。でも、部長の顔がそれを許さない。だからこそ辛い。

「桐子さんの言いたいことはわかります。女王様というイメージに縛られたくないんですよね」

「まあ、そういうことかな……。そういうのはいやなんだよね、あんたは」

「そんなことはありません。桐子さんだからぼくは覚悟を決めたんです」

「そうかなあ？　暴君のように振る舞うわたしだったから、よかったんじゃないの？」

「絶対に、違います」

「だったら、わたしを女として抱ける？　ただの女として……」

「もちろん、できます」

「でも、つまらないと思うんじゃない？　自分らしくなくなるはずでしょう？」

「桐子さんを抱けて、つまらないなんて思うはずありません」

「だったら、あんたに舐めてほしいよ、ただの女として。わたしが女として乱れるところを見てもらいたいな」

「桐子さんの悦ぶ姿を見たいですよ。喜んで舐めさせてもらいます」

桐子はフンッと鼻で笑って膝を緩めた。何か別の命令を下すのかと待っていると、彼女はいきなり四つん這いになった。

肘をベッドにつき、スカートをめくってお尻を高々と掲《かか》げた。

初めて見る彼女のはしたない恰好だった。これまで桐子は常に、見下すような目線の位置を保っていた。まさか桐子がそんな姿態《したい》を見せるとは思わなかったから驚いた。すぐには舐めるための体勢をとれない。

「山本さん、舐めてくれないの？」

「あまりに急激な変わり様だから、気持の整理がつかないんです」

「やっぱり、そうなのね……。整理しないとできないってわかったわ」

「違います。さっき言ったとおり、暴君でなければ従えないんじゃなくて、自分のスタンスが見えない」

「どういうこと?」

「ぼくは従うことで自分の存在を実感できるし、充実するとも言いましたよね。そのスタンスが崩れるなんて想像しなかったんです。戸惑いますよ」

山本は彼女の背後に回り込んだ。四つん這いになった。膝がベッドから落ちそうになるのを堪えながら体勢を保った。

顔をお尻に近づける。めくれた肉襞はもちろんのこと、突出している敏感な芽や陰毛の茂みまで見渡せる。女王様の割れ目ではない。桐子という女の割れ目だ。

割れ目の溝に沿って舌を這わす。うるみが口に入り込む。甘い味だ。厚い肉襞がうねるのをくちびるで感じる。お尻のやわらかい肉がひくつく。太ももの内側の筋肉が引き締まったり緩んだりを不規則に繰り返す。

「ああっ、いい。もっと舌を大切なところに入れてほしい……」

「甘えた声も素敵ですよ」

「女なんだもの。強がってばかりいることはできない……」

「素直でいるのがいちばんです」

「この姿もわたし」

彼女は絡みつくような声音で言うと、ねだるようにお尻を振った。

桐子と親しくなってから、彼女がごく普通の二十五歳の女性だとは考えなかった。でも、人は多面性を持っているものなのだ。サディスティックな面しか持っていないと思い込んでいたのは間違いだった。

「ぼくがいけなかったんでしょうか」

「何？」

「女王様のように振る舞うことだけを求めてきたから……。それはつまり、桐子さんに無理を強いていたことになりますよね」

無意識のうちに、自分の思い描く理想の女性像を桐子に強いていたのかもしれない。心根のやさしい彼女は、それをごく自然に受け入れてくれた。しかも、ほかの面を出さないように努めていたとも考えられる。

敏感な芽を舐める。四つん這いのまま、首を反り返らせているから苦しい体勢だ。でも、これも彼女の悦びのためだと思うと、苦しみは悦びに変わるから不思議だ。

「あなたの前で、こんな淫らな姿を見せるなんて想像しなかったわ」

「恥ずかしいでしょう？」

「うん、すごく」

「可愛いな、桐子さん。恥ずかしがっているのが軀の反応でわかりますよ。さっきまで真っ白な肌だったお尻が、今は、真っ赤に染まっているんですから」

「あん、言わないで、恥ずかしい」

「これも桐子さんだっていうことですね。ぼく、どっちも好きです」

「後ろからしてほしい……」

「無理矢理やられているような感覚がほしいんでしょう?」

「うん、そう。どうしてわかるの?」

「それはたぶん、身を委《ゆだ》ねる快感を、ぼくを介して知っているから」

「わたし今は、何もかも忘れてやられたい。自分ではどうすることもできない強い力に支配されて従うだけの女になりたい……」

桐子の呻き声はベッドの掛け布団に吸い込まれていった。

太ももまで赤く染まりはじめた。彼女は本心を初めて明かしたのだろう。だからこんなにも肌が反応しているのだ。心を晒すことによる羞恥だ。

山本は起き上がった。

俯瞰《ふかん》して彼女を背後から眺める。お尻の大きさとともに、ウエストの細さが際立って見える。贅肉《ぜいにく》のない背中だ。背骨に沿って走る溝のラインが美しい。女王様としても極上だけれど、女として見ても最高のレベルだ。

お尻を振ってねだってきている。忘れていた征服感が膨らむ。好きな女を自分のものにしたという充足感も芽生える。

「桐子さん、すごく卑猥な恰好です」

「ああっ、いやっ。見てほしい気持と見られたくない気持よ」

「Sの女性だと思っていましたけど、今はMの女になっているんですね」

「わからない……。ただ、これもわたし。いつもこんな気持になっているわけじゃないけど、ふっと、顔を出すの」

「ハードSはハードMでもある、と言うようです」

山本は桐子のお尻を両手で摑んだ。指先が埋まるほどの力を入れて引き寄せる。勃起した陰茎と、お尻の谷が重なる。

「顔やおっぱいをベッドに沈ませるくらいにしてほしいな。もちろん、お尻はそのままの高さを保ってね」

「苦しいわ」

「すごくいい眺めなんですよ。いっきに突き込んであげますからね」

「そんなやさしく言わないで。もっと乱暴な言葉を遣ってもかまわないから」

「やってほしいんだな」

「ええ、そうなの。あなたのおっきいものを、わたしの中にぶち込んでほしいの……」

桐子はお尻を大きく揺すりながら呻いた。

今はもう、女王様として君臨していた姿は見られない。不思議だ。山本はそれを受け入れていた。戸惑いはすっかり消え、彼女を自分のものにしたという喜びと、陵辱《りょうじょく》できる期待感だけになった。

「裸で外に出られるか？」

「いきなり、何」

「出られるかって訊いたんだよ」

「あなたが望むなら」

「よし、その答えを待っていたんだ」

山本は腹筋に力を込めると、陰茎の先端を割れ目にあてがった。

SとMの関係が逆転した。でも、つまらないとは思わない。それどころか、またひとつ、新たな愉しみが増えた気がした。刺激は多いほうがいい。それも遊び程度のものではなく、心の底から願うことであれば刺激は強い。

「もう一度、何がほしいのか、言うんだ」

「何度でも言うわ。あなたの大きな珍棒がほしいの。目茶苦茶にして。わたしを夢中にさせてください」

腹の底が震えた。「珍棒」という言葉の遣い方と「ください」という丁寧な言い方に性欲が感応した。

山本は腰を突き込んだ。

ひぃっ。小さな呻き声。彼女の華奢《きゃしゃ》な肩が震える。痛がっているのかもしれない。でも、気にしなかった。陰茎を割れ目の最深部までいっきに挿《さ》し込んだ。


「桐子さん、すごい乱れようでしたね」

山本はベッドに腰を下ろすと、桐子の髪をやさしく撫でた。

桐子は乳房を隠そうともせずに、ぐったりした表情で、ベッドに横になっている。ごく普通の女の姿だ。警戒心や緊張感は感じられない。ひとりで部屋にいる時のようだった。自分の人生を賭けて崇めたその女性とは思えない。顔や軀は同じでも、醸し出している気配が違っている。しかし、どちらの彼女も愛おしい。

「自分を晒け出そうとしてみたの。あんたがどういうふうに思うのか、前から気になっていたからね」

彼女の瞳はマゾヒスティックな光を帯びていたが、乱暴な口調はこれまでと同じだ。不思議だったが、これも桐子なのだ。

「マゾの心を持っていても、ぼくの気持は変わりませんよ。そのほうが人間らしいじゃないですか」

「あんたはSの女王を求めていたんでしょ？　Mの性癖を満足させてもらえる相手がほし

かったんでしょう？　でも、そうじゃなかったのかもしれない……」

「確かにそうです。でも、違う？」

「どういうことよ」

「最初はどうあれ、今のぼくは、桐子さんを求めているんです。自分を晒すことができるし、それを受け止めてくれるあなたが必要だとわかったんです」

「聞いているわたしのほうが照れるな」

彼女は乳房を掛け布団で隠しながら起き上がった。はにかんだような微笑を浮かべた。頬を赤く染めた表情は可愛らしい。

「でも、ぼくはそれだけじゃないってこともわかったんです」

「何？」

「自分の性癖を満足させることばかり考えていました。桐子さんにだって性癖がある。それをすべて満足させるのがパートナーじゃないかって……」

「あんた、無理しているみたいだなあ」

「そんなことありません」

「もしもだけど、わたしにM的なものがまったくなかったら、そのほうが、あんたにとってはいいわけでしょう？」

「出会った頃に訊かれたら、Sオンリーのほうがいいと言ったでしょうね」

「性的な嗜好って、そう簡単に変わらないと思うんだけどな。わたしに合わせることないんじゃない？　あんたにはあんたの理想の生き方がある。妥協することないよ」

「ぼくに何を言わせたいんですか？」

「本心だよ」

彼女は率直だった。

「ぼくが必要としているのは、桐子さんなんです。これがぼくの本心です」

「無理して関係をつづけることないよ」

「ぼくが嫌いになったから、そんなことを言っているんですか？」

「子どもみたいなことを言うんだな……。よくわかんないんだよ。あんたが本当にわたしを必要としているのか。わたしはね、必要とされる相手のためにだけ存在したいの。嘘をまぶした言葉に騙されるのはいや」

「必要なんです、桐子さん。どうか、わかってください」

山本は頭を下げた。今の自分はMでもなければSでもない。好きな女に別れてほしくないと懇願しているただの男だ。それも自分の真の姿だった。

ここまでおろおろした姿を他人が見たら、大手企業の部長職に就いているこの男を、情けないと思うだろう。どんなことがあっても泰然《たいぜん》自若《じじゃく》としているのが、男としてのあるべき姿なのだから。

山本はもう、そんな姿を求めないと決めた。それは一般的な男の理想のイメージであって、自分の理想ではない。一生を賭けてつきあうと決めた相手には、情けない姿を晒してでも心をつなぐのだ。

「外に出ましょうか」

山本は言った。数十分前に彼女に囁いたことをふいに思い出したのだ。

「外って……」

「さっき言ったでしょう？　裸で外に出るんですよ」

「今、そんなことを話していたんじゃないわよ。あんた、何を聞いていたのよ」

「いいから、とにかく、そのままの恰好でベッドを下りて」

「勝手に決めないでよ」

桐子の言葉には、SとMのふたつの性癖が混じり合っているようだった。山本にしても同じだった。彼女に命じながらも、マゾとして素直に彼女の言葉に耳を傾けていた。ふたつの性癖が入り交じると、桐子も自分も混乱してしまう。立ち位置が曖昧なままでは、ひとつの性癖に没頭できなくなる。

桐子の手首をきつく摑んだ。痛がるのは承知だ。無理矢理引っ張ってみると、彼女はあからさまに不快そうな表情を浮かべた。

「やめてよ、痛いから。離してちょうだい。あんた、自分がやりすぎているってわからないの？」

「桐子はおれの言いなりになる女だよな？　さっき、バックから突き込まれてヒィヒィ呻いていたじゃないか」

「やめてよ、そんな下品な言い方。ほんとに卑しい男なんだから」

桐子は吐き捨てるように言った。が、軀からは力が抜けていた。軀を流れるMの血が熱くなったのかもしれない。

「ほら、早く。コートだけを着るんだ。下着もだめだからね」

「従順なMの男よりも、あんた、今のほうが性に合っているんじゃない？」

「今この瞬間は、ふたりのこの関係に没頭しているんだから、余計なことは言わないこと。桐子、わかったか？」

「まいったな、勝手にその気になっちゃうんだもの。わたし、置いてきぼりを喰っちゃったじゃない」

彼女はベッドから下りると、恥ずかしそうに豊かな乳房を隠しながら、クローゼットからコートを取り出した。

ふくらはぎの中ほどまでの丈だ。胸元のVゾーンは肌が剝き出しになっている。違和感があるけれど、ネックレスをつければ気にならないだろう。

山本も薄手のコートを着た。パンツを着けずにズボンを穿いた。

桐子は洗面所の鏡で自分の姿を確かめようとしたが、山本はそれを制した。

「どんな恰好かなんて関係ないだろう？　ぼくがその姿を望んでいるんだからね。桐子は求められる男に対してだけ存在したかったはずじゃないかな？」

「そうよ」

「だったら、ほかの人の目に対して存在することを気にしなくてもいいはずだ」

「口では負けちゃうわね」

しおらしく引き下がると、桐子は玄関に立った。深々とため息を洩らした。ハイヒールを履く。生足のために滑りが悪くて履きにくそうだった。彼女の背中にてのひらをあてがう。コートの下は裸だ。それが指先でもわかった。

「わたし、足が震えてる」

「初めての経験だからだよ。それとも、期待と興奮のせいかな？」

「不安と期待の両方」

「同じ気持だよ。さあ、ドアを開けて」

「ここから何かがはじまるのね」

「ふたりの関係の第一歩だ」

山本は自分の声が震えているのを感じた。彼女をうながしている指先も、膝も、腹の底まで震えていた。

マンションを出ると、ふたりは駅とは反対側に向かって歩いた。無意識のうちに人通りの少ない道を選んでいたのだ。

住宅街に入った。

道幅は三メートルほど。乗用車がすれ違えるかどうかの狭い道だ。街灯は五十メートルおきくらいにある。そこには真の闇はない。目を凝らさなくても、表情が見て取れるくらいの明るさだ。

腕を組んで歩いていたが、山本のほうから腕を離した。

「ここならいいかな。ほら、桐子、コートを脱ぐんだ」

「どうしよう……」

「脱ぐかどうかは、君が決めることじゃない。わかっているよね、決めるのはぼくだって」

「そうですけど……。わたし、この街で暮らしているんです。裸の姿を見られたら、大変なことになっちゃいそうで……」

「箱根ではぼくに命じたじゃないか。あの時の命令は、場所なんか関係なかったはずだよ。桐子はぼくにやらせたかっただけでしょう?」

「わかったわ……」

彼女は立ち止まった。前後に視線を遣り、人気がないことを確かめると、コートを素早く脱いだ。

ハイヒールだけの桐子は堂々としていた。背中を丸めることもなかったし、怯えた表情も見せなかった。ため息が出るくらいの美しさだった。

「さあ、歩こうか。コートは邪魔だから、ぼくが持とう」

コートを受け取った後、山本は彼女と並んで歩きはじめた。

バス通りまで百五十メートルくらいだ。その手前五十メートルくらいになったら、コートを着させてあげよう。

「キスしてください」

桐子は声を震わせながら囁いた。

街灯に照らされた裸身は透き通るくらい白い。夜の薄闇の中で、乳房の輪郭がくっきりと浮き彫りになっている。美しいだけでない。エロティックだった。

この女は自分とともに生きる覚悟を決めたのだ。

キスをしよう。

覚悟した彼女への褒美として。

桐子を抱きしめた。

張りのある豊かな乳房を感じる。胸板で潰すようにすると、弾力に満ちたそれは押し返してくる。右足を彼女の足の間に入れ、太ももを使って陰部を圧迫する。

くちびるを重ねた。

舌を絡めながら強く吸った。自分の軀の中に取り込むくらいのつもりだった。感覚が鋭くなっていく。ひんやりとした外気が気にならなくなる。口の中のぬくもりだとか、唾液のぬめりを味わう喜びが全身を駆け巡っていく。

「山本さんの女になった気分です」

「ついてくるね」

「はい、そのつもりです。中年で少々くたびれていますけど、仕方ないですね」

「そういう憎まれ口を叩くもんじゃないよ。ぼくが望むMの女は従順な女なんだから
……」

「つまらないでしょう？　言いなりになるだけの女なんて」

「まあ、それはそうだな」

「だったら、今のままでもいいんじゃないかしら」

「そうかもしれないけど、心配もあるんだ。桐子がいつ、もうひとつの本性であるSに変わってしまうかって」

「その日の気分でSになったりMになったりすると思うけど、数分のうちに、コロコロと変わるもんじゃないわ」

「ぼくは、桐子が言ったようにうまく切り替えられるかどうか不安だな」

「ということは、今もまだどっちつかずってこと?」

「違うな、それは。SとMの両方が今この瞬間、ぼくの心にあるってことだよ」

「欲張りだこと」

「欲を失った男くらいつまらない生き物はないよ」

ふたりはまた歩きはじめた。

山本は自分の言葉を胸の裡で繰り返した。欲を失ってはいけない。欲がある人生だからこそ充実するのだ。それがわかったからこそ、桐子というかけがえのない女性と出会うことができたのだ。彼女を失う時は、欲を失った時になるだろう。

陰茎が硬くなる。ズボンの裏地やファスナーを感じる。先端の細い切れ込みに透明な粘液が溜まっているのがわかる。

「欲張りの中年さん。ひとつ、提案があるんだけど」

「何?」

「わたしと同じ恰好になってみたらどうかしら……。いやだったら、いいんだけど」

「面白いな、それ」

山本は唸った。突拍子もない提案だったけれど、性的好奇心を刺激された。Sの立場で桐子を裸にさせながら、彼女のMとして裸になって歩く。SとMの精神が両立することはないだろうが、どちらの欲望もある程度は満足できるはずだ。

好奇心を刺激された時は実行するべきなのだ。

ひとつの勇気が新たな世界のドアを開けるということは、今ならばわかる。桐子がそれを教えてくれた。

山本はためらわずに素早くコートとズボンを脱いだ。期せずしてパンツを穿いてこなかったことを幸運に思った。

裸になった。

陰茎がそそり立っている。でも軀は中年そのものだ。若者と比べたらみすぼらしいかもしれないが、それが今の自分だ。

「ふたりとも裸ね」

「妙な気分ですよ、桐子さん」

「MとSが混在しているから？」

「ふたりとも裸なんですよ。恥ずかしいはずなのに、うれしさだけなんです」

「素敵だよ、あんた」

彼女の声音が女王様の時のものに変わった。それでいいのだ。山本は満足だった。彼女の性癖がコロコロ変わってもいい。彼女のそばにいられれば。

「わたしたちの人生のはじまりだわ」

「そうですね。ふたりが裸になったことで、そのことをはっきりと感じます」

「あんた、わたしについてきなさいね」

「はい、桐子さん」

山本は静まり返った住宅街に響く大きな声をあげた。飽きられ捨てられるまで、どこまでだってついていく。自分の人生なのだ。この人生を満ち足りたものにするためにも。

大股で歩く。人目は気にならない。バス通りだろうが、新宿の雑踏《ざっとう》だろうが、会社の中だろうが、桐子とふたりならば裸で歩いていける。

エピローグ

一年が経った。

山本と桐子はそれぞれ一歳齢をとり、ふたりの関係を一年分深め合った。

山本は妻子を捨ててはいない。当然ながら、桐子の存在を妻に明かしてもいない。妻子の存在をうとましく思うことはあったが、それでも離婚しようとは考えなかった。

妻子の存在も、人生の充実にとって必要だった。それはたとえば、老後に軀が動かなくなる時のことなどを考えたうえでのことではない。

山本は今、桐子とともにバス通りに向かって歩いている。そこはちょうど今頃の季節に、ふたりで裸で歩いた住宅街の通りだ。

「桐子さん、今日は何をするつもりでいるんですか?」

「今日はね、国立新美術館にでも行って、のんびりとひなたぼっこでもしようかなって考えていたんだよ」

「ほんとに?　だったら、なぜ駅ではなくてバス通りに向かっているんですか?」

「うれしいからだよ」

「何？」

「中年男っていうのは、ほんとに、いやだね。鈍感で」

「ニヤニヤしちゃって、どうしたんですか。おかしいですよ、桐子さん」

「手をつなぎたいな」

「えっ？」

「ほら、早くしなさいよ」

山本はおずおずと手を差し出した。久しぶりだ、彼女に手を握ってもらえるのは。ここ三カ月あまりは、ハードなマゾとして彼女に仕えてきた。その間、少しのキスと乳房と割れ目への奉仕をさせてもらっただけだ。ほかの部分に触れることは許されなかった。

「やわらかい手ですね」

「感激するのはわかるけど、強く握ると痛いから、やめなさいよ」

「ごめんなさい」

「わたしたち、一年経ったのよ」

「何のことでしょうか」

「あんたって、ほんとにいやな感じ。一年前のこと、忘れたの？」

「覚えています」

「忘れていたでしょ、あんた」

「ごめんなさい。正直言って、忘れていました……」

「ああっ、いやだ、いやだ。こんな男と一年もつきあっていたなんて……」

「迂闊でした」

「反省しているなら、ここで今、裸になりなさいよ」

桐子の大きな厳しい声が住宅街に響いた。山本はゾクリとしながら時計を見た。午前十一時を過ぎたところだ。

日曜日の昼日中《ひるひなか》、裸になれなんて……。

山本はしかし、素直にうなずいた。

ジャケットを脱ぐと、人目もはばからずにワイシャツのボタンを外しにかかった。桐子は止めてくれるかもしれない。でも、そんなことを考えなかった。

今は、彼女に脱げと命じられたから脱ぐだけだ。

本書は、月刊『小説NON』(祥伝社発行)二〇〇五年二月号から二〇〇七年五月号まで連載され、二〇〇七年七月、四六判で刊行された作品に、著者が文庫化に際し、加筆、訂正したものです。

——編集部

神崎京介著作リスト

117	男でいられる残り	祥伝社文庫	平22. 7
116	エリカのすべて	光文社文庫	平22. 6
115	男たるもの　おれなり	双葉文庫	平22. 6
114	男たるもの　たらしたれ	双葉文庫	平22. 3
113	貪欲ノ冒険	祥伝社文庫	平22. 2
112	女薫《によくん》の旅　奥に裏に	講談社文庫	平21.11
111	さよならから	幻冬舎文庫	平21.10
110	さよならまで	幻冬舎文庫	平21.10
109	秘術	祥伝社文庫	平21. 7
108	S×M	幻冬舎文庫	平21. 6
107	夜と夜中と早朝に	文春文庫	平21. 5
106	不幸体質	新潮文庫	平20.12
105	けだもの	徳間文庫	平20.12
104	利口な嫉妬	講談社文庫	平20.11
103	男たるもの	双葉文庫	平20.10
102	ぼくが知った君のすべて	光文社	平20. 6
101	関係の約束	徳間文庫	平20. 6
100	女薫の旅　青い乱れ	講談社文庫	平20. 5
99	I　LOVE	講談社文庫	平20. 3
98	想う壺	祥伝社文庫	平20. 2
97	成熟	角川文庫	平20. 1
96	本当のうそ（ほかの著者とのアンソロジー）	講談社	平19.12
95	女薫の旅　今は深く	講談社文庫	平19.11
94	女盛り	角川文庫	平19.10
93	性《しょう》こりもなく	祥伝社文庫	平19. 9
92	男でいられる残り	祥伝社	平19. 7
91	女だらけ	角川文庫	平19. 7
90	女薫の旅　愛と偽り	講談社文庫	平19. 5
89	密室事情	角川文庫	平19. 4

88	*h*+ *α*（エッチプラスアルファ）	講談社文庫	平19. 3
87	*h*+（エッチプラス）	講談社文庫	平19. 2
86	*h*（エッチ）	講談社文庫	平19. 1
85	五欲の海　多情篇	光文社文庫	平18.12
84	渋谷ＳＴＡＹ《ステイ》	トクマ・ノベルズ	平18.12
83	女薫の旅　欲の極み	講談社文庫	平18.11
82	美しい水	幻冬舎文庫	平18.10
81	横好き	徳間文庫	平18. 9
80	女の方式	光文社文庫	平18. 8
79	東京地下室	幻冬舎文庫	平18. 8
78	禁忌（タブー）	角川文庫	平18. 7
77	みられたい	幻冬舎文庫	平18. 6
76	官能の時刻	文藝春秋	平18. 5
75	女薫の旅　情の限り	講談社文庫	平18. 5
74	愛は嘘をつく　女の幸福	幻冬舎文庫	平18. 4
73	愛は嘘をつく　男の充実	幻冬舎文庫	平18. 4
72	ひみつのとき	新潮文庫	平18. 3
71	盗む舌	徳間文庫	平18. 2
70	不幸体質	角川書店	平17.12
69	女薫の旅　色と艶と	講談社文庫	平17.11
68	吐息の成熟	新潮文庫	平17.10
67	五欲の海　乱舞編	光文社文庫	平17. 9
66	大人の性徴期	ノン・ノベル（祥伝社）	平17. 9
65	関係の約束	ジョイ・ノベルス（実業之日本社）	平17. 6
64	性懲《しょうこ》り	ノン・ノベル（祥伝社）	平17. 5
63	女薫の旅　禁の園へ	講談社文庫	平17. 5
62	「女薫の旅」特選集＋完全ガイド	講談社文庫	平17. 5
61	五欲の海	光文社文庫	平17. 4
60	好きの味	主婦と生活社	平17. 3
59	化粧の素顔	新潮文庫	平17. 3
58	五欲の海　多情編	カッパ・ノベルス	平17. 2

57	女のぐあい	祥伝社文庫	平17. 2
56	*h*+ *α*	講談社	平17. 1
55	女薫の旅　秘に触れ	講談社文庫	平16.11
54	好きの果実	主婦と生活社	平16.10
53	ぎりぎり	光文社文庫	平16. 9
52	*h*+	講談社	平16. 8
51	横好き	トクマ・ノベルズ	平16. 8
50	忘れる肌	徳間文庫	平16. 7
49	愛は嘘をつく　男の事情	幻冬舎	平16. 6
48	愛は嘘をつく　女の思惑	幻冬舎	平16. 6
47	女薫の旅　誘惑おって	講談社文庫	平16. 5
46	女の方式	カッパ・ノベルス	平16. 4
45	ひみつのとき	新潮社	平16. 4
44	盗む舌	トクマ・ノベルズ	平16. 3
43	密室事情	角川文庫	平16. 3
42	*h*	講談社	平16. 2
41	男泣かせ	光文社文庫	平16. 1
40	好きのゆくえ	主婦と生活社	平15.12
39	女薫の旅　耽溺まみれ	講談社文庫	平15.11
38	おれの女	光文社文庫	平15. 9
37	吐息の成熟	新潮社	平15. 7
36	五欲の海　乱舞篇	カッパ・ノベルス	平15. 6
35	女薫の旅　感涙はてる	講談社文庫	平15. 5
34	熱《いき》れ	ノン・ノベル（祥伝社）	平15. 3
33	無垢の狂気を喚び起こせ	講談社文庫	平15. 3
32	化粧の素顔	新潮社	平15. 2
31	女運《おんなうん》　満ちるしびれ	祥伝社文庫	平14.12
30	女薫の旅　旅心とろり	講談社文庫	平14.11
29	忘れる肌	トクマ・ノベルズ	平14.10
28	男泣かせ　限《ぎり》限《ぎり》	カッパ・ノベルス	平14. 9
27	後《あと》味《あじ》	光文社文庫	平14. 9

26	五欲の海	カッパ・ノベルス	平14. 8
25	男泣かせ	カッパ・ノベルス	平14. 6
24	女薫の旅　衝動はぜて	講談社文庫	平14. 5
23	女運　昇りながらも	祥伝社文庫	平14. 3
22	イントロ　もっとやさしく	講談社文庫	平14. 2
21	おれの女	カッパ・ノベルス	平13.12
20	女薫の旅　陶酔めぐる	講談社文庫	平13.11
19	愛技	講談社文庫	平13.10
18	他愛《たあい》	祥伝社文庫	平13. 9
17	女運　指をくわえて	祥伝社文庫	平13. 8
16	イントロ	講談社文庫	平13. 7
15	女運	祥伝社文庫	平13. 5
14	女薫の旅　奔流あふれ	講談社文庫	平13. 4
13	滴《しずく》	講談社文庫	平13. 1
12	女薫の旅　激情たぎる	講談社文庫	平12. 9
11	禁本（ほかの著者とのアンソロジー）	祥伝社文庫	平12. 8
10	服従	幻冬舎アウトロー文庫	平12. 6
9	女薫の旅　灼熱つづく	講談社文庫	平12. 5
8	女薫の旅	講談社文庫	平12. 1
7	ジャン＝ポール・ガゼーの日記（翻訳）	幻冬舎	平11. 7
6	ハッピー	幻冬舎ノベルス	平10. 2
5	ピュア	幻冬舎ノベルス	平 9.12
4	陰界伝	マガジン・ゲーム・ノベルス（講談社）	平 9. 9
3	水の屍《かばね》	幻冬舎ノベルス	平 9. 8
2	0と1の叫び	講談社ノベルス	平 9. 2
1	無垢の狂気を喚び起こせ	講談社ノベルス	平 8.10

（記載は最新刊より．平成22年 7 月20日現在）

男でいられる残り

一〇〇字書評

切り取り線

購買動機（新聞、雑誌名を記入するか、あるいは○をつけてください）

□（　　　　　　　　　）の広告を見て	
□（　　　　　　　　　）の広告を見て	
□ 知人のすすめで	□ タイトルに惹かれて
□ カバーが良かったから	□ 内容が面白そうだから
□ 好きな作家だから	□ 好きな分野の本だから

・最近、最も感銘を受けた作品名をお書き下さい

・あなたのお好きな作家名をお書き下さい

・その他、ご要望がありましたらお書き下さい

住所	〒				
氏名		職業		年齢	
Eメール	※携帯には配信できません		新刊情報等のメール配信を 希望する・しない		

この本の感想を、編集部までお寄せいただけたらありがたく存じます。今後の企画の参考にさせていただきます。Eメールでも結構です。

いただいた「一〇〇字書評」は、新聞・雑誌等に紹介させていただくことがあります。その場合はお礼として特製図書カードを差し上げます。

前ページの原稿用紙に書評をお書きの上、切り取り、左記までお送り下さい。宛先の住所は不要です。

なお、ご記入いただいたお名前、ご住所等は、書評紹介の事前了解、謝礼のお届けのためだけに利用し、そのほかの目的のために利用することはありません。

〒一〇一‐八七〇一
祥伝社文庫編集長 加藤 淳
電話 〇三（三二六五）二〇八〇
bunko@shodensha.co.jp

祥伝社ホームページの「ブックレビュー」からも、書き込めます。
http://www.shodensha.co.jp/bookreview/

上質のエンターテインメントを！ 珠玉のエスプリを！

祥伝社文庫は創刊十五周年を迎える二〇〇〇年を機に、ここに新たな宣言をいたします。いつの世にも変わらない価値観、つまり「豊かな心」「深い知恵」「大きな楽しみ」に満ちた作品を厳選し、次代を拓く書下ろし作品を大胆に起用し、読者の皆様の心に響く文庫を目指します。どうぞご意見、ご希望を編集部までお寄せくださるよう、お願いいたします。

二〇〇〇年一月一日 祥伝社文庫編集部

祥伝社文庫

男《おとこ》でいられる残《のこ》り

平成二十二年七月二十五日 初版第一刷発行

著者 神崎京介《かんざききょうすけ》
発行者 竹内和芳
発行所 祥伝社
東京都千代田区神田神保町三－六－五
九段尚学ビル 〒一〇一－八七〇一
電話 〇三（三二六五）二〇八一（販売部）
電話 〇三（三二六五）二〇八〇（編集部）
電話 〇三（三二六五）三六二二（業務部）
http://www.shodensha.co.jp/
印刷所 萩原印刷
製本所 積信堂
カバーフォーマットデザイン 芥陽子

Printed in Japan ISBN978-4-396-33598-4 C0193

祥伝社文庫の好評既刊

祥伝社文庫の好評既刊

神崎京介 **性こりもなく**

心と躰で、貪欲にのし上がろうとする男と女。飽くなき野心の行方は？　欲望が交錯する濃密な情愛小説。

神崎京介 **想《おも》う壺《つぼ》**

あなたにもいつかは訪れる、飽くなき性を探求する男と女の情熱と冷静を描く、会心の情愛小説！

神崎京介 **秘術**

不能からの回復を求める二人の旅。東西の秘められたエロスを辿《たど》る新境地、愛のアドベンチャーロマン！

神崎京介 **貪欲ノ冒険**

ボクが♀で、キミは♂……。この上ない絶頂の瞬間、心と軀が入れ替わった男女の新しい愉楽！

神崎京介ほか **禁本**

神崎京介・藍川京・雨宮慶・睦月影郎・田中雅美・牧村僚・北原童夢・安達瑶・林葉直子・赤松光夫

藍川　京ほか **妖炎奇譚**

怪異なエロスの競艶、全編書下ろし
睦月影郎・森奈津子・草凪優
菅野温子・橘真児・藍川京

祥伝社文庫・黄金文庫　今月の新刊

西村京太郎　**闇を引き継ぐ者**
死刑執行された異常犯を名乗る男の正体とは!?

柴田哲孝　**渇いた夏**
二〇年前の夏、そして再びの惨劇…。極上ハードボイルド。

夢枕　獏　**新・魔獣狩り6**　魔道編
ついに空海が甦る!　始皇帝と卑弥呼の秘密とは?

柴田よしき　**回転木馬**
失踪した夫を探し求める女探偵。心震わす感動ミステリー。

岡崎大五　**北新宿多国籍同盟**
欲望の混沌・新宿に、国籍不問の正義の味方現わる!?

会津泰成　**天使がくれた戦う心**
ひ弱な日本の少年と、ムエタイ元王者の感動の物語。

神崎京介　**男でいられる残り**
男が出会った〝理想の女〟は若く、気高いひとだった…

鳥羽　亮　**血闘ヶ辻**　闇の用心棒
老いてもなお戦う老刺客の前に因縁の「殺し人」が!?

吉田雄亮　**縁切柳**　深川鞘番所
女たちの願いを叶える木の下で、深川を揺るがす事件が…

辻堂　魁　**雷神**　風の市兵衛
縄田一男氏、驚嘆!「本書は一作目の二倍面白い」

藤井邦夫　**破れ傘**　素浪人稼業
平八郎、一家の主に!?　母子を救う人情時代。

中村澄子　1日1分レッスン!　**新TOEIC TEST千本ノック!3**
解いた数だけ点数UP!　即効問題集、厳選150問。

宮嶋茂樹　**不肖・宮嶋のビビリアン・ナイト（上・下）**　イラク戦争決死行　空爆編・被弾編
命がけなのに思わず笑ってしまう、バクダッド取材記!

渡部昇一　**東條英機　歴史の証言**　東京裁判宣誓供述書を読みとく
GHQが封印した第一級史料に眠る「歴史の真実」に迫る。

済陽《わたよう》高穂《たかほ》　**がんにならない毎日の食習慣**
食事を変えれば病気は防げる!　脳卒中、心臓病にも有効です。